사철생 문학에서 나타나는 장애인 형상은 인간 자체의 결함,

나아가 인류가 겪고 있는 현실적 한계와 고통을 상징한다.

텍스트 속 장애인 형상이 걸어온 내면적 여정 또한

온 인류가 쉼 없이 추구해온 이상이며 온 인류가 끊임없이 걸어온 길이다.

– 이혜임,《史鐵生 小說 研究》중에서 –

史鐵生文集(SHI TIE SHENG WEN JI)
Copyright 1997 ⓒ 史鐵生 SHI TIE SHENG
All right reserved Korea copyright ⓒ 2012 by Bookorea
Korean language edition arranged with China Written Works Copyright Society
through Eric Yang Agency Inc.

현 위의 인생

2012년 8월 25일 초판 인쇄
2012년 8월 30일 초판 발행

지은이 | 사철생(史鐵生)
옮긴이 | 이혜임
펴낸이 | 이찬규
펴낸곳 | 북코리아
등록번호 | 제03-01240호
주소 | 462-807 경기도 성남시 중원구 상대원동 146-8
        우림2차 A동 1007호
전화 | 02-704-7840
팩스 | 02-704-7848
이메일 | sunhaksa@korea.com
홈페이지 | www.bookorea.co.kr
ISBN | 978-89-6324-230-9 (03820)

값 12,000원

* 본서의 무단복제를 금하며, 잘못된 책은 바꾸어 드립니다.
* 이 도서의 국립중앙도서관 출판시도서목록(CIP)은 e-CIP홈페이지(http://www.nl.go.kr/ecip)와
  국가자료공동목록시스템(http://www.nl.go.kr/kolisnet)에서 이용하실 수 있습니다.
  (CIP제어번호 : CIP2012004028)

사철생(史鐵生) 지음

이혜임 옮김

CONTENTS

현 위의 인생

옛날 아득한 첩첩산중에 걸어가는 두 맹인이 있었으니 하나는 늙고 하나는 젊고, 하나는 앞에 가고 하나는 그 뒤를 따르고 있었다. 검게 찌든 밀짚모자 두 개가 거친 파도 위를 떠다니듯이 들쑥날쑥 빠르게 움직였다. 어디서 와서 어디로 가는지 아무도 모르는 일이었지만 설서(說書)[1]로 생계를 꾸려가는 손에는 삼현금(三絃琴)[2]이 들려 있었다.

겹겹의 산봉우리와 깊은 계곡으로 둘러싸인 이곳은 인적이 드물어 하루 종일 걸어야 겨우 작은 마을이 하나 보이는 곳이다. 늘 꿩 한 쌍이 날아다니고 산토끼, 여우 따위의 산짐승들이 뛰어다니는 사방이 수천 리나 되는 깊은 산속! 산골짜기 위로는 매 한 마리가 선회하고 있었다. 그늘 한 점 없는 적막한 산 위로는 이글이글 뜨겁게 타오르는 태양이 천지를 달구고 있었다.

"삼현금을 꽉 쥐어라."

늙은 맹인이 소리치자 사방으로 메아리가 울려 퍼졌다.

---

1) 노래와 대사를 사용하여 《삼국지연의》, 《수호전》 등의 역사물을 이야기하는 것이다.
2) 줄이 셋인 악기이다.

"꽉 쥐고 있어요."

어린 맹인이 대답했다.

"삼현금이 땀에 젖지 않도록 조심하여라. 아니면 저녁에 네 갈빗대를 켜줄 테니."

"꽉 쥐고 있다니까요."

두 맹인은 상체를 다 드러낸 채 나무지팡이를 하나씩 들고 걷고 있었다. 무명 적삼이 땀에 흠뻑 젖어 눅눅했다. 숨이 막힐 정도로 지열이 올라오고 땅이 메마르는 계절이지만, 설서를 하기에는 성수기로 제격이었다. 무더운 여름날이면 낮이 길어 저녁을 먹고 바람을 쐬러 집 밖으로 나오는 사람도 많았다. 혹은 집에서 밥을 먹지 않고 밥그릇을 들고 길가로 나와 앉아 먹거나 바로 극장으로 들어가는 사람도 있었다.

늙은 맹인은 무더운 계절 어린 맹인을 데리고 이 마을 저 마을을 돌아다니며 저녁마다 설서를 했다. 매일 밤이 긴장과 흥분의 연속이었다. 늙은 맹인은 어쩌면 삼현금 천 번째 줄을 끊을 시기와 장소가 바로 이 여름, 이 예양아오 마을일지도 모른다는 생각이 들었다.

뜨겁게 타오르던 태양은 어느새 식어 황혼이 짙게 내려앉았다. 사방에서 들리던 매미 울음소리도 점점 작아지기 시작했다.

"얘야! 빨리 좀 걸을 수 없겠니?"

늙은 맹인은 어린 맹인에게 야단을 치며 뒤도 안 돌아보고 바쁘게 걸었다. 어린 맹인은 늙은 맹인과 거리를 두다가 자신이 뒤처진다 싶으면 얼른 늙은 맹인 뒤로 쪼르륵 달려가곤 했다.

"산비둘기들도 제 둥지로 돌아가고 있구나."

"뭐라고요?"

어린 맹인이 달려와 늙은 맹인 뒤로 바짝 붙어서 물었다.

"산비둘기도 제 둥지로 돌아가니 우리도 서두르자고 했다."

"네."

"또 라디오를 만지는 게냐?"

"아! 귀신이 움직여요."

"네 녀석 때문에 그 이어폰이 고장이 나겠구나."

"귀신이 나타났다니까요!"

어린 맹인은 말없이 이어폰을 가방에 넣었다. 어린 맹인은 스승을 따라 끝도 시작도 없는 덧없는 길을 걸어가고 있었다.

두 사람은 한참을 걸었다. 오소리가 농작물을 갉아먹는 소리가 들렸다. 어린 맹인은 크게 개 짖는 소리를 냈다. 그러자 그 소리에 놀란 오소리가 재빠르게 달아났다. 어린 맹인은 신이 나서 작게 콧노래를 불렀다. 늙은 맹인은 어린 맹인에게 개를 기르지 못하게 했다. 어린 맹인이 기르던 개가 자칫 다른 마을 개들에게 괴롭힘을 당하거나 반대로 어린 맹인의 개가 마을 사람들의 개를 괴롭힐 것을 염려했기 때문이다.

뱀이 바위틈 사이로 지나가는 소리가 마치 수숫잎이 바람에 흔들리는 소리 같았다. 늙은 맹인은 자신의 제자인 어린 맹인이 문득 가엽게 느껴져서 잠시 발걸음을 멈추고 어린 맹인이 다가올 때까지 기다렸다.

"오소리 아니면 뱀일 거예요."

어린 맹인이 재빨리 말했다. 스승이 자신을 꾸짖을까 봐 두려웠기 때문이었다.

"저 멀리 농작물이 있는 것 같구나."

늙은 맹인은 제자에게 물병을 건네주었다.

"우리가 하는 이 일은 말이다, 평생을 걸어 다녀야 하는 일이란다. 힘드냐?"

스승이 가장 듣기 싫어하는 말이 '힘들다'였기 때문에 어린 맹인은 아무 대답도 하지 않았다.

"네 스승이야말로 참으로 억울한 사람이지. 바로 네 스승 말이다. 평생을 이곳저곳을 떠돌아다니며 삼현금을 켰어도 아직 천 개의 줄을 다 못 끊지 않았느냐?"

어린 맹인은 스승의 마음이 가라앉았음을 느끼고 그에게 물었다.

"스승님, 녹색 벤치가 뭐예요?"

"뭐라고? 아! 그건 아마도 긴 의자를 말하는 거겠지."

"굽이진 복도는요?"

"복도? 무슨 복도 말이냐?"

"굽이진 복도요."

"모르겠구나."

"라디오에서 그렇게 말했어요."

"넌 그 장난감이 그리도 좋으냐? 무슨 쓸모가 있다고. 세상 천지에 좋은 물건이 얼마나 많은데. 그 장난감이 우리와 무슨 상관이 있느냐?"

"처음 듣는 말인데요. 무슨 상관이 있냐는 거요."

어린 맹인은 '있냐'라는 말을 강조했다.

"현! 삼현금 줄! 네 아비가 내게 너를 맡기며 삼현금 연주와 설서를 가르쳐달라고 부탁했었지."

어린 맹인은 갑자기 물통을 꺼내어 물을 마셨다. 이번에는 어린 맹인이 늙은 맹인을 앞서 걸었다.

어느새 깊은 산 계곡으로 그늘이 드리워지더니 서서히 사방으로 퍼져 나갔다. 늙은 맹인은 마을에 도착하자 어린 맹인을 멈춰 세웠다. 늙은 맹인은 그늘진 산허리의 바위틈에서 새어 나오는 샘물을 발견했다. 계곡의 시냇물이 야초로 무성한 사방으로 스며들어가 목마른 대지를 적시고 있었다.

"네 몸의 더러운 땀 냄새 좀 없애게 이리 와서 좀 씻어라."

어린 맹인은 들풀을 뽑아 땅에 깔고 그 위에 앉았다. 어린 맹인은 여전히 '굽이진 복도'를 생각하고 있었다.

"온몸을 깨끗이 씻어야 한다. 네 꼴이 거지꼴일 테니."

"그럼, 스승님은 늙은 거지겠네요."

어린 맹인은 샘물에 손을 담그고 킥킥거리며 웃어댔다. 늙은 맹인도 웃으며 두 손으로 물을 떠서 얼굴을 씻었다.

"거지가 아니라 예술인이라고 해야지."

"언젠가 이곳에 와본 적이 있는 것 같아요."

어린 맹인은 유심히 주위의 소리에 귀를 기울였다.

"네 녀석의 정신은 설서를 배우는 데 있지 않고, 늘 엉뚱한 곳에 가 있구나. 네 녀석은 참으로 버릇없는 녀석이야. 어른 말이 말 같지도 않느냐?"

"예전에 분명히 이곳에 와본 적이 있어요."

"삼현금에만 집중하여라. 네 녀석은 아직 멀었어. 우리 인생은 바로 이 현과 같은 거란다. 내 스승님도 그렇게 말씀하셨었지."

어린 맹인은 시원한 샘물에 발을 담그고 물장구를 칠 수 있어서 한껏 즐거웠다.

늙은 맹인은 화를 내며 다그쳤다.

"내가 한 말을 들었느냐? 우리 인생은 바로 이 현과 같다고."

"스승님의 스승님이 말씀하신 거죠. 저는 백 번도 더 들었어요. 스승님의 스승님이 삼현금 천 개의 줄을 끊어야 얻을 수 있는 처방문을 남겨주셨죠. 그 처방문에 따라 약을 지어 먹으면 눈을 떠서 세상을 볼 수 있다는 거. 이미 백 번도 넘게 들었다고요."

"믿지 않는 게냐?"

어린 맹인은 늙은 맹인에게 정면으로 대들지 않았다.

"왜 꼭 천 번째 줄이 끊어져야 그 약을 구할 수 있는 거죠? 그 전에는 구할 수 없나요?"

"이 약은 녀석, 보조약도 필요한 법이야!"

"삼현금 천 줄을 끊는 게 어디 쉬운 일인가요?"

어린 맹인은 킥킥거리며 웃었다.

"왜 웃는 게냐? 네 녀석이 뭘 안다고, 한 줄 한 줄 온 정성을 다해 끊어야 소원을 이룰 수 있는 게야."

어린 맹인은 스승의 성난 목소리를 듣자 더 이상 말을 잇지 못했다. 매번 그렇듯이 스승은 이 일에 대해 어떠한 의심도 용납하지 않았다.

늙은 맹인은 잠시 흥분하더니 가만히 두 손을 무릎 위에 얹었다. 삼현금 한 줄 한 줄을 끊어왔던 날들을 회상하는 듯 그의 해골 같은 두 눈동자는 파란 하늘을 응시하고 있었다. 기나긴 세월 동안 얼마나 간절히 바라왔던가! 평생을 수많은 산을 넘으며 수많은 길을 걸으며 갖은 역경을 견뎌왔다. 저녁마다 마을을 돌아다니며 삼현금을 켤 때면 늘 마음속으로 온 정성을 다해 한 줄 한 줄 끊어야 한다고 생각했다. 이제 그 소원이 곧 이루어질 것이다. 올 여름을 넘기지 않을 것이다. 늙은 맹인은 자신이 큰 병을 앓고 있지 않기 때문에 이 여름을 별 문제 없이 지내게 될 것이라고 생각했다.

"내가 내 스승보다 훨씬 운이 좋단다. 우리 스승님은 결국 눈을 뜨지 못하셨지."

"아, 여기가 어딘지 알아요!"

어린 맹인이 갑자기 소리쳤다.

늙은 맹인은 자신의 삼현금을 흔들었다. 삼현금 울림통 속에 들어 있는 종잇조각 소리가 들렸다.

"스승님, 여기가 바로 예양아오 마을이죠?"

늙은 맹인이 아무 대답이 없자 어린 맹인은 불안했다.

"여기가 바로 예양아오 마을이 아닌가요? 스승님?"

"애야, 이리 와서 내 등 좀 긁어다오."

늙은 맹인은 활처럼 휘어진 등을 어린 맹인 쪽으로 돌렸다.

"예양아오 맞지요, 스승님?

"그래. 왜 그리 소란이냐?"

어린 맹인의 심장이 쿵쿵 뛰기 시작했다. 어린 맹인은 스승이 시원하게 느낄 정도로 스승의 등을 열심히 긁어주었다.

"예양아오가 어떻다는 거냐? 그렇게 당나귀처럼 울어대지 말아라."

어린 맹인은 흥분을 가라앉혔다.

"또 무슨 생각을 하고 있는 게냐? 내가 네 속을 모를 줄 아느냐?"

"제가 뭘요?"

"도대체 왜 그러느냐? 지난 번 일로도 부족한 게냐? 그 계집애가 뭐 그리 좋다고!"

늙은 맹인은 어린 맹인을 이 마을로 데리고 오지 말았어야 했다는 생각이 문득 들었다. 그러나 해마다 이 큰 마을에서 보름 정도 일을 하면 수입이 꽤 괜찮았다. 늙은 맹인은 이곳에서 삼현금 마지막 줄을 끊을 수 있기를 간절히 바랐다.

어린 맹인은 예양아오 마을에 사는 앙칼진 목소리를 가진 여자아이를 떠올렸다. 그리고 겉으로는 큰 소리로 투덜거렸지만 내심 설레고 기뻤다.

"잘 들어라. 그 일은 믿을 수 없단다."

"무슨 일이요?"

"쓸데없는 소리. 내 말이 무슨 뜻인지 정말 모르겠느냐?"

"처음 듣는 걸요. 뭐가 믿을 수 없다는 거죠?"

어린 맹인이 웃었다. 늙은 맹인은 개의치 않고 해골 같은 두 눈동자로 파란 하늘을 바라보았다. 하늘의 태양이 서서히 짙고 붉은 핏빛으로 변해갔다.

늙은 맹인과 어린 맹인 두 사람의 등은 산 빛깔처럼 황갈색이었다. 두 사람 중에 한 명은 이미 늙고 쇠약하여 앙상한 뼈만 드러나 그 모습이 마치 산기슭에 발가벗겨진 주춧돌 같았다. 반면, 다른 한 명은 아직 어리고 건강하다. 늙은 맹인은 일흔 살이고 어린 맹인은 이제 겨우 열일곱 살이었다.

어린 맹인의 아버지는 어린 맹인이 열네 살 되던 해에 자기 자식에게 설서를 가르치기 위해 늙은 맹인에게로 보냈다. 자식이 평생 설서를 배워서 세상 밖으로 나가 혼자 힘으로 살아갈 수 있게 하기 위한 것이었다.

늙은 맹인이 설서를 시작한 지도 어느덧 오십여 년이 되었다. 이 외지고 황량한 산속에 살고 있는 사람들은 늙은 맹인에 대해 잘 알고 있었다. 늙은 맹인의 머리카락은 매일 하얗게 변해갔고, 그의 등은 애처롭게 굽어갔다. 그는 수많은 세월 동안 삼현금 하나만을 들고 세상천지를 돌아다니는 사람이었다. 돈을 주는 곳이면 어디든지 가서 저녁 내내 삼현금을 켜주며 이 적막한 산촌 마을에 즐거움을 선사했다. 설서의 도입 부분은 늘 이렇게 시작했다.

"반고(盤古)[3]가 세상을 창조하고 삼황오제(三黃伍帝)[4]부터 지금까지 군왕이 천하를 평안히 다스리는 도가 있어도 군왕이 백성을 학대하는 도는 없었습니다. 가볍게 삼현금을 연주하며 잠시 노래를 멈추겠습니다. 노래는 3,700본이 있는데 어느 것이 사람을 감동시킬지 모르겠군요."

그러면 늙은 맹인의 설서를 듣고 있던 사람들은 늘 환호했다. 바로 이 순간이 늙은 맹인에게 가장 행복한 시간이었다. 육체의 피로와 마음의 고독을 모두 잊게 해주었다. 천천히 물을 마시고 있으면 관객들의 환호소리는 더욱 커졌다. 늙은 맹인은 삼현금을 켜며 창을 하기 시작했다.

"차도 마시고 담배도 피우며, 울음으로 만리장성을 무너뜨린 맹강녀(孟姜女)[5]를 불러보세."

극장 안이 쥐 죽은 듯 조용했다. 늙은 맹인은 온 정성을 다해 삼현금을 켜며 노래를 불렀다.

늙은 맹인의 설서 이야기는 셀 수 없을 정도로 많았다. 그는 라디오도

---

3) 중국인의 시조로 중국에서는 반고가 천지를 창조했다고 전해진다.
4) 그러나 중국인의 시조를 신화전설로 내려오는 삼황오제로부터 이야기하기 시작한다.
5) 중국 진시황 때 만리장성을 쌓기 위해 일하러 나간 남편이 죽은 것을 알고서는 애통하게 우는 바람에 만리장성이 저절로 무너졌다는 전설의 여주인공.

가지고 있었다. 새 단어를 익히고 신곡을 짓기 위해 큰돈을 들여 산마을 너머 사람에게서 사온 것이라고 했다. 사실 산마을 사람들은 늙은 맹인이 무슨 일을 하고, 무슨 노래를 부르는가에 대해서는 전혀 관심이 없었다. 사람들은 그의 삼현금 연주가 경쾌하고 고상하면서도 매우 자유분방하다고 칭찬했다. 늙은 맹인의 연주 속에는 하늘의 해와 달, 그리고 땅의 백성이 담겨 있었다. 그는 세상의 모든 소리, 예를 들어 남자, 여자, 바람, 비, 금수 따위의 소리를 낼 수 있었다. 그는 머릿속으로 어떤 그림을 연상시켜 떠올릴 수 없었다. 그는 태어날 때부터 장님으로 단 한 번도 세상을 구경해본 적이 없었기 때문이다.

반면, 어린 맹인은 태어나서 세 살 때까지 겨우 3년 동안 세상을 볼 수 있었다. 당시 어린 맹인은 아무것도 모르는 어린 나이였고, 설서와 삼현금을 배우는 데 그다지 흥미를 느끼지 못했다. 어린 맹인의 아버지가 그를 늙은 맹인에게로 데리고 왔을 때, 결국 어린 맹인을 붙잡아주었던 것은 바로 이 라디오였다. 어린 맹인은 라디오를 안고 한동안 넋을 잃은 채 그 두 사람의 대화를 듣고 있었다. 심지어 자신의 아버지가 언제 자기를 두고 떠나버렸는지도 모를 정도였다.

어린 맹인은 이 신기한 라디오에 줄곧 정신이 팔려 있었다. 라디오 속에서 펼쳐지는 머나먼 미지의 세계와 기이한 물건들이 어린 맹인을 끊임없이 환상의 세계로 빠져들게 했다. 게다가 세상을 볼 수 있었던 그 삼 년 동안의 어렴풋한 기억을 통해 세상 만물에 형체와 빛깔을 좀 더 보완할 수 있었다. 예를 들어 바다가 그랬다. 라디오가 들려준 파란 하늘은 거대한 바다와 같았다. 어린 맹인은 파란 하늘을 기억하고 있었기 때문에 바다를 상상해낼 수 있었다. 라디오에서 들려준 바다 소리는 끝없이 펼쳐진 거대한 물이었다. 그는 가마솥의 물을 떠올리며 온통 파란 하늘에 넓게 퍼져 있는 물을 상상해냈다.

또 하나 예쁜 아가씨는 라디오가 들려주던 활짝 핀 예쁜 꽃 한 송이 같은 것이지만 어린 맹인은 예쁜 아가씨가 구체적으로 어떤 모습인지를 상상해낼 수 없었다. 그 옛날 어린 맹인의 어머니의 영구차가 산 저편으로 옮겨갈 때, 길가에 야생화가 활짝 피어 있었다. 어린 맹인은 그때를 영원히 기억하겠지만 동시에 영원히 기억하고 싶지 않았다. 그러나 아가씨만은 늘 상상해내고 싶었다. 특히 예양아오 마을에 살고 있는 그 앙칼진 목소리를 내는 여자아이가 그렇다. 그 여자아이는 늘 어린 맹인의 가슴을 출렁이는 파도처럼 흔들어놓았다. 언젠가 라디오에서 이런 노랫소리가 흘러나왔다.

"아가씨의 눈은 태양과 같네요~~."

이번에야말로 적절한 모습을 찾아내었다. 어린 맹인의 어머니가 붉은 석양 속에서 그에게로 다가오는 모습을 떠올렸다. 사실 사람은 자신이 알고 있는 지식에 따라 무한한 미지의 세계를 상상하며 자기만의 생각과 느낌으로 세상을 그려간다. 사람은 저마다 추구하는 세계가 다른 것이다. 하지만 어린 맹인이 아무리 노력을 해도 상상해낼 수 없는 것이 있었다. 그것은 바로 '굽이진 복도'였다.

그날 저녁 어린 맹인은 마을에서 연주를 하다가 그 여자아이가 앙칼진 목소리로 누군가와 이야기하며 웃음꽃을 피우고 있는 장면을 목격했다. 늙은 맹인은 갑작스런 폭우가 쏟아지듯 삼현금을 연주하며 구절구절마다 부드럽고 경쾌하게 노래했다. 어린 맹인은 그 여자아이로 인해 마음이 혼란스러워 연주를 하는 둥 마는 둥 대충해버렸다.

예양아오 마을 언덕에 작은 사찰이 하나 있는데, 그곳은 마을에서 약 일 킬로미터쯤 떨어진 곳이다. 스승과 제자 두 사람은 바로 이 사찰에서 지내고 있었다. 사찰의 담장은 이미 낡아 허물어졌고 이곳의 방들도 대부분 기울어져 거의 만신창이였다. 유일하게 가운데 방 하나만이 비바람을 피할 수 있었다. 아마도 이 방은 신령을 모시는 곳이기 때문일 것이다. 진흙 불상 삼존은 이미 속세의 때를 벗어버렸는지 본래의 황토색만이 선명하게 남아 부처인지 노자인지 분별할 수 없었다. 사찰 마당의 안과 밖, 지붕과 담장 위 모두 거친 넝쿨과 야초만이 무성할 뿐이었지만 활기가 넘쳐 보였다.

늙은 맹인은 이 마을로 설서를 하러 올 때마다 방세를 낼 필요가 없는 이곳에서 지내곤 했다. 어린 맹인에게는 이번이 두 번째 묵는 셈이었다. 두 사람은 마을에서 밤이 깊도록 설서를 공연한 후에 이 사찰로 들어와 짐을 풀어 정리하였다. 어린 맹인은 신당 처마 밑에서 불을 지펴 물을 끓이고 싶었다. 작년에 돌층계 밑에 있는 부뚜막을 수리해서 사용할 수 있었다. 어린 맹인은 땔감에 불이 잘 붙게 하기 위해 엉덩이를 들고 힘껏 불었다. 땔감이 축축한 탓인지 아궁이에 불이 잘 붙지 않자 어린 맹인은 사레가 들린 사람처럼 온 마당을 돌며 마구 기침을 해댔다.

방에 앉아 있던 늙은 맹인이 어린 맹인을 나무라며 말했다.

"네 녀석이 뭘 하나 제대로 할 수 있겠니."

"땔감이 축축해서요."

"지금 그걸 말하는 게 아니다. 네 녀석의 연주를 말하는 게다. 오늘 저녁 네가 했던 연주가 어땠는지 아느냐?"

어린 맹인은 아무 말도 할 수 없었다. 그저 심호흡을 몇 번 한 후에 다시 부뚜막 앞에 쪼그리고 앉았다. 양쪽 볼이 볼록해질 정도로 입에 바람을 잔뜩 넣고는 아궁이 쪽으로 있는 힘껏 불어넣었다.

"하기 싫으면 지금 당장 네 애비에게로 돌아가거라. 매일 이렇게 말썽만 피워서 어디 살겠니? 이럴 거면 차라리 네 집으로 돌아가."

부뚜막 앞에서 이 말을 듣고 있던 어린 맹인은 깜짝 놀라 기침을 했다. 그리고 마당 밖으로 뛰어나가 씩씩거리며 욕을 하기 시작했다.

"너 지금 뭐라고 하는 게야?"

"불을 욕하고 있었어요."

"네 녀석처럼 그렇게 부는 놈이 어디 있냐?"

"그럼 어떻게 불어요?"

"어떻게 부냐고? 쯧쯧."

늙은 맹인은 잠시 쉬었다가 다시 말했다.

"한심한 놈. 아궁이를 그 여자아이의 얼굴로 생각했으니!"

어린 맹인은 이번에도 아무 말도 할 수 없었다. 잠자코 부뚜막 앞에 앉아 아궁이를 향해 바람을 불어넣었다. 그리고 어린 맹인은 란시우의 얼굴이 어떤 모습인지 도무지 상상해낼 수 없을 것 같았다. 앙칼진 목소리를 가진 그 여자아이의 이름이 바로 란시우였다.

"아궁이가 그 여자아이의 얼굴이었다면, 누가 가르쳐주지 않아도 네 녀석은 제대로 불었을 게다."

어린 맹인은 웃었다. 웃을수록 기침이 더욱 심해졌다.

"왜 웃는 게냐?"

"스승님은 여자아이의 얼굴을 불어 보신 적이 있으신가 보죠?"

늙은 맹인은 말을 잇지 못했다. 어린 맹인은 땅바닥에 털썩 주저앉고는 깔깔대고 웃어댔다.

"빌어먹을 녀석."

늙은 맹인도 욕을 하고는 웃었다. 그러나 다시 굳은 표정을 짓고 말을 하지 않았다. 아궁이에서 펑 하고 불꽃이 튀어 오르더니 불이 붙기 시작했다. 어린 맹인은 땔감을 집어넣으며 란시우를 떠올렸다. 설서 공연이 막 끝나갈 무렵에 란시우가 사람들 틈을 비집고 들어와 어린 맹인에게 작은 소리로 말했던 일이었다.

"있잖아, 지난번에 내게 뭐라고 대답했었지?"

스승이 옆에 있었기에 어린 맹인은 아무 말도 할 수 없었다. 잠시 후 그녀는 인파에 밀려 어린 맹인 쪽으로 다가왔다.

"지난번에 먹었던 삶은 달걀 기억하지?"

란시우의 목소리가 조금 전보다 커졌다. 그때 스승은 다행히 다른 노인들과 이야기를 나누고 있었다. 어린 맹인은 재빨리 대답했다.

"쉬! 그래 기억해."

란시우는 또 목소리를 낮춰 말했다.

"라디오를 들려준다고 약속해놓고 너 아직 들려주지 않았잖아."

"쉬! 알고 있다니까."

다행히 그때 사람들의 말소리가 커졌다.

사찰 안은 한참 동안 고요했다. 이어서 삼현금 연주 소리가 들려왔다. 늙은 맹인은 삼현금 한 줄을 새로 더 달게 되었다. 저녁 내내 삼현금을 연주한 결과 줄 하나를 또 끊을 수 있어서 기뻤다. 그러나 그것은 맑지 않은 탁한 소리였다.

어린 맹인은 삼현금 줄이 끊어지는 소리가 이상해서 마당에서 소리를 질렀다.

"물 끓어요. 스승님."

스승은 아무 대답이 없었다. 삼현금 줄이 팽팽히 조여지는 소리만 들릴 뿐이었다. 어린 맹인은 대야에 따뜻한 물을 담아 스승 앞으로 들고 왔다. 어린 맹인은 대야 물을 스승 앞에 내려놓고는 일부러 킥킥거리며 웃었다.

"오늘 밤에 삼현금 줄 하나를 더 끊고 싶으신 거죠?"

늙은 맹인은 자신의 지난 일들을 회상하고 있었기 때문에 어린 맹인의 말이 귀에 들어오지 않았다. 황량한 광야에 해마다 몰아치는 비바람처럼, 산골짜기에 밤낮으로 흐르는 시냇물처럼, 어디로 가야 할지 몰라 헤매는 발자국 소리처럼, 늙은 맹인의 삼현금 연주는 그토록 초조하고 불안했다. 스승의 이런 모습을 처음 본 어린 맹인도 조금 두려웠다. 이것은 스승이 병이 났다는 징조였다. 다시 말해, 머리나 명치뼈가 아파서 심지어 온몸이 쑤셔서 몇 개월 동안 자리에서 일어날 수 없다는 것을 의미했다.

"스승님, 발부터 씻으세요."

늙은 맹인은 삼현금 연주를 멈추지 않았다.

"스승님, 발부터 씻으셔야죠."

어린 맹인의 목소리는 떨렸다. 그러나 삼현금 연주는 계속 이어졌다.

"스승님!"

삼현금 소리가 갑자기 멈췄다. 늙은 맹인이 크게 한숨을 내쉬자 어린 맹인은 비로소 안심했다. 어린 맹인은 늙은 맹인의 옆에 앉아 자신의 스승이 발을 씻고 있는 모습을 말없이 지켜보았다.

"가서 자거라. 오늘은 무척 피곤하구나."

"스승님은요?"

"너 먼저 자거라. 난 족욕을 좀 더 하고 싶구나. 사람은 나이가 들면 병이 자주 드는 법이야."

늙은 맹인은 일부러 대수롭지 않은 듯 말했다.

"저도 기다렸다가 스승님이랑 같이 잘래요."

깊은 밤 산속은 매우 고요했다. 사찰 담장 위 풀잎들이 바람에 흔들렸고 멀리서 부엉이의 애달픈 울음소리가 들려왔다. 예양아오 마을에서도 개 짖는 소리, 아이 울음소리가 들려오곤 했다. 하얀 달빛이 찢어진 창호지 사이로 들어와 방 안에 있는 두 맹인과 불상 삼존을 비추었다.

"뭐 하러 기다리느냐? 늦었으니 먼저 자거라. 난 괜찮으니 걱정 말고 자거라."

어린 맹인은 벌써 잠이 들어버렸다. 늙은 맹인이 어린 맹인을 바로 눕혀주려고 하자 어린 맹인은 잠시 중얼거리더니 다시 잠에 빠져들었다. 어린 맹인에게 이불을 덮어주었을 때, 늙은 맹인은 어린 맹인의 육체가 나날이 성숙해져가고 있다는 것을 느꼈다. 이 아이는 육체적 욕망을 느낄 나이가 되었으니 앞으로 고통스러운 날들을 보내게 될 것이다. 아! 그것은 누구도 대신해줄 수 없는 일이었다.

늙은 맹인은 한 줄 한 줄 팽팽하게 조여진 삼현금을 가슴에 품고 어루만졌다. 그리고 삼현금 울림통을 흔들어 그 안에 처방문 쪽지가 들어 있음을 확인했다. 그것만이 유일하게 늙은 맹인의 근심을 없애주었다. 그것은 또한 늙은 맹인의 평생소원이기도 했다.

어린 맹인은 달콤한 꿈을 꾸다가 닭 울음소리에 놀라 일어났다. 어린 맹인은 떼굴떼굴 굴러 자리에서 일어나 방 안을 살폈다. 어린 맹인은 스승이 곤히 잠들어 있는 모습을 보니 마음이 한결 편해졌다. 어린 맹인은 몰래 가방 속에서 라디오를 꺼내 들어 살그머니 사찰 밖으로 빠져나왔다.

어린 맹인은 예양아오 마을 쪽으로 걸어가다가 갑자기 이상한 느낌이 들었다. 닭 울음소리가 조금씩 들리지 않더니 사방이 적막할 정도로 인기척이 없었다. 어린 맹인은 잠시 어리둥절했다. 순간 머릿속에서 어떤 영감이 떠올라 라디오를 켜보았지만 아무 소리도 들리지 않았다. 어린 맹인은 한밤중에 라디오를 켜본 적이 있었는데 아무 소리도 들리지 않았다. 어린 맹인에게 라디오는 시계와 같은 것이었다. 그저 라디오를 켜기만 하면 몇 시인지, 언제 어떤 프로그램이 진행되는지 알 수 있었다.

어린 맹인이 사찰로 돌아왔을 때, 늙은 맹인은 마침 잠에서 깨어나 몸을 뒤척이고 있었다.

"왜 그러느냐?"

"화장실에 갔다 왔어요."

다음 날 오전 내내 스승은 어린 맹인에게 강제로 삼현금 연습을 시켰다. 점심시간이 되어서야 어린 맹인은 기회를 틈타 사찰에서 빠져나와 예양아오 마을로 갈 수 있었다. 어린 맹인이 느끼기에 닭은 나무 그늘에서 졸고 있고, 돼지도 담장 밑에서 잠꼬대를 하고 있는 것 같았다. 태양이 천지를 뜨겁게 달구는 오후! 마을 안은 고요했다.

어린 맹인은 란시우의 집 담장을 기어올라 작은 소리로 란시우를 불렀다.

"란시우! 란시우!"

방 안에서 코 고는 소리가 들렸는데, 마치 천둥소리 같았다.

어린 맹인은 잠시 망설이다가 좀 더 크게 불렀다.

"란시우! 란시우!"

개가 짖어대자 방 안에서 들리던 코 고는 소리가 멈췄다. 누군가 중얼 대는 소리가 들렸다.

"누구세요?"

어린 맹인은 아무 대답을 못하고 담장 밑으로 머리를 숨겼다. 방 안에서 누군가 한참 동안 쩝쩝거리며 입맛을 다시다가 다시 코를 골기 시작 했다. 어린 맹인은 안도의 한숨을 내쉬고 담장 밑 맷돌 위에서 내려와 돌 아가려고 하는데, 바로 뒤에서 대문이 열리더니 어린 맹인을 향해 뛰어 오는 발자국 소리가 들렸다.

"누구게?"

앙칼진 목소리였다. 작고 보드라운 두 손이 어린 맹인의 눈을 가렸다. 란시우는 열다섯 살이 채 안 된 어린 소녀였다.

"란시우, 너구나!"

"라디오 가지고 왔니?"

어린 맹인은 웃옷을 들쳐 허리에 차고 있는 라디오를 보여주었다.

"쉬! 우리 여기서 이러지 말고, 아무도 없는 곳에 가서 듣자."

"왜?"

"사람들이 많으면, 전기가 낭비되니까."

두 사람은 이곳저곳을 돌아다니다가 결국 산등성이에 있는 작은 샘가 에 이르렀다. 어린 맹인은 갑자기 무언가 떠올랐는지 그녀에게 물었다.

"굽이진 복도를 본 적이 있니?"

"뭐라고?"

"굽이진 복도 말이야."

"굽이진 복도?"

"넌 아니?"

"너야말로 아니?"

"물론이지. 녹색 벤치도 뭔지 알아. 의자지."

"의자를 모르는 사람도 있니?"

"그럼, 굽이진 복도는 아니?"

란시우는 고개를 저으며 어린 맹인을 숭배의 눈으로 바라보았다. 어린 맹인은 그제야 거사를 치르듯 라디오를 조심스럽게 켰다. 경쾌한 음악이 산골짜기 사이로 흘러 퍼졌다.

시원한 숲 속에는 그들을 방해하는 사람이 아무도 없었다.

"이건 〈사디리〉야."

어린 맹인이 흥얼댔다.

잠시 후 음악이 바뀌고 제목이 〈마른하늘에 날벼락〉이라는 노래가 들렸다. 어린 맹인은 그 노래를 계속 따라 부르고 있었다. 란시우는 그런 어린 맹인이 창피했다.

"이 곡의 제목은 〈중이 아내를 그리워하네〉야."

란시우는 웃었다.

"거짓말쟁이!"

"못 믿겠니?"

"못 믿겠어."

"믿거나 말거나. 이 라디오는 세상에 기이한 일들을 들려주곤 하지."

어린 맹인은 차가운 샘물에 발을 담그고 물장구를 치다가 잠시 생각에 잠겼다.

"뽀뽀가 뭔지 아니?"

"뭐라고?"

이번에는 어린 맹인이 웃었다. 웃기만 하고 아무 말을 하지 못했다. 란시우는 분명히 좋은 말이 아니라는 것을 느꼈기에 얼굴을 붉히며 더 이상 묻지 않았다.

라디오에서 음악 방송이 끝나자, 한 여성이 나와 "지금은 보건 프로그램 시간입니다."라고 말했다.

"뭐라고 하는 거야?"

란시우는 잘 듣지 못했다.

"위생에 신경 쓰라는 거야."

"뭐라고?"

"음, 네 머리에 이가 있니?"

"저리 가, 만지지 마!"

어린 맹인은 재빨리 손을 움츠리고 해명을 했다.

"머리에 이가 있으면 위생에 신경 쓰지 않았다는 거야."

"난 없어."

란시우는 자신의 머리를 만지다가 가려움을 느꼈다.

"흥, 너나 잘 해!"

란시우는 어린 맹인의 머리채를 덥석 잡아당겼다.

"큰 놈으로 잡아줄게."

그때 산허리에서 늙은 맹인이 어린 맹인을 부르는 소리가 들려왔다.

"요 녀석! 밥은 안 짓고 어디로 간 게야? 밥 먹고 설서 공연하러 가야지!"

어린 맹인은 늙은 맹인이 한참 동안 자신을 부르는 소리를 들었다.

예양아오 마을은 해가 이미 서산으로 넘어가 날이 어둑어둑해졌다. 양, 개, 당나귀의 울음소리와 아기 우는 소리가 들렸고, 집집마다 밥 짓는 연기가 피어올랐다. 예양아오 언덕 위로 석양이 내려앉자 사찰은 그 희미한 빛깔 속에서 고요했다.

어린 맹인은 또 엉덩이를 들고 불을 지폈다. 늙은 맹인은 어린 맹인의 옆에 앉아 쌀을 씻으며 청각을 이용해 쌀 속의 모래를 골라내고 있었다.

"오늘 땔감은 참 좋네요."

어린 맹인이 말했다.

"그래."

"아직도 밥을 뜸 들이세요?"

"그래."

이때 어린 맹인은 마음을 크게 먹고 그동안 하고 싶었던 말을 꺼내려고 했다. 그러나 스승의 노여움이 아직 가시지 않았음을 느꼈기에 감히 말을 하지 못했다. 두 사람은 말없이 각자 자기 일을 하며 조용히 함께 밥을 지었다. 언덕 위에도 태양 빛이 사라지고 있었다.

어린 맹인은 그릇에 밥을 담아 스승에게 먼저 드렸다.

"스승님, 드세요."

어린 맹인은 매우 온순해 보였다.

늙은 맹인은 마침내 말을 꺼냈다.

"이 녀석, 내 말을 안 들을 테냐?"

"음."

어린 맹인은 숟가락을 입에 넣으며 대답을 얼버무렸다.

"네가 듣기 싫다면, 말하지 않겠다."

"누가 듣기 싫다고 했어요? 전 그냥 '음'이라고 했을 뿐이에요!"

"난 인생 경험이 많은 사람이라 네 녀석보다 많은 걸 알고 있단다."

어린 맹인은 잠자코 밥을 먹고 있었다.

"난 그 일을 경험했단다."

"무슨 일을요?"

"또 나와 말장난을 할 테냐?"

늙은 맹인은 젓가락을 부뚜막 위로 내던졌다.

"란시우는 그냥 라디오를 좀 듣고 싶어했을 뿐이에요. 우린 그저 함께 라디오를 들었을 뿐이라고요."

"그 다음은?"

"없어요."

"없다고?"

"굽이진 복도를 본 적이 있냐고 물었어요."

"내가 묻고 싶은 건 그게 아니잖니!"

"그 다음엔, 그 다음엔……."

어린 맹인은 겁에 질렸다.

"저도 모르게 머리카락 사이로 기어 다니는 이에 대해 말했어요……."

"그 다음은?"

"없어요. 정말 없어요."

두 사람은 다시 아무 말 없이 밥을 먹었다. 늙은 맹인이 어린 제자와 함께 생활한 지도 이미 여러 해가 되었다. 그래서 이 아이가 거짓말을 할 줄 모른다는 것도 잘 알고 있었다. 제자의 솔직하고 정이 많은 점이 늙은 맹인을 가장 안심시켰다.

"내 말을 잘 들으면, 분명 네게 득이 될 게다. 앞으로 그 여자아이와 멀리하여라."

"란시우는 나쁜 애가 아니에요."

"나도 안단다. 하지만 그 아이와 멀리 하는 게 좋아. 지난날 내 스승도 내게 이렇게 말했을 때, 나 또한 믿지 않았단다……."

"스승님, 지금 란시우를 말씀하시는 건가요?"

늙은 맹인의 슬픈 얼굴이 짙은 황혼 속에서 붉게 물들었고, 해골 같이 하얀 눈동자는 쉼 없이 흔들렸다. 그 하얀 눈동자를 통해 그가 무엇을 볼 수 있는지 아무도 모르는 일이었다.

한참 후에 어린 맹인이 말했다.

"오늘 저녁 어쩌면 삼현금 줄 하나를 더 끊을 수 있을지도 몰라요."

어린 맹인은 스승을 기쁘게 해주고 싶었다.

그날 저녁 스승과 제자 두 사람은 다시 또 예양아오 마을에서 설서 공연을 했다. 늙은 맹인과 어린 맹인 두 사람의 삼현금 연주 모두 뒤죽박죽 엉망이었다. 어린 맹인은 작고도 보드라운 손이 자신의 눈을 감싸던 느낌과 자신의 머리카락이 란시우의 손에 잡히던 느낌을 음미하고 있었고, 늙은 맹인도 지난 일들을 더 많이 떠올리고 있었던 것이다……

그날 새벽 늙은 맹인은 몸을 뒤척이며 잠을 제대로 이루지 못했다. 과거의 숱한 일들이 그의 귓가에 울리더니 온몸이 무언가에 의해 폭발되

듯 그의 마음을 마구 흔들어 놓았다. 큰일이다. 병이 또 도지려는 신호였다. 머리가 어지럽고 가슴이 답답한 게 온몸이 괴로웠다. 그는 자리에서 일어나 자신에게 말했다.

"병이 도지면, 올해는 삼현금을 다 연주할 생각을 하지 말자."

그는 또 삼현금을 만졌다. 자신의 뜻대로 미친 듯이 삼현금을 연주할 수 있다면, 마음속 깊은 근심은 가라앉을 것이며 머릿속에 맴돌던 옛 일들도 어쩌면 모두 사라질 것이다. 어린 맹인은 단꿈을 꾸고 있었다.

늙은 맹인은 다시 또 혼신의 힘을 다해 처방문과 삼현금을 생각할 수밖에 없었다. 아직 마지막 몇 줄이 더 남아 있었다. 그때가 되면, 약을 얻을 수 있고 눈을 떠서 이 세상을 볼 수 있게 되는 것이었다. 그는 수많은 산을 넘어왔고, 수많은 길을 걸어왔으며, 세상의 따스함과 태양의 뜨거움을 헤아릴 수 없이 느껴왔다. 그리고 파란 하늘, 달과 별을 꿈꿔왔던 숱한 세월들……. 그리고 또 무엇이 있을까? 갑자기 마음이 공허해졌다. 그저 이것을 위해 살아왔던 것일까? 그리고 또 무엇이 있을까? 어렴풋한 가운데 늙은 맹인은 그가 욕망했던 것이 이보다는 훨씬 더 큰 것일 거라고 생각했다.

깊은 산속 차가운 밤바람이 불어왔다.

부엉이도 처량하게 울어댔다.

그러나 지금 늙은 맹인은 이제 나이가 들어서 앞으로 살 날도 얼마 남지 않았다. 이미 잃어버린 것은 영원히 돌이킬 수 없었다. 늙은 맹인은 이제 막 깨달은 사람 같았다. 칠십 평생을 그가 그토록 참고 견뎌왔던 그 모든 고생들이 겨우 마지막에 이 세상을 한번 보는 것이란 말인가! 그것이 과연 가치 있는 일인가! 그는 스스로에게 물었다.

어린 맹인은 웃으며 잠꼬대를 했다.

"저건 의자야. 란시우……."

늙은 맹인은 우두커니 앉아 있었다. 불상 삼존도 아무 말 없이 앉아 있었다. 어느 것이 석가모니고 어느 것이 노자인지 분별할 수 없었다.

늙은 맹인은 새벽닭이 울어 날이 밝아오면 이 아이를 데리고 이곳을 떠나기로 결심했다. 그렇지 않으면, 이 아이는 그 엄청난 고통을 감당할 수 없을 것이다. 늙은 맹인 또한 견디기 어려울 것이다. 란시우는 좋은 아이지만, 이 일을 어떻게 매듭지어야 하는지 늙은 맹인은 누구보다도 잘 알고 있었다. 닭이 두 번 울자 그는 짐을 꾸리기 시작했다.

그러나 아침에 어린 맹인이 갑자기 아프기 시작했다. 배가 아프다더니 이어서 열이 나기 시작했다. 늙은 맹인은 어쩔 수 없이 떠날 날짜를 다음으로 미루었다.

며칠 동안 늙은 맹인이 불을 지펴 밥을 짓고 장작을 줍고 또 어린 맹인에게 약을 다려주었다. 늙은 맹인은 늘 마음속으로 이렇게 말했다.

"의미가 있어. 당연히 의미 있는 일이야."

이렇게라도 자꾸 자신에게 말하지 않으면, 몸속의 기운이 모두 다 빠져나갈 것만 같았다.

"난 기필코 마지막에 눈을 떠서 세상을 한번 봐야 한다. 아니면 어쩌겠는가? 그저 이렇게 죽을까? 이제 마지막 줄 하나만 끊으면 된다."

이것이 그가 바로 살아가는 이유였다. 늙은 맹인은 다시 냉정을 되찾고 매일 밤 예양아오 마을로 내려가 설서 공연을 했다. 한편, 어린 맹인에게는 이것이 좋은 기회였다. 매일 저녁 스승이 마을로 내려가면, 란시우는 도둑고양이처럼 살그머니 사찰로 들어와 어린 맹인과 함께 라디오를 들었다. 란시우는 매번 삶은 달걀을 가지고 왔는데, 조건은 그녀가 직접 라디오를 켜보는 것이었다.

"어느 쪽으로 틀어야 하니?"

"오른쪽."

"잘 안 돼."

"오른쪽이라니까, 바보! 오른쪽도 모르니?"

"딸깍."

또 며칠이 지났다. 늙은 맹인은 삼현금을 연주하는 중에 삼현금 세 줄을 더 끊었다.

예양아오 언덕 위의 사찰은 더욱 소란스러워졌다. 라디오 음량을 크게 틀어놓은 탓이었다. 마을 쪽에서 아기들이 우는 소리와 어른들이 떠드는 소리가 들려왔고, 사람들은 폭죽을 터트리며 나팔을 불어댔다. 하얀 달빛이 사찰 안을 비추었다. 어린 맹인은 누워서 삶은 달걀을 먹고 있었고 란시우는 그의 곁에 앉아 있었다. 두 사람은 라디오 프로그램을 재미있게 들으며 크게 웃다가 또 아무 이유 없이 멍해졌다.

"너희 스승님은 이 라디오를 어디서 사신 거니?"

"저 산 너머에 사는 어떤 사람에게서."

"저 산 너머에 가본 적이 있니?"

"아니, 조만간 기차를 타고 한번 나가볼 거야."

"기차라고?"

"기차도 모르니? 바보야."

"아, 알아. 알아. 연기 나는 거 맞지? …… 아마 나도 곧 저 산 너머로 가게 될 거야."

란시우의 목소리가 떨렸다.

"그래?"

어린 맹인은 벌떡 일어나 앉았다.

"그럼 넌 굽이진 복도가 어떤 모습인지도 볼 수 있겠구나."

"저 산 너머에 사는 사람들은 모두 라디오를 갖고 있다고 했지?"

"그걸 내가 어떻게 아니? 방금 한 말 들었니? 굽, 이, 진, 복, 도, 이게 저 산 너머에 있어."

"그럼, 그 사람들에게 라디오 하나를 달라고 해야지."

란시우는 혼잣말을 하며 시름에 잠겼다.

"하나를 달라고 할 거라고?"

어린 맹인은 웃다가 숨을 죽이고 다시 크게 웃었다.

"왜 두 개를 달라고 하지 그러니? 넌 정말 수완도 좋아. 라디오 한 대 값이 얼마인지나 알고 그러니. 널 팔아도 라디오 한 대 값에 못 미쳐."

란시우는 분한 듯 어린 맹인의 귀를 덥석 잡아당기고는 힘껏 비틀며 욕을 했다.

"좋아, 이 죽일 놈의 맹인아."

두 사람은 신당에서 서로 맞붙어 싸웠다. 진흙 불상 삼존도 구경만 하며 그 두 사람을 말리지 않았다. 두 사람은 서로 안고 뒹굴며 싸웠다. 성숙하게 발육된 두 젊은 남녀의 육체가 서로의 가슴에 닿았다. 한 사람이 다른 사람의 몸 위로 올라가고 다시 위치가 바뀌더니 욕 소리가 웃음소리로 변했다. 다른 쪽에서는 라디오 음악 소리가 흘러나왔다. 두 사람은 한참을 뒹굴며 싸우다가 피곤한지 싸움을 멈췄다. 심장은 아직 쿵쿵 뛰고 있었다. 서로 얼굴을 맞대고 누운 채 숨을 헐떡이며 아무 말도 하지 않았다. 두 소년 소녀는 떨어지고 싶지 않았다.

어린 맹인의 볼에 란시우의 입김이 느껴졌다. 그때 어린 맹인은 야릇한 유혹을 느꼈고 며칠 전 아궁이에 불을 지피다가 스승이 했던 말이 생각났다. 그래서 어린 맹인은 란시우에게도 후하고 입김을 불어주었다. 그녀는 피하지 않았다.

"야!"

어린 맹인은 작은 소리로 말했다.

"뽀뽀가 뭔지 아니?"

"뭔데?"

란시우는 작게 말했다.

어린 맹인은 란시우의 귀에 대고 말했다. 그녀는 아무 대답이 없었다. 늙은 맹인이 돌아오기 전에 그들은 이미 입맞춤을 끝냈고 그 느낌은 정말 황홀했다…….

바로 그날 저녁, 마을에서 늙은 맹인이 삼현금을 연주하는 중에 드디어 마지막 두 줄을 끊었다. 뜻밖에 삼현금 두 줄이 동시에 끊어진 것이었다. 늙은 맹인은 예양아오 언덕 위의 사찰로 엎어질 듯 뛰어왔다.

어린 맹인은 깜짝 놀라며 말했다.

"무슨 일이세요, 스승님?"

늙은 맹인은 숨을 헐떡이며 자리에 앉고는 아무 말도 하지 않았다.

어린 맹인은 속으로 생각했다.

'설마 스승님이 나와 란시우가 한 일을 아셨을까?'

늙은 맹인은 이제야 세상의 모든 일들이 가치 있는 것임을 믿게 되었다. 그가 평생을 인내해온 것이 이제 모두 가치 있게 되었다. 이제 드디어 눈을 떠서 세상을 볼 수 있게 되었다.

"얘야, 내일 약을 지으러 가야겠다."

"내일요?"

"그래, 내일."

"삼현금 줄을 다 끊으셨어요?"

"삼현금 두 줄이 동시에 끊어졌단다."

늙은 맹인은 끊어진 삼현금 두 줄을 풀어서 잠시 만지다가 그것을 998 개의 줄들과 합쳐 하나로 묶었다.

"내일 가신다고요?"

"날이 밝자마자 움직일 거다."

늙은 맹인은 삼현금 울림통의 뱀가죽을 벗기기 시작했다.

"하지만 제 병이 아직 다 낫지 않았어요."

어린 맹인은 작은 소리로 투덜거렸다.

"오! 그래, 넌 일단 여기에 남아라. 내 열흘 안에 돌아올 테니."

어린 맹인은 기뻐서 어쩔 줄 몰랐다.

"너 혼자 괜찮겠느냐?"

"그럼요!"

어린 맹인은 재빨리 대답했다.

늙은 맹인은 란시우를 까맣게 잊고 있었다.

"먹을 거, 마실 거, 땔감 모두 준비해 놓았으니, 병이 다 나으면 혼자 설 서를 공부하고 있어라, 알겠느냐?"

"네."

어린 맹인은 스승에게 조금 미안한 마음이 들었다.

늙은 맹인은 뱀가죽을 벗기고 삼현금 울림통에서 사각형 모양으로 접혀 있는 작은 쪽지 하나를 꺼냈다. 늙은 맹인이 스무 살 때 그의 스승이 이 처방문을 삼현금 울림통 속에 넣어주었던 기억이 떠오르자 온몸에 소름이 돋았다.

어린 맹인도 경건한 마음으로 처방문 쪽지를 만져보았다.

"내 스승이야말로 평생을 억울하게 사신 분이지."

"삼현금 줄을 얼마나 끊으셨나요?"

"본래 삼현금 천 줄을 끊어야 하는데, 팔백 줄로 착각하셨단다."

날이 밝기도 전에 늙은 맹인은 서둘러 길을 나섰다. 그는 가능한 한 열흘 안에 돌아올 것이라고 말했다. 그러나 그가 그렇게 늦게 돌아오리라고는 그 누구도 몰랐다.

늙은 맹인이 예양아오 마을로 돌아왔을 때는 이미 겨울로 접어들 때였다. 하늘에는 눈꽃이 자욱하게 깔리어 어두운 하늘과 새하얀 산들이 맞닿아 있는 것처럼 보였다. 사방은 아무런 인기척도 활기도 없이 그저 공허함과 적막감만이 흘렀다. 늙은 맹인의 검게 그을린 밀짚모자만이 눈에 띄게 솟아올라 보였다. 그는 비틀거리며 예양아오 언덕 위를 오르고 있었다. 사찰 마당에는 시든 야초들만이 무성하게 자라 있었고, 여우 한 마리가 사람의 인기척에 놀라 껑충 뛰며 멀리 달아나버렸다.

마을 사람들은 늙은 맹인에게 어린 맹인이 이미 오래 전에 이곳을 떠났다고 말해주었다.

"내가 꼭 돌아올 거라고 했어요."

"그 아이가 왜 떠났는지 우리도 잘 모른답니다."

"어디로 간다는 말도 없었나요?"

"자기를 찾지 말라고 하던데요."

"언제 떠났나요?"

사람들은 한참을 생각하더니 란시우가 산 너머 마을로 시집가던 날이었다고 말했다. 그 순간 늙은 맹인은 모든 것을 알 것 같았다.

마을 사람들은 늙은 맹인이 어린 맹인을 찾으러 마을을 떠나지 못하도록 말렸다. 산속은 온통 눈과 얼음으로 뒤덮여 있기 때문에 차라리 마을에 남아 설서 공연을 하는 게 더 나을 것이라고 말했다. 늙은 맹인은 마을 사람들에게 자신의 삼현금을 보여주었다. 줄 하나 없이 텅 비어 있는 삼현금이었다. 늙은 맹인은 얼굴이 초췌해졌고 호흡도 약해졌고 목도 잠겨버렸다. 늙은 맹인은 이미 다른 사람으로 변해 있었다. 그는 어린 제자를 찾으러 떠나야 한다고 생각했다.

늙은 맹인은 바로 자신의 어린 제자 때문에 다시 이 마을로 돌아왔던 것이다. 그는 처음에 그가 칠십 평생을 간직해왔던 처방문이 한낱 백지장이라는 말을 들었을 때 도저히 믿을 수가 없었다. 글을 아는 정직한 사람들이 늙은 맹인을 대신하여 사실을 확인해주었다.

늙은 맹인은 약방의 계단에 잠깐 앉아 있었다고 생각했는데, 사실은 이미 몇 날 며칠째 앉아 있었던 것이다. 그의 힘없는 하얀 눈동자는 하늘을 향해 무언가 호소하는 듯했고, 그의 얼굴색은 해골처럼 이미 창백하게 변해 있었다. 어떤 사람은 늙은 맹인이 미쳤다고 생각해서 그를 위로해주었지만, 그는 그저 쓴웃음만 지었다. 나이 칠십에 미친들 어떠하랴? 다만, 더 이상 삼현금을 켜고 싶지 않았다. 지금껏 그의 삶을 지탱해준 물건이 더 이상 팽팽히 조일 수 없는 삼현금 줄처럼, 어느 날 한순간에 모든 것이 사라져버렸다. 늙은 맹인의 마음의 현이 끊어져버린 것이었다.

그 순간 그는 삶의 목적은 본래 허구였음을 깨달았다.

늙은 맹인은 여관에서 여러 날을 묵으며 자신의 모든 기력이 소멸되고 있음을 느꼈다. 그는 온종일 방 안에 누워 연주도 노래도 하지 않고 나날이 쇠약해져 갔다. 그는 자신이 죽을 날이 이제 얼마 남지 않았다는 것도 예감했다. 그러나 수중의 돈을 다 써버렸을 때, 갑자기 어린 제자가 떠올랐다. 어린 제자는 스승이 돌아오기만을 기다리고 있을 것이다!

끝없이 펼쳐진 눈 덮인 광야, 온통 새하얗게 눈 덮인 산들, 천지에 검은 점 하나가 솟아올랐다. 가까이 다가가보니 늙은 맹인의 몸이 아치형 다리처럼 굽어 있었다. 늙은 맹인은 자신의 어린 제자를 찾으러 사방을 더듬으며 힘겹게 산을 오르고 있었다. 그는 어린 제자가 지금 겪고 있는 고통이 어떠할지 잘 알고 있었다. 늙은 맹인은 자신부터 정신을 차려야 한다고 생각했다. 하지만 분명 삶의 목표가 사라졌기에 온몸에 힘이 빠져버렸다.

그는 마을로 돌아오는 길에 옛 일들이 그리워졌다. 그리고 지난 날 그토록 바쁘고 힘겹게 산을 넘고, 길을 걷고, 삼현금을 켜며, 심지어 마음을 조이며 걱정했던 날들이 얼마나 행복했었는지를 깨달았다. 비록 그것이 허구에 불과한 것일지언정! 그때 무언가가 늙은 맹인의 마음의 현을 힘껏 조여 왔다. 늙은 맹인은 그의 스승의 임종 당시의 기억을 떠올렸다. 늙은 맹인의 스승은 자신이 사용하지 못한 처방문을 늙은 맹인의 삼현금 울림통에 넣어주었던 것이다.

"돌아가시면 안 돼요. 몇 년 더 사시면 눈을 떠서 세상을 볼 수 있을 거예요."

당시 늙은 맹인은 철없는 어린아이에 불과했다. 늙은 맹인의 스승은 한참을 아무 말이 없다가 마지막으로 말했다.

"기억하여라. 우리의 인생은 바로 이 현과 같아서 팽팽하게 조여져 있을 때라야만 제대로 켤 수가 있는 거란다. 제대로 켤 수 있다면 그것으로 족한 게다."

그렇다. 본래 삶에는 목적이 없는 것임을 의미했다. 늙은 맹인은 어린 제자에게 이 일을 어떻게 설명해야 할지 알고 있었다. 하지만 그는 다시 생각해보았다. 과연 이 모든 것을 어린 제자에게 사실대로 말해줄 수 있을까? 늙은 맹인은 백지 처방문의 충격에서 벗어날 수가 없었고 너무도 고통스러웠다……

드디어 늙은 맹인은 깊은 산속에서 어린 맹인을 발견했다.

어린 맹인은 눈 덮인 산 위에 넘어진 채 꼼짝 않고 누워 있었고 마치 죽기를 기다리고 있는 사람 같았다. 늙은 맹인은 어린 제자를 일으켜서 근처 동굴로 데리고 들어갔다. 어린 맹인은 반항할 기운조차 없었다.

늙은 맹인은 땔감을 주워 모닥불을 피웠다. 어린 맹인은 천천히 울음을 쏟기 시작했다. 늙은 맹인은 안심했다. 그는 어린 제자가 실컷 울도록 내버려두었다. 울 수만 있다면 이 아이를 구할 방법이 생길 것이고, 울 수만 있다면 울음을 그칠 때도 있는 법이다.

어린 맹인은 몇 날 며칠을 한없이 울었다. 늙은 맹인은 그렇게 조용히 기다리고만 있었다. 산토끼, 염소, 여우, 꿩, 매 따위의 동물들이 모닥불 불꽃과 사람의 울음소리에 놀라 달아났다.

드디어 어린 맹인이 말을 하기 시작했다.

"스승님, 왜 우리는 맹인인가요?"

"그 이유는 우리가 맹인이기 때문이란다."

"눈을 떠서 세상을 한번 보고 싶어요. 단 한 번만이라도요."

"정말 눈을 뜨고 싶으냐?"

"네, 정말요."

모닥불이 활활 타올랐다. 눈이 그쳤다. 태양은 엷은 회색 하늘에 반짝이는 작은 거울 같았다. 매 한 마리가 하늘 위를 평화롭게 선회하고 있었다.

"그럼, 삼현금을 켜거라. 한 줄 한 줄 정성을 다해 켜거라."

"스승님, 약은 지어오셨어요?"

어린 맹인은 방금 막 잠에서 깨어난 사람 같았다.

"기억하거라. 온 정성을 다해 삼현금을 켜야 한단다."

"이미 눈을 뜨셨나요? 스승님, 지금 제가 보이세요?"

어린 맹인은 발버둥 치듯 두 손을 뻗어 스승의 눈을 만지려고 했다. 그러자 늙은 맹인은 어린 제자의 손을 꽉 붙잡았다.

"기억하거라. 천이백 줄을 끊어야 한다."

"천이백 줄이라고요?"

"삼현금을 이리 다오. 이 처방문을 네 삼현금 울림통에 넣어줄 테니."

늙은 맹인은 비로소 그의 스승이 자신에게 했던 말들을 이해할 수 있었다. 그것은 바로 우리의 인생은 이 현과 같다는 것이었다. 삶의 목적은 비록 허구이지만 살아가는 데 있어 반드시 필요하다. 그렇지 않다면, 어찌 현을 팽팽하게 조일 수 있을 것인가. 현을 팽팽하게 조일 수 없다면 삼현금도 제대로 켤 수 없는 것이다.

"왜 천이백 줄이나 끊습니까?"

"천이백 줄이다. 내가 천 줄로 착각했었구나."

늙은 맹인은 생각했다. 이 아이가 아무리 삼현금 연주를 많이 한다 해도 살아서는 천이백 줄을 다 끊을 수 없으며, 그렇게 영원히 생명의 현을 팽팽하게 조여야 할 거라고. 그러한 까닭에 그 백지장을 볼 필요는 없는 거라고…….

이곳은 외지고 황량한 첩첩산중으로 숲 속에는 늘 꿩 한 쌍이 날아다니고 산토끼, 여우 따위의 산짐승들도 뛰어다닌다. 산골짜기 위로는 매 한 마리가 유유히 선회하고 있다.

지금 우리는 다시 처음으로 되돌아간다.

옛날 아득한 첩첩산중에 걸어가는 두 맹인이 있었으니 하나는 늙고 하나는 젊고, 하나는 앞에 가고 하나는 그 뒤를 따르고 있었다. 검게 찌든 밀짚모자 두 개가 거친 파도 위를 떠다니듯이 들쑥날쑥 빠르게 움직였다. 어디서 와서 어디로 가는지, 또 누가 누가인지는 아무래도 상관없는 일이었다…….

원 죄

내가 당신에게 들려주려는 이 사람과 이 이야기들이 실제 있었던 것이라면 이미 몇십 년 전의 일일 것이다. 내가 이렇게 말하는 이유는 당시 나는 너무 어렸고 지금 내 기억 속에 있는 그들의 모습 또한 모호하기 때문이다. 만일 내 할머니가 살아계셨다면 이렇게 말씀하셨을 것이다. "이 세상에 그런 사람이 어디에 있니?" 혹은 "그런 이야기를 어디서 들었어? 전혀 상상도 못할 일이야."

그래서 나는 그를 본 적도 그런 일들이 일어날 수도 없는 것으로 믿는다. 하지만 내 할머니는 벌써 오래 전에 돌아가셨다. 그러므로 당신은 이 이야기의 진실성에 대해 지나치게 추궁할 필요가 없다. 한 사람의 의식 속으로 들어갔던 것이 결국 다시 그 사람의 의식 속에서 나온 것이라고 생각하면 된다. 나는 그것이 진실하다고 여길 수밖에 없다. 이야기를 구성하는 데 있어서 이 한 가지 이유만으로도 충분한 까닭이다.

이 사람의 이름이 무엇이었는지는 아무래도 상관없는 일이다. 중요하다해도 어쩔 수 없다. 아무튼 내겐 아무런 기억도 남아 있지 않다. 그저 할머니가 내게 그를 '스[1] 아저씨'라고 부르라고 한 기억만 있다. 당시 우리는 한동네에 살고 있었는데, 동네 한가운데에 정토사라는 작은 사찰이 하나 있었다. 우리 집은 동네 남쪽 끝에 있었고 아저씨네 집은 거의 북쪽 끝에 있었다. 아저씨의 아버지는 그곳에서 두부 가게를 운영하고 있었는데, 아저씨의 어머니는 언제 돌아가셨는지 모르고 이름이 라오세라는 한 일꾼이 와서 아저씨의 아버지 일을 돕곤 했다. 당시 우리 아버지와 어머니도 스 아저씨와 라오세 그들이 어떤 사람인지에 대해 잘 몰랐다.

스 아저씨는 두부 가게 뒤편에 있는 작은 방 안에서 종일 누워만 있었다. 왜냐하면 목 아랫부분부터 가슴, 허리, 발까지 몸 전체가 마비되어 전혀 움직일 수 없었기 때문이다. 머리조차도 움직일 수 없었다. 다시 말해, 눈을 떴다 감았다, 입을 열었다 닫았다, 숨을 내쉬고 들이 마실 수 있는 것 외에는 신체 중에 움직일 수 있는 것은 아무것도 없었다. 하지만 아저씨는 살아 있었다. 이불을 목까지 덮고 침대에 누워 있었다.

당신은 그의 몸이 얼마나 큰 지 알 수 없고, 때로는 이불 속에 그의 몸이 없을지도 모른다는 생각이 들 것이다. 아저씨에게 이불을 덮어주면 전혀 흐트러짐 없이 늘 그대로였고, 동전을 이불 위에 세로로 올려놓아도 다른 사람이 만지지 않는 이상 늘 그대로였다. 그는 하루하루를 이렇게 살아갔다. 지금 생각해보면, 당시 아저씨는 열일곱 살 혹은 열여덟 살이었을 것이다. 더 어렸을 리는 없다. 그렇지 않다면, 할머니는 내게 그를 아저씨라고 부르지 못하게 했을 것이다. 게다가 아저씨는 어른처럼 아주 재미있는 이야기들을 자주 들려주곤 했다. 바로 이 점이 나를 할머니와 함께 두부 가게에 가서 콩국이나 두부를 사고 싶게 만들었다. 할머

---

1) '스'는 숫자 '십(十)'의 중국식 발음으로, 완벽함을 의미한다.

니는 내가 아저씨의 아버지가 만든 콩국을 먹고 자랐다고 하셨다. 수십 년 전만 해도 매일 우유나 콩국을 사서 마실 수 있는 넉넉한 집이 그리 많지 않았다. 당시 나는 여섯 살로 어떤 일을 기억할 수도 기억하지 못할 수도 있는 나이였다.

심지어 내가 그때 여섯 살이었는지 아니었는지도 알 수가 없다. 그저 나보다 네 살 많은 아샤가 이미 초등학교를 다니고 있었고, 나보다 한 살 어린 아샤의 남동생 아똥과 함께 하루 종일 집안에서 뛰놀던 것만 기억할 뿐이다. 아샤와 아똥, 그리고 우리 집은 같은 사합원[2]에서 함께 살았다. 아샤와 아똥의 가족은 날마다 우유와 콩국을 마셨다. 할머니와 내가 콩국을 사러 갈 때면, 할머니는 아샤와 아똥, 그리고 그들의 어머니에게 함께 가기를 청했고, 아샤에게는 늘 작은 콩국 통을 들게 했다.

아샤는 아저씨를 스 오빠라고 불렀다. 아샤는 자기 아빠가 그렇게 부르라고 했다고 말했다. 당시 아저씨의 나이는 내가 생각했던 것보다 더 많았을 리가 없다. 아똥은 자기 언니를 따라 스 아저씨를 오빠라고 불렀다가 또 나를 따라 아저씨라고 부르곤 했다. 왜 아저씨의 이름이 '스'인지는 나도 모른다. 그에게는 형제자매도 없었던 것으로 기억한다.

우리 동네는 거리가 잘 정비되어 있었어도 그다지 넓지는 않았다. 우리 집 마당 문 앞에 서면, 한눈에 아저씨의 두부 가게가 보였다. 오후 거리는 늘 한산했다. 정토사에 불사가 없을 때에는 두부 가게에서 들려오는 돌절구 소리를 들을 수 있었다. 한참을 듣고 있으면, 마치 태양이 피곤해서 "아휴! 졸려!"라는 소리 같았다. 오후의 태양은 원래 이런 소리를

---

2) 사합원(四合院)이란 중국식 전통주택양식을 말하는데 여러 세대가 함께 살 수 있는 곳이다.

내는 것 같았다. 돌절구 소리가 멈추면, 돌절구를 끌던 당나귀가 억울함을 호소하듯 크게 울어댔다. 그리고 또다시 돌절구 돌아가는 소리가 들렸다. 날이 저물어야 돌절구는 완전히 멈추고, 당나귀는 다시 한 번 울어댔다. 피곤에 지쳐 늘어진 그 울음소리는 넓고 아득한 동네 한가운데를 관통하며 지나간다. 오래된 담장 밑으로 먼지가 떨어지면 이는 곧 달이 뜬다는 신호였다.

나와 아뚱은 우리 집 밖의 계단 위를 오르락내리락 뛰어 놀며 그렇게 어린 시절을 보냈다.

어느 날 정토사의 비구니 두 명이 동네 남쪽에 그늘진 담장을 따라 걸어가고 있었다. 쥐 죽은 듯 아무 소리도 없는 것이 마치 발을 땅에 닿지 않고 걷는 듯했다. 나와 아뚱은 대문 양쪽에 있는 석대 위에 서서, 각자 '권총'을 들고 비구니들을 향해 겨누었다. 두 비구니는 우리를 보고 웃기만 하고 아무 말도 하지 않았다. 마치 선량한 두 마리 물고기가 정토사로 헤엄쳐 들어가는 것 같았다.

아뚱의 총은 철판으로 만든 것으로 상점에서 산 것이었다. 탕탕 하고 소리가 나는 것이었다. 내 총은 나무를 깎아서 만든 것으로 모양은 진짜 총 같지는 않았다. 나는 아뚱에게 말했다.

"우리 서로 바꿔서 놀지 않을래?"

"넌 왜 맨날 바꾸자고 하니?"

나는 다른 방법을 생각했다.

나는 아뚱에게 말했다.

"아쉽지만 넌 어제 아저씨가 들려주는 옛날이야기를 못 들었지?"

"무슨 이야긴데?"

"어제 너네 엄마가 콩국을 사러 갔었지만 너랑 아샤는 아저씨가 무슨 이야기를 들려줬는지 모를 걸."

"무슨 이야긴데 그래?"

아똥이 말했다.

나는 흥 하고 콧방귀를 끼며 아똥의 총을 보았다. 아똥은 눈치를 챘는지 아무렇지도 않은 듯 말했다.

"아쉽지만 아저씨가 해준 이야기를 다 들은 적이 있어."

"하지만 어제의 이야기는 너도 들어본 적이 없을 거야. 어제 들려준 이야기야말로 정말 멋지고 새로운 거였어."

아똥은 한참을 고민하더니 내게 물었다.

"무슨 이야긴데?"

"신화야."

"무슨 신화?"

"신화 이야기는 길고 재미있지."

아똥은 자기 총을 만지작거렸고, 나는 그것을 곧 내 손 안에 넣을 수 있을 거라는 확신이 들었다. 하지만 일부러 그것에 관심이 없는 척했다.

"네가 들어본 적이 없는 이야기들이야. 생쥐가 춤을 춘다는 그런 이야기는 아니야."

아똥은 재빨리 총을 내게 건네주며 말했다.

"바꾸자면 바꿔야지."

그래서 나는 철판으로 만든 총을 가지고 놀며 아똥에게 그 이야기를 들려주었다.

"왜 바람이 부는지 아니?"

아똥은 고개를 저었다.

"모르지? 바람이 부는 건 하나님이 화가 났기 때문이야. 왜 바람이 아주 세게 부는지 아니?"

아똥은 또 고개를 저었다.

"그건 하나님이 뛰다가 힘들어서 헐떡거리기 때문이야. 못 믿겠다면, 너도 한 번 해봐."

나는 내 입을 아똥의 얼굴에 대고 크게 헐떡거렸다. 아똥이 눈을 감아 버릴 정도로 바람을 세게 불었다.

"봤지?"

아똥은 내 말을 믿는다는 듯 고개를 끄덕이고는 그 다음 이야기를 기다렸다. 그런데 나는 더 이상 들려 줄 이야기가 없었다. 아저씨가 반나절 동안 들려준 이야기를 나는 단 두 마디로 끝내버린 것이었다.

"이게 다야?"

나는 좀 더 아똥의 총을 가지고 놀고 싶었다.

"아니, 아직 많이 남았는 걸."

하지만 나는 아저씨가 내게 들려준 이야기들을 그대로 전해줄 수 없었다. 하나님이 어떻게 뛰고, 어디로 뛰어가고 무엇을 보았으며 산, 바다, 구름, 나무는 어떤 것인지, 나는 이야기를 할 줄 몰랐다.

"더 얘기해 봐."

아똥이 나를 재촉했다. 나는 제멋대로 지어내기로 했다.

"왜 비가 내리는지 아니?"

"몰라."

나는 생각나는 대로 말했다.

"그건 하나님이 오줌을 누기 때문이야."

뜻밖에도 아똥은 재미있는지 웃기 시작했다. 나는 흥분하여 영감이 떠올라 계속 말했다.

"왜 눈이 내리지? 그건 하나님이 대변을 보기 때문이야."

아똥은 또 크게 웃었다.

"왜 천둥이 치는지 아니? 천둥은 하나님이 방귀를 뀌기 때문이지!"

"하나님이 방귀를……!"

아똥은 크게 소리치더니 계속 웃어댔다.

"꽈르릉, 하나님의 방귀는 정말 시끄럽지. 안 그래, 아똥아?"

"꽈르릉! 꽈르릉!"

우리 둘은 계단에 앉아 함께 소리쳤다.

"하, 나, 님이! 방, 귀, 를! 꽈르릉! 꽈르릉! 하, 나, 님, 이……"

그때 아샤가 나타났다. 아샤는 대문 앞에 서서 우리가 한참 동안 떠드는 소리를 듣다가 헛소리 좀 그만하라고 했다. 우리는 더 시끄럽게 굴며 즐거워했다. 아샤는 고개를 돌려 자기 어머니와 우리 할머니를 불렀다.

"빨리 와 보세요. 얘네들 좀 보세요!"

나와 아똥은 재빨리 입을 다물고 마당 안으로 뛰어들어갔다. 그때 두부 가게 안에서 들리던 돌절구 소리가 멈췄다. 당나귀는 탄식을 하듯 울음소리를 길게 뿜어냈다. 집집마다 한창 저녁 식사를 준비 중이었다. 아샤는 들어오지 않았다. 혼자 어두운 대문 앞에 서서 사뿐히 춤을 추다가 한 바퀴 돌고는 작은 소리로 흥얼거렸다. 엷은 색 원피스가 올라갔다 내려갔다 하며 나풀거렸다.

아저씨의 작은 방은 고작 여섯 평이거나 더 작았다. 침대 하나와 탁자 하나가 있었고 그 외 빈 공간은 나와 아뚱, 아샤 세 사람이 앉으면 아주 꽉 찰 정도였다. 그런데 아저씨의 방 천장은 무척이나 높았다. 다른 집 천장보다 훨씬 높았다. 그래서 내가 우리 집 대문 앞에 서서도 한눈에 볼 수 있다고 말했던 것이다. 아저씨 방의 작은 유리창 하나는 아샤가 침대 위에 서서도 손이 닿지 않을 정도로 높았다. 한번은 아샤가 충분히 닿을 수 있다며 침대 위에서 까치발을 들고 팔을 뻗어보았지만 조금 모자랐다. 아저씨는 아샤가 침대에서 떨어져 허리를 다칠까 봐 두려웠는지 빨리 내려오라고 소리쳤다.

"아저씨가 빨리 내려오래. 아샤!"

내가 말했다.

"아저씨가 빨리 내려오래잖아!"

아뚱도 말했다.

"넌 또 아저씨라고 부르는구나."

아샤가 아뚱에게 말했다.

"아빠가 우리더러 오빠라고 부르라고 했는데, 넌 왜 자꾸 잊어버리니?"

아저씨의 방 창문 맞은편 벽에는 거울 하나가 걸려 있었고 창문 아래에도 거울이 하나 걸려 있었다. 또 창문 맞은편 거울 아래에도 거울이 하나 더 걸려 있었다. 이렇게 양쪽 벽에 모두 일곱 개의 거울이 걸려 있었고, 이처럼 지그재그 형식으로 걸려 있어서 잠망경의 원리와 흡사했다. 천장에 거울 두 개가 더 있었다. 그래서 아저씨는 움직일 수는 없어도 창밖의 광경을 볼 수 있었다. 어떻게 누워도 다 보였다. 일꾼 라오세가 아저씨에게 이런 방법을 알려준 것이었다. 라오세는 글도 모르고 잠망경이 무엇인지도 모르는 사람이었다. 아샤는 집으로 돌아가서 이 일을 자기 아빠에게 들려주었다. 아샤와 아똥의 아버지는 대학 교수로 하루 종일 책상 앞에 앉아 글을 쓰거나 계산을 하는 사람이었다. 아샤와 아똥의 아빠는 고개를 들고 웃으며 말했다.

"오, 그래? 라오세가 학교를 다닌 적이 없다니 정말 유감이군."

방 안의 거울들을 통해 볼 수 있는 것은 창 밖 담장 위로 늘어선 야초였다. 담장 쪽은 틀림없이 작은 골목길이라고 생각했다. 가끔씩 그쪽에서 사람들의 발자국 소리가 들렸다. 담장 쪽은 온통 잿빛 지붕들과 고목나무 몇 그루, 가장 먼 곳에는 하얀 건물과 파란 하늘이 있었다. 그리고 더 이상 없었다. 그저 여기까지가 아저씨가 볼 수 있는 전부였다. 하지만 그곳에는 아저씨가 영원히 다 말할 수 없는 수많은 이야기들도 있었다.

"나뭇잎이 초록색으로 변했니?"

아저씨가 물었다.

"네. 왜요?"

내가 물었다.

"네. 왜요?"

아똥도 물었다.

"아똥은 따라쟁이."

아샤가 말했다.

"바보!"

"아직 초록색으로 변하지 않은 것도 있니?"

아저씨가 물었다.

"네. 왜요?"

아똥이 먼저 말하고 아샤를 쳐다봤다. 아샤는 아랑곳하지 않았다.

"그건 대추나무라서 싹이 늦게 튼단다. 나무 위에 뭐가 걸려 있는지 봤니?"

"긴 헝겊이 맞죠? 찢어진 헝겊 조각이요."

아샤가 대답했다.

아똥도 찢어진 헝겊 조각이라고 말했다.

"언니를 따라 하는 게 아니야. 나도 봤어! 언니 혼자만 본 게 아니야!"

아똥은 거의 울 것처럼 아샤를 향해 소리쳤다.

"바보 같으니라고."

아샤가 말했다.

아똥은 눈물을 삼켰다.

"너희 둘 모두 틀렸단다."

아저씨가 말했다.

"그건 종잇조각이야. 바로 연이란다. 연이 나무 위에 오래 걸려 있게 되면 실 뭉치처럼 헝클어져 버리지. 어제 오후에 일어났던 일이란다. 아주 멋진 큰 제비 한 마리가 그려진 연이었는데, 틀림없이 연 주인이 마음 아팠을 거야."

"누구요, 아저씨? 누구의 마음이 아팠다는 거예요?"

내가 물었다.

"연 주인은 남쪽 광장으로 가서 연을 날렸어야 했어."

"누군데요? 누가 남쪽 광장으로 가서 연을 날렸어야 했는데요?"

"남쪽이 훨씬 넓단다. 그렇지 않니? 힘껏 그곳으로 달려가면 연이 멀리 날 수 있지. 눈을 감고 뛰어도 부딪칠 게 아무것도 없어. 연이 높이 날면, 넌 연 줄을 나무에 묶어도 돼. 전혀 상관할 필요 없어. 연은 떨어지지 않을 테니까. 돌 위에 묶어도 된단다. 네가 돌 위에 앉으면 되겠지. 넌 연이 하늘 위에서 움직이지 않는 걸 보았다가 자유롭게 다른 일을 하면 돼. 돌을 베고 한숨 푹 자도 걱정 없단다. 잠에서 깨어나면 연이 아직 하늘 위에 떠 있는 것을 볼 수 있을 거야. 아! 만일 나였다면, 차라리 몇 발자국 더 걸어가 남쪽 광장에서 연을 날렸을 텐데."

"아저씨, 남쪽 어디에 광장이 있다는 거죠?"

내가 물었다.

아저씨는 거울을 보며 한참 동안 아무 말도 하지 않았다. 대추나무 위에 걸려 있던 종잇조각이 바람에 날려 퍼덕이며 잠시도 멈추지 않았다.

아똥이 말했다.

"아저씨, 이야기 하나만 들려주세요."

"넌 또 아저씨라고 하는구나."

아샤가 아똥의 엉덩이를 때렸다.

"오빠, 다른 이야기를 들려주세요."

아똥이 말했다.

아저씨는 길게 숨을 내쉬고 말했다.

"또 무슨 이야기가 듣고 싶니?"

아똥은 신화 이야기를 꺼냈다.

"좋아. 신화 이야기를 해주지."

아저씨는 또 길게 숨을 내쉬었다.

"다음 생애가 있다는 거 믿지?"

"없어요. 오빠, 다음 생애는 없어요."

아샤가 말했다.

"그건 미신인 걸요."

"미신이 뭐야?"

아뚱이 묻더니 다시 소리쳤다.

"아니, 아니야! 그 이야기를 해주세요. 오빠."

"다른 이야기를 들려주마. 더 재미있는 이야기를 들려줄게."

"아니에요! 전 그 이야기를 듣고 싶어요. 아샤도 들었던 이야기요."

"너 계속 소란 피우면 그냥 집으로 갈 거다."

아샤가 말했다.

아뚱은 그제야 잠자코 있다가 다른 신화 이야기를 들려달라고 했다. 아저씨는 한참을 생각하더니 말하기 시작했다.

"발코니 위에 서 있는 한 여자아이가 보이니? 삼 층, 삼 층 발코니 보이니?"

아저씨의 시선은 저 먼 곳에 있는 하얀 건물을 가리키고 있었다.

"빨간색 옷을 입고 있는 여자아이 말씀이세요?"

내가 말했다.

아저씨는 잠시 눈을 감더니 고개를 끄덕였다. 마치 다른 사람 같았다.

"매일 이맘때쯤, 저 아이는 늘 발코니에 서서 아래를 내려다보곤 하지. 저 아이가 어렸을 때부터 난 보아왔어. 당시 두 손으로 난간을 잡고 난간 틈으로 아래를 내려다보고 있었어. 비가 오면 조그마한 손을 내밀어 비를 만지고 비가 많이 내리면 계속 눈물을 닦았어. 자기의 어머니가 퇴근해 돌아오기만을 기다리고 있었던 거야."

"아저씨가 그걸 어떻게 아세요?"

내가 물었다.

"잠시 후 아이는 엄마가 집으로 돌아오는 것을 보고 기뻐서 펄쩍 뛰며 발코니 구석으로 숨지. 아이의 어머니는 가방도 내려놓지 않고 바로 자기 딸을 찾는 거야. 어머니가 발코니에서 딸을 찾는 척을 하고 있으면, 아이는 참지 못하고 뛰어나와 '엄마' 하며 와락 끌어안지. 그 목소리는 아주 낭랑해서 여기까지 들릴 정도란다. 어머니는 자기 딸을 품에 안고 딸의 볼에 힘껏 뽀뽀를 해주지."

"여자아이의 키가 저보다 크지 않죠?"

아똥이 말했다.

"그래. 당시에는 그랬어. 훗날 그 아이의 키가 발코니 난간보다 커지자, 까치발을 들고 아래를 내려다보곤 했지. 역시 매일 이맘때쯤 아이의 어머니는 퇴근하고 돌아와 가방부터 내려놓았어. 아이는 여전히 발코니에 숨어 있다 뛰어나왔어. 목소리가 참 맑고 고왔지. 아이의 어머니는 허리를 굽혀 딸에게 뽀뽀를 했고."

"그게 뭐가 재미있죠? 오빠, 신화 이야기를 들려주세요."

"소란 좀 피우지마. 조용히 듣기나 해!"

아샤가 말했다.

"그 후에 아이는 자기 어머니보다 머리 반 정도 더 컸지. 어김없이 이 시간이면, 저 발코니에서 어머니가 돌아오기를 기다렸어. 팔꿈치를 난간에 대고 아래를 내려다보았지. 두 다리는 길고 튼튼했어. 아직 어린아이 같은 장난기가 남아 있어서 문 뒤에 숨기도 했지. 어머니는 집에 돌아오자마자 발코니로 향했고 아이는 숨어 있다가 뒤에서 어머니의 눈을 가렸어. 더 이상 예전처럼 크게 소리치지는 않았지. 아이의 웃음소리는 부드럽고 온화했지만, 아이의 어머니는 딸의 목소리가 남자아이 같다며 나무랬지."

"이건 신화가 아니잖아요. 전혀 신화 같지 않아요."

아똥이 말했다.

"어느 날 이 시간 때쯤 아이는 또 발코니에 서 있었어. 아래를 내려다
보다가 이리저리 왔다 갔다 했지. 책 한 권을 들고 있었는데, 읽지는 않
았어. 1분마다 창문 유리에 자신의 모습을 비춰보며 머리카락을 가지런
히 쓸어 내렸지. 그녀는 분명히 조금 안절부절못하는 모습이었어. 내가
미리 예상했어야 했는데, 전혀 뜻밖의 일이었지. 그리고 아이가 가볍게
뛰기 시작했어. 난 또 어머니와 숨바꼭질 할 준비를 하고 있다고 생각했
지. 하지만 이번에는 어디에 숨어야 할지 모르는지 발코니 주위만 계속
맴돌고 있는 거야. 그래도 마땅히 숨을 만한 곳을 찾지 못하더군. 난 아
이의 어머니가 계단을 오르는 발자국이라고 생각했지. 결국 아이는 어쩔
수 없이 문 뒤로 숨었고, 그 순간 문이 열렸어. 놀랍게도 그것은 아이의
어머니가 아니라 내가 처음 보는 키가 큰 젊은 남자였지."

"그 남자는 누구죠?"

아샤가 조용히 물었다.

아저씨는 눈을 감고 아무 말도 하지 않았다.

"이건 신화가 아니잖아요."

아똥이 말했다.

내가 아똥에게 말했다.

"이번에는 아마 신화일 거야."

그리고 또 아저씨에게 물었다.

"그 젊은 남자는 왕자였죠?"

"그는 용감한 왕자였죠?"

아똥도 물었다.

"맞아요. 백설공주에 나오는 그 왕자인 거죠?"

내가 말했다.

"맞아요. 신데렐라에 나오는 그 왕자죠?"

아똥도 말했다.

아저씨는 한참 동안 눈을 감고 있다가 말했다.

"이제야 생각이 나는데, 눈 깜짝할 사이에 세월이 많이 흘렀구나."

아저씨는 자기 자신에게 신화를 들려주고 있었다.

"이게 신화인가요, 오빠?"

"신화인 셈이지."

아저씨가 말했다.

"그 후에 그들은 어떻게 됐나요?"

"그 후에 낮이나 밤이나 젊은 남자는 늘 저곳에 서 있었어."

"끝인가요? 이게 다예요?"

아똥이 짧게 한숨을 짓고는 내게 말했다.

"신화 같지 않아. 그렇지? 전혀 신화 같지 않아."

"하지만 이건 신화란다."

아저씨가 말했다.

나는 아저씨가 윗니로 아랫입술을 세게 깨물어 자국이 크게 났고, 거의 입술이 헐 정도로 꽉 깨물고 있는 모습을 지켜보았다.

집으로 돌아오는 길에 아똥은 계속 투덜댔다.

"그건 신화가 아니야. 하나도 재미없었어."

"멍청하긴. 혼자 못 알아듣고선 누굴 탓하니?"

아샤가 말했다.

아뚱은 억울한지 계속 울먹였다.

"아샤, 그 다음에 그들은 결국 어떻게 됐을까?"

내가 물었다.

아샤는 조용히 고개를 숙이고 걷고 있었다.

그렇다면, 아저씨의 당시 나이는 내가 생각했던 것과 조금 차이가 있다. 자세히 계산해보면, 당시 적어도 스무 살이 넘었거나 심지어 서른 살 이상이었을 것이다. 나는 당신에게 우리 할머니가 오래전에 돌아가셨다고 말한 바 있다. 한 사람의 젊은 시절의 역사는 그의 어렴풋한 기억으로 결정되기에 자기 자신조차도 어쩔 수가 없는 것이다. 당신에게는 그저 내가 들려주는 이러한 이야기만 남을 뿐이다. 이 이야기 자체가 바로 진실인 것이다. 만일 당신이 이것을 다른 사람에게 들려준다면, 당신이 다른 사람에게 들려주었던 그 이야기만 남게 되는데, 그것이야말로 역시 진실인 것이다. 역사는 하나의 이야기나 하나의 전설에 불과하다. 사람들이 우리에게 어떤 이야기를 들려주면, 우리는 그것이 진실하다고 믿는데, 그 이유는 우리가 그것이 진실이라고 믿을 수밖에 없기 때문이다. 왜냐하면 그러한 느낌은 우리의 마음을 기쁘고 편안하게 해주고, 그 속에서 일종의 믿을 만한 근거가 생겼다고 여기고 싶기 때문이다.

당시 할머니는 우리 셋을 데리고 집으로 돌아가고 있었다. 작은 거리가 또다시 석양의 붉은 노을 빛깔로 물들었다. 정토사를 지나가는데, 두 비구니가 문을 닫으며 우리를 보고 웃었다. 여전히 아무 소리도 내지 않았다. 미소를 머금은 얼굴이 저 멀리 사라졌다.

나는 할머니에게 물었다.

"아저씨의 병은 고칠 수 있는 건가요?"

"그럼. 고칠 수 있고말고."

할머니가 말했다.

아샤는 아니라고 말했다.

"우리 아버지가 그러는데, 못 고친데요."

아샤와 아똥의 아버지는 과학자로 방마다 온통 책으로 가득했다. 그들의 아버지가 하는 말은 사람들이 모두 믿을 정도였다.

"절대로 아저씨에게 너희 아빠가 했던 말을 얘기해선 안 된다."

할머니는 아샤에게 말했다.

"우리는 오빠라고 불러요. 그렇지, 아샤?"

아똥이 말했다.

아샤가 할머니에게 물었다.

"왜 말하면 안 되나요?"

"아무튼 말하면 안 돼. 말하려거든 병을 고칠 수 있다고 말하여라."

"그건 거짓말이잖아요."

"그럼, 아무 말도 하지 말아라. 알았지?"

"왜요?"

할머니는 아저씨의 아버지가 아침부터 저녁까지 두부를 팔아서 번 돈으로 아저씨의 병을 고치는 데 몽땅 써버렸다고 말했다. 노란 콩을 사고 당나귀 사료를 사는 것 이외의 돈은 모두 약방에 갖다 줬다고 했다. 만일 지금까지 그 돈을 모았다면, 아저씨의 아버지는 후처를 하나 더 얻었고 으리으리한 기와집 몇 채를 더 지을 수 있었으며 당나귀 열 필을 더 살 수 있을 정도의 아주 큰 돈이었다고 했다.

"할머니, 후처를 얻는 게 뭐예요?"

할머니는 대답하지 않았다. 아저씨 아버지의 당나귀는 이미 피골이 상접할 정도로 늙어 있었다. 그저 반나절만 돌절구를 끌 수 있었고 나머지 반나절은 아저씨의 아버지가 혼자 밀었다. 일꾼 라오세는 오로지 콩국을 거르거나 끓이고 두부 주문을 받았다. 늘 김이 모락모락 나는 연기 속에서 쉴 틈도 없이 바쁘게 일했다.

아샤와 아똥의 아버지가 말했다.

"그 아이의 아버지는 과학을 잘 몰라. 과학이란 인간의 감정과는 무관한 것이지."

아샤와 아똥의 아버지가 말했다.

"지난 세월 동안 별 효과도 없었는데 왜 자꾸 돈을 약 사는 데 밀어 넣는지 도대체 이해가 안 되는구나."

아샤가 말했다.

"아저씨에게 말해줄까요?"

"뭘 말이냐?"

"오빠의 병은 고칠 수가 없는데, 왜 거짓말을 해야 하죠?"

"나도 갈래!"

아똥이 말했다.

"내가 유명한 의사에게도 물어봤단다. 완전히 끊어진 척추는 전혀 고칠 방법이 없다고 하더라."

아샤와 아똥의 아버지가 말했다.

"말해주고 올게요."

아샤가 말했다.

"나도 갈 거야!"

아똥은 침대에서 뛰어내려 밖으로 달려 나갔다.

"돌아오너라. 아똥!"

아똥의 어머니가 불렀다.

아똥과 아샤의 아버지는 아저씨를 저렇게 매일 침대에 눕혀 놓고 아무것도 할 수 없게 내버려 두어선 안 된다고 했다. 다른 방법을 강구해서 그에게 사람답게 살아갈 수 있게 해줘야 한다고 했다. 하지만 아샤와 아똥의 아버지 자신조차도 특별히 좋은 방법을 생각해내지 못했다. 그들의 아버지는 모르는 것이 없어서 가끔씩 한가할 때, 우리에게 재미있는 이야기를 들려주곤 했다. 예를 들어 달이 밝지 않은 건 태양 빛에 반사되어서라는 것, 아홉 개의 행성이 태양 주위를 돌고 있는데 지구가 그중에 하나라는 것, 은하계의 행성은 적어도 천억 개이지만 그 은하계는 우주에서 한낱 '큰 나무에서 자라는 잎사귀 하나'와 같다는 것이었다.

"오빠는 하늘의 별들이 춤을 추고 있다고 했어요."

아똥이 말했다. 그의 아버지는 웃으며 말했다.

"그 말도 틀리지는 않군. 별들은 분명히 춤을 추는 것 같구나."

아주 추운 날을 제외하고 아저씨의 작은 창문은 아침저녁으로 늘 열려 있었다. 세상 밖의 사건들을 하나하나 보기 위해서, 세상 밖의 소리들을 하나하나 듣기 위해서였다. 창문을 열어 놓는 일이 습관이 되었기에 그로 인해 감기가 걸리거나 병이 나지는 않았다. 아저씨에게는 아침저녁이라는 시간은 중요하지 않았다. 아무튼 누워만 있었고 언제든 잠이 들 때가 저녁이었으며 다시 잠에서 깨어나면 거울로 아저씨의 세계를 보았다. 그리고 그의 세계는 그 작은 창을 통해 아저씨에게 여러 가지의 소리를 선물했다. 아저씨는 거의 매일 밤 꿈을 꾸다가 가위에 눌렸는지 크게 비명을 지르며 깨어나곤 했다. 그 비명소리는 애처롭고 격렬했다. 그 소리를 한밤중에 들으면 무서울 정도였다.

"뭐라고 소리를 지르는데요, 할머니!"

할머니는 한숨을 내쉬었다. 아저씨는 다시 또 방 안의 거울들을 통해 세상 밖을 바라보고 있었다. 나도 커튼을 젖히고 하늘을 바라보았다. 밤 하늘의 별들이 어떻게 춤을 추는지 정말 궁금했다. 하지만 하늘 가득한 총총한 별들은 아무 움직임 없이 각자 조용히 자기 자리에 우두커니 있었다. 겨울 중 가장 추울 때도 해가 뜨자마자 아저씨는 어김없이 일꾼 라오세에게 창문을 열어 놓도록 했다.

당신은 그가 오랜 시간 동안 무언가를 보고 듣고 또 그곳에서 홀로 세상과 밀회를 즐기며 자신도 모르게 그들에게 이끌려 간다는 사실을 상상할 수 있을 것이다. 따사로운 햇볕이 침대 위로 부서지면, 그 햇빛 속에서 춤을 추듯 날고 있는 것은 그의 영혼이며 죽어가는 것은 그의 육체인 것을 상상해보라. 석양이 내려앉아 저 먼 곳의 하얀 건물을 애처로이 붉게 물들이면, 아저씨는 우리가 그의 이야기를 들으러 와주기를 바랐다. 우리가 가지 않는 날이나 저녁에 일꾼 라오세가 한가할 때면, 아저씨는 온종일 참았다가 라오세 한 사람에게 그 이야기를 들려주었다. 물론 아저씨 방 안에 아주 오래된 무선 라디오 한 대가 있긴 했다. 하지만 아저씨는 라디오 전원을 켤 수가 없었다. 아저씨의 아버지와 일꾼 라오세가 바쁠 때면, 아저씨는 라디오를 듣기 싫어도 들어야 했기 때문에 라디오를 그다지 좋아하지 않았고 오히려 이야기 들려주기를 좋아했다. 아저씨는 자신이 듣고 싶은 이야기를 들려주었다. 이 얼마나 멋진 일일까! 아저씨는 나와 아똥, 아샤가 와서 자신의 이야기를 들어주기를 간절히 바라고 있었던 것이다.

"오빠, 어제 또 악몽을 꾸었죠? 엄마가 그러는데 오빠가 또 새벽에 악몽을 꿨다던데요."

"아똥, 무슨 헛소리를 하는 거니!"

아샤는 아똥을 밀었다.

"네가 뭘 안다고. 멍청한 녀석!"

"난 오빠라고 불렀어. 누구를 흉내 내지 않았단 말이야."

아똥이 변명했다.

"넌 정말 멍청한 아이야, 알고 있니? 넌 아직도 이해 못해!"

"아샤야!"

아저씨가 부르더니 잠시 눈을 감았다. 마치 악몽의 그림자가 아저씨의 얼굴 위를 스쳐 지나가는 듯 했다. 그리고 아저씨는 갑자기 눈을 뜨더니 우리에게 물었다.

"오늘은 무슨 이야기를 듣고 싶니?"

또 완전히 다른 모습이었다.

"신화요!"

아똥이 말했다.

"생쥐가 춤을 춘다는 이야기를 듣고 싶어요."

"겨우 그거 하나만 알고 있니? 넌 정말 멍청해."

"쉬!"

아저씨가 말했다.

"얘들아, 잘 들어 보아라."

창문 밖에서 한 남자가 작은 소리로 노래를 부르며 걸어가고 있었는데 거울로는 보이지 않았다. 남자의 목소리는 소의 울음소리 같았다.

"오늘도 공연을 하러 가는구나."

아저씨는 혼잣말을 하고 있었다.

"무슨 공연이요? 공연하러 간다는 걸 어떻게 아세요?"

아샤가 물었다.

"이 시간이 되면, 공연하러 나갔다가 새벽에 어김없이 돌아오곤 하지. 그 사람의 목소리가 얼마나 좋은지 들어 보아라. 참 좋지 않니?"

"무슨 노래를 부르고 있죠?"

아똥이 물었다.

"잘 안 들려."

아저씨가 말했다.

"늘 저 노래만 부르는데, 나도 무슨 노래인지 잘 모르겠구나."

"한 구절은 잘 들려요. 아마도…… '넌 마왕을 보았구나'인 것 같아요"

아샤가 말했다.

"목소리가 정말 멋져. 그렇지, 아샤?"

"저 사람은 누구죠?"

"바로 저 건물에 사는 사람이란다. 건물 4층, 왼쪽에서 세 번째 창문이지. 매일 밤 그가 이쪽으로 지나가면 얼마 지나지 않아 바로 저 창문에 불이 켜진단다."

아저씨는 여전히 하얀 건물을 가리키고 있었다. 그 하얀 건물은 아침부터 저녁까지 찬란한 햇빛 속에서 다양한 빛깔로 변하기도 했다. 때로는 옅은 남색 빛을, 때로는 황금빛을 띠고 있었다. 태양이 서쪽으로 기울면 하얀 건물은 장밋빛으로 변했다. 건물 아래에는 큰 나무가 몇 그루 있는데 나뭇가지와 잎이 무성했고 비취색 파도처럼 천천히 흔들리고 있었다.

"그 사람은 어떻게 생겼어요?"

아샤가 물었다.

아저씨는 잠시 생각에 잠겼다가 말했다.

"음, 키가 상당히 큰 사람이지."

"우리 아빠보다 더 커요?"

아똥이 말했다.

"물론이지. 그 사람은 어느 누구보다 체구도 크고 다리도 길고 어깨도 넓단다. 오! 그래, 그 사람은 운동선수이자 가수란다."

"그럼, 달리기도 잘하겠네요?"

"그럼, 잘하고말고 굉장히 빠르단다. 그리고 아주 높이 뛸 수도 있지. 네가 뭐라고 했지? 팔짝 뛰면 천장까지 닿는다고? 물론 가능하지. 그건 그 사람에게 식은 죽 먹기란다. 너희들 농구 할 줄 아니?"

"네!"

"그 사람이 한 번 뛰면, 어떻게 되는 줄 아니? 머리가 농구 골대까지 닿는단다."

"아저씨도 농구 할 줄 아시죠?"

내가 물었다.

"나도 농구 골대가 아주 높다고 들어 본 적이 있어. 그렇지, 아샤?"

"엄청 높아요."

아샤는 손동작으로 설명했다.

"언젠가 우리 체육 선생님도 힘껏 뛰어 올랐었는데, 농구 판에 닿지 못했어."

"거의 하늘만큼 높겠죠?"

아똥이 물었다.

"하지만 난 사뿐히 뛰어올라 내 머리가 농구 골대에 닿게 할 수 있지."

"아저씨, 어떻게 아저씨가 할 수 있어요? 어떻게 '나'라고 말할 수 있죠?"

"내가 나라고 했다고? 아니야, 아니란다. 내가 언제 그랬니?"

"오빠, 신화 이야기를 듣고 싶어요. "

아똥이 말했다.

"그리고 그는 무척이나 똑똑한 사람이지."

아저씨는 우리에게 계속 이야기를 들려주셨다.

"그와 같은 또래의 아이들이 아직 중학교도 채 졸업하지 못했을 때, 그는 이미 대학을 졸업했지. 사람들이 대학을 졸업했을 때, 그는 이미 과학자가 되었고 그와 결혼하고 싶어 하는 여성은 이루 셀 수 없을 정도로 많았단다. 아주 아름다운 여자만 해도 말이야. 하지만 그는 아직 결혼하고 싶지 않았어. 먼저 세계 각국을 여행해야겠다고 생각했기 때문에 혼자 집을 나섰어. 그는 비행기도 증기선도 모두 타 보았고 자가용을 몰 줄도 알며 말을 탈 줄도 알아. 그중에 말타기를 제일 좋아한단다. 그에게는 온몸이 붉은 요정과 같은 멋진 말 한 필이 있지. 아주 빨리 달리고 사람과 감정이 통하는 말이란다. 아주 멋진 요정이지."

"그럼, 춤을 출 줄 아는 생쥐도 멋진 요정이네요."

아뚱이 말했다.

"그럼, 그렇고말고."

"고양이와 강아지도 멋진 요정이네요. 나무 한 그루와 벌레 한 마리도 멋진 요정이고요."

"그 사람의 말도 멋진 요정이란다. 그 말은 어디를 가든 길을 잃는 법이 없었지. 내가 기분이 좋을 때면, 말과 함께 달렸고 그러다 지치면 말에 다시 오르곤 했었어."

"아저씨, 또 '내가'라고 말씀하셨어요. 방금 '내가 기분이 좋으면'이라고 했어요. 그렇게 말했어요."

"오, 그래? 내가 잘못 말했구나."

아저씨는 잠시 말을 멈추더니 다시 말하기 시작했다.

"내가 어디까지 말했었지? 오, 그래. 그는 그렇게 세계 각국을 여행하며 유쾌하게 살아가지. 내가 너희에게 들려주었던 바람의 이야기를 기억하니? 그 사람은 바람처럼 온 천지를 다니며 자유롭게 살아간단다. 깊은 산속에 있다가 다시 도시로 나왔다가 가고 싶은 곳은 어디든 갈 수 있지. 또한 세상 모든 만물을 구경하며 살아가지. 물론, 배를 저을 줄도 수영을 할 줄도 안단다. 깊은 강물 속에서도 헤엄칠 수 있지. 아니야. 물에 빠져도 겁날 게 없어. 그는 3박4일 동안 바닷속을 헤엄치며 물속에서 오랜 시간 동안 잠수도 할 수 있고 숲 속으로 들어가 보름 동안 살 수도 있어. 그는 지치지도 않는 사람이야. 심지어 병에 걸리지도 않고 세계 각지를 돌아다니며 가고 싶은 곳은 어디든 다 가고자 하는 사람이지. 아샤, 그의 다리는 네 허리의 두 배보다 더 굵단다. 한 번 생각해보렴."

아샤가 물었다.

"그는 아프리카에 가본 적이 있나요?"

"아프리카에는 사막과 사자가 있지 않니? 물론 가보았지. 그는 총이 하나 있었고 총 쏘는 법도 잘 알고 있었어. 총 한 방으로 사자나 곰을 쓰러뜨리곤 했지. 그에게는 전혀 어려운 일이 아니었단다."

"오빠, 저도 총이 하나 있어요!"

아뚱이 말했다.

"하하, 그 총 말이구나!"

아저씨가 웃었다.

"아샤야, 내가 너라면, 아뚱을 데리고 산속으로 데리고 갈 거야. 아뚱아, 동굴에서 하룻밤을 묵을 수 있겠니? 모닥불에 곰을 구워먹을 수 있겠니? 동굴 밖에서는 늑대와 부엉이가 밤새 울어댈 텐데, 할 수 있겠니, 아뚱아?"

"아뚱이가 겁에 질린 것 같아요."

아샤가 웃었다.

"네 총으로 뭘 할 수 있겠니!"

아저씨도 웃었다.

아샤가 또 물었다.

"오빠, 그럼, 그 사람은 남극에도 가보았나요? 펭귄도 본 적이 있나요?"

"뭐라고 했니? 펭 뭐라고?"

"아저씨는 펭귄도 모르세요?"

아저씨의 얼굴에 웃음이 차츰 사라지더니 또다시 악몽의 그림자가 드리우는 듯했다.

"펭귄은 동물 중에서 가장 추위를 덜 타는 동물이에요."

아샤가 말했다.

"남극은 세계에서 가장 추운 곳으로 일년 사계절이 얼음과 눈으로 뒤덮인 곳이에요."

"그럼, 그는 미국에도 가보았나요? 유럽은요?"

"그는 가고 싶은 곳은 어디든 갈 수 있지."

아저씨는 또 눈을 감았다.

"오스트레일리아는요? 가보았나요?"

"아샤야, 내가 말했었지? 그는 가고 싶은 곳은 어디든 갈 수 있다고. 자꾸 나를 시험하지 말아다오."

"아저씨, 그 사람은 천당에도 가본 적이 있나요?"

내가 물었다.

"아저씨, 별들이 춤을 춘다는 그 이야기를 듣고 싶어요."

그때 아저씨는 눈을 감고 아랫입술을 꽉 깨물고 있었다.

아샤는 아똥과 나를 보고 잠시 말이 없다가 아저씨의 귀에 대고 말했다.

"오빠, 화나셨어요? 아저씨를 시험할 생각은 없었어요."

아저씨는 여전히 눈을 감고 길게 숨을 내쉬며 온몸을 부들부들 떨었다.

"아니야. 아샤야. 화나지 않았단다. 뭘 근거로 다른 사람에게 화를 낼 수 있겠니? 다른 사람이 가고 싶은 곳을 가는 게 나와 무슨 상관이 있겠니? 난 그저 여기에 있을 뿐인데."

아저씨는 말은 그렇게 해도 여전히 누군가에게 화가 나 있는 모습이었다. 그는 힘껏 아랫입술을 깨문 채 한참 동안 눈을 감고 있었다. 틀림없이 누군가에게 화가 나 있었지만, 도대체 누구인지는 알 수가 없었다.

해가 저물어 아저씨의 방 안은 점점 어두워졌다. 방 안의 벽에는 어느 것이 창문이고 어느 것이 거울인지 거의 분별할 수 없을 정도였다. 마치 구멍 아니면 통로 같았고, 그곳에서 혼자 외롭게 지내고 있었다. 아무도 모르는 동굴에서 아득한 머나먼 세계로 나아가고 있었다. 그 세계에는 파란 하늘과 하얀 건물이 있는데, 옅은 자줏빛으로 변하더니 희미하게 흔들렸다.

아샤는 조용히 말했다.

"우리 이제 그만 가자."

"싫어, 오빠가 아직 신화 이야기를 들려주지 않았잖아."

아뚱은 가려고 하지 않았다. 방앗간에 있던 당나귀가 목청을 가다듬고 울어대자 돌절구 소리가 멈췄다. 그러더니 당나귀는 어김없이 일꾼 라오세를 따라 거리로 나갔다. 황혼 속에서 울려 퍼지는 그 울음소리는 저녁 바람과 함께 홀가분한 느낌을 주었고, 저녁노을과 함께 사람의 마음을 슬프게 했다. 정토사에서 다시 종소리와 북소리가 울려 퍼졌다.

아저씨는 잠이 든 것 같았다.

아샤는 아뚱과 나를 끌고 살금살금 밖으로 나왔다.

"아샤야, 가지 마라. 아뚱에게 신화 이야기를 들려줘야 해."

아저씨는 이제 막 잠에서 깨어난 듯 눈을 떴다.

우리는 기다렸고 아뚱은 숨조차 크게 쉬지 못했다. 오랜 시간이 흘렀다.

"어느 날 밤, 하늘 가득한 별들이 또 춤을 추고 있었지. 나는 그 광경을 몇십 년 동안 보아왔어. 하루도 지나친 적이 없단다. 설령 흐린 날씨에도 어느 구름 뒤에 어느 별이 숨었는지 알 수가 있지. 그날 밤 별의 신이 드디어 감동을 받아 바로 이 창문으로 들어와서는 만일 내 병을 고쳐준다면, 그에게 어떻게 보답할 건지를 묻더구나."

"오빠, 그건 미신이에요."

아샤가 말했다.

"오빠의 병은 고칠 수 없어요. 만약 고칠 수 없다면 어쩌실 거예요?"

"아샤야, 넌 성격이 참 급하구나. 내 말이 아직 다 끝나지 않았단다. 내 병을 고칠 수 없다는 건, 누구보다도 내가 더 잘 알아. 그래서 내가 들려주는 이야기는 모두 신화란다."

"아저씨의 아버지께 가서 말씀 드릴까요?"

아똥이 말했다.

"아, 안 된다. 아똥아, 제발 그러지마."

아저씨가 말했다.

"왜 거짓말을 하시죠?"

아똥은 아샤의 말투를 흉내 냈다.

"너희는 아직 어려서 이해 못 할 거야. 사람은 신화를 믿어야 해. 그렇지 않다면 살아갈 수가 없는 거란다. 그것으로 끝나는 것이란다."

창문 밖으로 어둠이 짙게 내려앉자 그 어둠이 다시 방 안으로 스며들어왔다. 방 안의 거울들 속에 반짝이는 것이 등불인지 아니면 별들인지 알 수 없었다. 정토사에서 들리는 종소리와 북소리, 경전을 읽는 소리가 멀리서 커졌다 작아졌다 하다가 마치 고단한 듯 작아지더니 어느새 다시 또 커졌다.

아저씨는 쓴 웃음을 지으며 말했다.

"우리 아버지는 만약 별의 신이 내 병을 고쳐준다면, 정토사보다 더 큰 사찰을 지어줄 거라고 말씀하신 적이 있단다."

"아저씨는요? 신에게 어떻게 감사할 거죠?"

"나 말이냐? 난 그 신을 죽일 거다. 고칠 수 있는 병이었는데 왜 내게 그토록 고통스러운 날들을 참고 견디며 살게 했었을까? 만약 고칠 수 없는 병이라면, 왜 나를 빨리 죽게 하지 못했을까? 아똥아, 그는 나쁜 신이란다. 아니면, 모든 신이 다 나쁘든지."

아저씨는 자신과 상관없는 이야기를 하듯 냉정했다.

"오빠도 신화를 믿나요?"

"아샤야, 넌 바보가 아니구나."

아저씨가 말했다.

"우리는 자신이 믿고 있는 것이 진실하다고 여기지만, 사실은 한낱 신화에 불과한 것이란다. 그것이 모두 신화라는 것을 알았을 때, 더 이상 진실하다고 믿지 않게 되지. 하지만 네가 삶을 살아가는 한 어느 것 하나는 진실하다고 믿는 것이 있어야 해. 동시에 그 또한 신화에 불과하다는 것도 알아야 한단다."

"그게 뭐죠?"

"그건 누구도 모른단다."

아저씨는 어둠 속에서 거울을 바라보았다.

우리는 아샤와 아똥의 아버지에게 물어보러 갔다. 아샤와 아똥의 아버지는 한참을 망설이더니 어떻게 해서든 아저씨에게 현실적으로 가치 있는 일을 하게 해야 한다고 말했다.

"현실적 가치가 뭐예요?"

"인간에게 유용한 것이란다."

"유용한 게 뭐죠?"

"아똥아! 그런 것 좀 묻지 마라."

결국 우리는 여전히 아저씨를 도와줄 방법을 생각해내지 못했다. 만일 아저씨가 아샤와 아똥의 아버지처럼 지식이 있다면 쉽게 풀릴 일이다. 하지만 아저씨는 그렇지 못했다. 없으면 없는 것으로 그 이유를 따질 필요는 없다. 또한 '만약'이라는 말도 할 필요가 없는 것이다. 그런데 그날 이후 아똥과 아샤의 아버지는 그 두 사람으로 하여금 아저씨의 신화 이야기를 듣지 못하게 했다. 아저씨의 이야기는 비과학적이기 때문에 아이들에게 좋을 것이 없다는 이유에서였다.

아똥과 아샤의 아버지는 틈틈이 시간을 내어 우리에게 과학적인 이야기를 들려주셨다. 예를 들어 태양은 하나의 큰 불덩어리이며 몇천 몇만 도로 굉장히 뜨겁다. 지구는 원래 하나의 불덩어리로 태양에서 떨어져 나왔다. 그 후 지구는 서서히 식어갔고 조만간 태양도 차갑게 변할 것이다. 언젠가는 석탄처럼 다 타버려 약해질 때가 올 것이다.

"그럼 어쩌죠?"

아샤가 말했다.

"걱정 마라. 먼 훗날의 이야기니까."

"조만간 다 타버리면 어쩌죠? 먹을 것은 어디서 구하죠?"

아샤가 물었다.

그녀의 아버지는 웃으며 말했다.

"그때 가면 지구가 남아 있을까? 그 전에 전부 다 파괴되어버리겠지."

"그럼, 어쩌죠?"

"미래에는 과학이 아주 발달되어서 인류가 생존하기에 적합한 또 다른 행성을 찾아내겠지."

아샤는 안도의 한숨을 내쉬었다. 나도 안심했다.

"만일 찾지 못한다면요?"

아뚱이 물었다.

"찾아낼 수 있을 거라고 믿는단다."

아뚱과 아샤의 아버지는 말했다.

나는 계속 아저씨에게 갈 수 있었다. 할머니는 과학적이든 비과학적이든 상관하지 않으셨다. 나는 매일 아뚱의 총뿐만 아니라 아뚱의 어머니가 그녀에게 사주었던 여러 가지 재미있는 장난감을 가지고 놀 수 있었다. 내가 "아저씨가 어제도 신화 이야기를 들려주셨어."라고 말하면, 아뚱은 자기가 갖고 있는 모든 장난감을 들고 와서는 내게 고르도록 했다. 우리는 아샤와 아뚱의 아버지가 들려주신 이야기와 아저씨가 들려주신 이야기 모두를 좋아했다.

"너 아저씨네 창문 밖에 있는 하얀 건물 기억하니?"

나는 아뚱에게 물었다.

"갖고 싶은 게 있으면 갖고 놀아도 좋아. 이 장난감들은 우리 둘의 것이니까."

아뚱은 내 의도를 알아차리고는 말했다.

"그 건물 옆에 큰 나무들이 있었던 거 기억하지? 나뭇가지 위엔 늘 까마귀들이 앉아 있었잖아?"

내가 물었다.

"기억나, 오빠가 그 까마귀들이 착한 요정이라고 했어."

"아저씨는 까마귀들이 우리처럼 아무 걱정 없이 아침에 일어나면 즐거워하고, 저녁에 둥지로 돌아와서도 즐거워한다고 했어."

"그 까마귀들은 늘 까아까아 하고 울어대지?"

"그 건물 지붕 위에 항상 비둘기들이 앉아있었던 게 생각나."

"오빠는 비둘기들도 멋진 요정이라고 했어."

"아저씨는 비둘기들도 걱정이 없다고 했어. 만일 걱정거리가 생기면, 비둘기들은 지저귀며 창공을 한 바퀴 도는데, 아주 멀리 날아가도 길을 잃는 법이 없다고 하셨어."

아저씨의 신화 이야기는 그 하얀 건물과 아주 밀접한 연관이 있었다. 하얀 건물은 천지우주 사이에 떠 있는 사각형 모양의 환영과도 같았다. 그것은 바람 속에서 뚜렷하고 유유하며, 빗속에서 희미하고 고요했다. 아침이면 활기로 넘치고 저녁에는 조용히 홀로 애수에 차 있었다. 여름 하늘이 먹구름으로 짙게 뒤덮이면 하얀 건물은 마치 무인도처럼 보였고, 가을 하늘이 눈이 부시도록 푸르게 빛나면 하얀 건물은 흘러가는 구름처럼 보였다.

하얀 건물은 창문이 많았고 그에 얽힌 사연도 많았다. 여러 조각으로 깨져 있는 유리 창문 안에는 한 중년 남성이 살고 있었다. 여자나 아이는 보이지 않았다. 아저씨는 처음부터 여자와 아이는 없었다고 했다. 그 남성이 지나치게 술을 좋아한 탓에 여자가 아이를 데리고 떠났다고 했다.

"하지만 그의 부인은 곧 돌아올 거야. 여자는 줄곧 남편을 기다리고 있었지. 지금은 남편이 술을 끊었다는 것을 알고 있을 거야."

아저씨가 말했다.

"만약 부인이 모른다면요?"

내가 물었다.

"그럼, 아내를 찾으러 가야겠지. 만일 나라면, 술을 끊고 아내를 찾으러 갔을 거야."

"부인은 어디에 있죠?"

아저씨는 잠시 생각을 하고 말했다.

"아마도 저 많은 지붕 중 어느 한 지붕 밑에 살고 있겠지."

또 다른 창문에는 노부부가 살고 있었다. 노부부는 종일 창가에 앉아 각자 책을 읽거나 글을 쓰곤 했다. 그러다가 피곤하면 차를 마시거나 소파에서 일어나 몸을 움직이면서 서로 정답게 이야기꽃을 피웠다. 아저씨는 노부부의 자녀들이 모두 출중하여 사회를 위해 큰일을 하고 있다고 했다.

"저 노부부의 아들은 음악가란다."

"아저씨가 그걸 어떻게 아세요?"

내가 물었다.

"저 노부부의 며느리는 화가란다."

"어떻게 아시죠?"

"저 노부부의 딸은 의사이고 사위는 엔지니어란다."

"아저씨가 어떻게 그걸 다 아셨냐고요?"

아저씨는 한참 동안 말이 없었다.

그리고 또 다른 창문에는 구릿빛 피부의 건장한 젊은이가 한 명 살고 있는데, 저녁이면 목공 일을 하러 나갔다. 아저씨는 그가 곧 결혼을 하는데, 약혼녀는 틀림없이 미인일 거라고 했다.

"왜 틀림없이 미인이죠?"

내가 또 물었다.

아저씨는 눈을 감고 마치 딴 사람처럼 고개를 끄덕이며 말했다.

"틀림없단다."

아저씨의 말과 표정에는 확신이 가득했다.

그리고 또 다른 창문은 낮에도 커튼이 쳐져 있었다. 아저씨는 그 집의 여자가 이란성 쌍둥이를 낳고 몸조리를 하고 있다고 했다.

"저 집의 아빠는 여자아이를, 엄마는 아들을, 할아버지는 손자를, 할머니는 손녀를 원했었지. 한꺼번에 다 얻은 셈이야."

그리고 싱싱한 꽃으로 가득 꾸며진 창문에는 백발의 할머니가 살고 있었다. 아저씨는 그 할머니가 거의 백 살이 다 되었지만, 몸은 아직도 건강해서 다른 사람의 도움이 필요 없다고 했다. 저 창가에 있는 꽃들은 할머니가 손수 기른 것으로 수십 종류의 월계꽃과 국화가 놓여 있었다. 그리고 모란꽃, 해당화, 난초 등 없는 꽃이 없었다. 늘 꽃이 만발하여 방 안이 온통 꽃향기로 가득했다.

"할머니는 꽃을 기르며 평생을 행복하게 살아오셨지. 어느 날 조금 피곤하다고 느끼면, 꽃밭에 앉아 쉬곤 하시지. 꽃밭에 앉아 모든 일을 대수롭지 않게 흘려보내지."

"어디로 흘려보냈을까요?"

내가 물었다.

"또 다른 세계로."

"저 하늘나라로요?"

나는 그것이 신화임을 알고 있다고 말했다. 아저씨는 나를 향해 웃고는 한숨을 쉬더니 다시 또 눈을 감았다.

하얀 건물은 언제나 아저씨의 거울 속에 있었다. 하지만 하얀 건물은 정작 아저씨의 신화 이야기에 대해 모르는 것 같았다. 그 창문들 속의 사람들은 저마다 자신만의 삶을 살아가고 있었다. 많은 세월이 흘렀어도 그들 중 어느 한 사람도 아저씨의 존재를 몰랐다.

아똥과 아샤는 더 이상 참을 수 없었다. 어느 날 우리는 함께 아저씨를 찾아갔다. 우리가 아저씨의 방으로 들어갔을 때, 마침 그 하얀 건물에 사는 남자가 노래를 부르며 아저씨의 방 창문 쪽을 걸어가고 있는 모습이 보였다.

"오빠, 또 한 구절이 들렸어요! 저 사람이 부른 게 '넌 마왕을 보았니? 그는 머리에 왕관을 쓰고 꼬리를 드러내는구나'였어요."

아샤가 말했다.

"노래 부르는 사람이 누구야? 아샤 언니, 누구야?"

아똥이 물었다.

"아똥아, 너 그렇게 멍청해서 어떡하니! 바로 세계 각지를 모두 가본 적이 있는 그 키 큰 남자잖아. 기억 안 나니?"

"오빠, 그동안 정말 보고 싶었어요."

아똥이 말했다.

"저 아부하는 것 좀 봐."

아샤는 입을 삐죽거렸다.

"정말 보고 싶었단 말이야. 아부 아니야."

"왜 보고 싶었는데?"

"난, 나는 신화 이야기를 듣고 싶었어."

"나도 마침 너희에게 기이한 이야기를 들려줄 생각이었단다. 아주 이상한 것을 발견했어."

"오빠, 나도 그 이상한 이야기를 듣고 싶어요. 신화를 듣고 싶어요."

"너희들 저 건물 맨 꼭대기 층의 왼쪽 창문이 보이지?"

아저씨는 여전히 그 하얀 건물을 가리키고 있었다.

"저 꼭대기 층 창문에는 저녁에도 항상 불이 꺼져 있어. 정말 이상하단다."

"사람이 안 사나 보죠."

아샤가 말했다.

"하지만 저 커튼을 봐라. 얼마나 예쁘니? 창틀에 사과 두 개가 놓여있어. 방 안의 벽에 걸려 있는 저 벽시계가 보이니? 시계추가 여전히 움직이고 있잖아."

그때 햇빛이 그 방 벽을 비추었고 큰 벽시계의 시계추가 왼쪽에서 오른쪽으로 움직이며 황금빛을 내뿜고 있었다.

"저녁에 집에 들어와서 자는 사람이 없나 보죠?"

"나도 처음에는 그렇게 생각했단다."

"그런데 어느 날 저녁 달빛이 저 창문을 비출 무렵이었어. 저 집에 사람이 있는 것을 발견했단다. 분명 사람이었어. 어떤 사람이 창가에 앉았다가 방 안을 돌아다녔지. 하지만 불을 켜지는 않았어. 그때부터 나는 저 집을 유심히 살폈지. 처음부터 매일 밤 사람이 있었던 거야. 나는 그가 라이터를 켜서 담배에 불을 붙여 피우는 모습을 보았어. 빨간 담뱃불만 움직였고 그 사람은 저 어두운 방 안에서 좀처럼 불을 켜지 않았던 거야."

"오빠, 조금 무서워요."

아똥이 말했다.

"이 겁쟁이 같으니, 멍청하고 담도 약하고."

아샤가 말했다.

그때 하얀 건물이 시든 누런색으로 변했다. 지붕 위의 비둘기들이 머리를 내밀며 처마 끝에 한 줄로 앉아 있었다. 까마귀는 아직 돌아오지 않았고 고목나무는 조용했다.

"우리 저 하얀 건물에 가봐요."

아샤가 말했다.

"난 싫어."

아뚱이 말했다.

"넌 겁쟁이라서 갈 수 없을 거야! 오빠, 우리 저 하얀 건물에 갈 거죠? 우린 한 번도 저 건물에 가본 적이 없잖아요."

"난 예전부터 저 하얀 건물에 가보고 싶었단다. 하지만, 아샤야, 난 어떻게 가야 하지?"

아저씨가 말했다.

"수레가 있으면 좋을 텐데. 우리가 아저씨를 수레에 싣고 밀어 드리면 되잖아요."

"나도 예전부터 가고 싶었지만, 안 되겠다. 아샤야, 여러 번 생각했었지만, 저렇게 높은 건물을 내가 어떻게 올라갈 수 있겠니?"

"라오세에게 아저씨를 안고 올라가라고 할게요. 우리는 수레를 들고 올라가고요."

"아빠한테 이를 거야."

"이 겁쟁이 같으니, 너 고자질만 해봐!"

나는 라오세가 아저씨에게 작은 수레 한 대를 만들어 주었던 것을 기억한다. 큰 나무 상자를 만들어 바퀴 네 개를 달아주었다. 아저씨는 그 안에 누웠고, 우리는 뒤에서 수레를 밀며 그 하얀 건물을 향해 걸어갔다. 작은 수레바퀴가 삐거덕 삐거덕 하고 소리를 냈다. 아저씨의 몸은 아이처럼 작고 가벼웠다.

그런데 이상한 것은 우리가 굽이진 골목길을 계속 돌고 있다는 것이었다. 하얀 건물이 보이기는 했지만 그곳으로 통하는 길목을 전혀 찾을 수가 없었다. 좀처럼 가까이 갈 수도 없었다. 아똥은 그만 집으로 돌아가자며 계속 떼를 썼다. 아샤는 아똥에게 겁쟁이라고 화를 냈다. 우리는 아저씨가 타고 있는 수레를 밀며 서쪽으로 갔다가 다시 북쪽으로 갔다. 그 건물도 우리처럼 움직이는 것 같았다. 이상하게도 하얀 건물에 다가가면 갈수록 그것은 점점 우리로부터 멀어져 갔다. 아똥은 아샤의 옷을 꽉 잡아당기고는 놓지 않으려고 했다. 다 꺼져가는 숯불처럼 처량한 저녁노을이 어느 집 지붕 아래로 천천히 내려앉자 하얀 건물은 짙은 붉은 빛깔로 물들었다.

"도대체 어떻게 가야 하는 거야?"

아샤가 라오세에게 물었다.

라오세는 자신도 가본 적이 없어서 잘 모른다고 했다.

"아저씨에게 물어보렴. 아저씨가 가고 싶어 한 곳이었으니 틀림없이 길을 잘 아실 거야."

아저씨는 우리에게 동쪽으로 가라고 했다. 까마귀도 밤이 되어 둥지로 돌아와 고목 위에서 쉬지 않고 울어댔다. 들쑥날쑥 포개진 지방 위에 흐트러진 골목길에 저녁 안개와 굴뚝 연기가 자욱하게 드리워졌다. 그때 바로 앞에서 하얀 건물이 보였고 모두들 환호하며 빠르게 걸었다. 하지만 막다른 골목이었다. 하는 수 없이 남쪽으로 다시 돌아가는데, 이상하게도 하얀 건물로부터 점점 멀어지고 있었다.

아똥이 계속 집에 돌아가자고 말했다.

"돌아가고 싶거든 너 혼자 돌아가!"

아샤가 말했다.

아똥은 혼자 계속 뒤를 살피며 우리들을 따라왔다. 다시 집으로 되돌아가기에는 이미 너무 멀리 와 있었다. 마치 집이 천 리 밖에 있는 듯했다. 날이 더욱 어두워져 사방이 온통 까맣게 보였다. 하얀 건물은 청자색에서 거무스름한 빛깔로 변했다.

"라오세, 도대체 어떻게 가야 하지?"

"아저씨에게 물어보렴. 아저씨가 오고 싶어 한 곳이었으니 분명히 길을 잘 아실 거야."

라오세는 같은 말만 되풀이했다. 하지만 우리가 어떻게 가든지 하얀 건물은 볼 수는 있을지언정 그곳에 다가갈 수 없었다.

밤이 더욱 깊어지자 사방은 쥐 죽은 듯 고요했다.

"아샤 언니, 우리 그만 돌아가자. 이러다가 길을 잃을 것 같아."

아똥이 말했다.

"우린 이미 길을 잃었어. 집으로 돌아갈 수 없어!"

아샤가 퉁명스럽게 내뱉었다.

아똥은 혼자 우두커니 서 있더니 몸을 돌려 마을 쪽으로 뛰어가려다가 다시 우리 쪽으로 되돌아왔다. 그리고는 멈춰 서서 크게 울기 시작했다. 아저씨는 아똥을 달래며 말했다.

"아똥아, 너무 무서워 말아라. 아샤가 너를 놀린 거란다."

아똥은 그제야 울음을 그쳤다. 그리고 아샤에게로 달려가 그녀를 꽉 안고는 흐느꼈다. 아샤도 동생인 아뚱을 안아주었다.

그때, 소의 울음소리 같은 중저음의 노랫소리가 들려왔다.

"아~! 아버지, 그 마왕이 조용히 내게 속삭이는 소리를 들으셨나요? 두려워 말아라. 내 아들아, 두려워 말아라. 그것은 시든 나뭇가지가 북풍에 흔들리는 소리란다······."

"오빠, 그 사람이에요!"

아샤가 말했다.

"바로 그 사람이요."

"오! 어디에 있니?"

아저씨가 말했다.

골목 어귀에서 한 남자가 우리 쪽으로 걸어오고 있었다. 그는 대나무 막대기로 길을 짚으면서 작은 소리로 노래를 부르며 걸어오고 있었다. 그가 가까이 오자 노랫소리가 더욱 분명히 들렸다.

"아~! 아버지, 어둠 속에 마왕의 딸이 있는 걸 보셨나요? 아들아, 아들아, 나는 분명히 보았단다. 저것은 검은 버드나무란다······."

그 남자가 우리 앞으로 지나갔다. 우리도 그의 모습을 똑똑히 볼 수 있었다. 그는 마르고 왜소한 체구로 손에는 대나무 막대기를 쥐고 있었다. 그는 우리들이 숨을 죽인 채 자신을 보고 있다는 것을 알았고 우리를 향해 미소를 지으며 머리를 끄덕여 주었다. 그리고는 아무 말 없이 노래를 부르며 그렇게 지나갔다.

"아저씨, 저 사람에게 하얀 건물로 가는 길을 물어보세요."

아샤가 아저씨에게 말했다.

아저씨는 아무 말이 없었다.

"오빠, 저 사람이 바로 하얀 건물에 살고 있다고 하지 않으셨나요? 저 사람은 분명히 길을 알고 있을 거예요."

"아니다."

아저씨가 말했다.

"저 사람이 바로 하얀 건물 4층 왼쪽에서 세 번째 창문 집에 사는 사람이 아닌가요?"

"아니야, 저 사람이 아니야."

아저씨가 말했다.

"그 가수는 저 사람이 아니야. 저 사람이 아니야! 아니야, 아니야……."

아무것도 보이지 않는 어두컴컴한 곳에서 노랫소리만 들렸다.

"아~! 아버지. 아~! 아버지. 마왕에게 잡혔어요. 마왕이 저를 괴롭히니 숨을 쉴 수가 없어요……."

노랫소리가 점점 멀어지더니 이내 곧 조용해졌다.

사방이 조용해질 때까지 우리는 한참 동안 그곳에 앉아 있었다.

하늘 가득 별들이 나타나 반짝반짝 빛났다. 어쩌면 아저씨의 말대로 별들이 춤을 추고 있는 것일 거다. 그날 밤도 정토사에는 불사가 행해지고 있었고 종소리와 북소리, 경전을 읽는 소리가 온 천지우주로 울려 퍼져나갔다. 둥둥 땡땡 하고 울리며 별들의 춤에 보조를 맞추었다. 하얀 건물은 마치 어두운 밤하늘에 녹아버린 듯 사라져버렸다. 창문의 불빛들만이 하얀 건물의 존재를 증명해보이며 여전히 먼 곳에 자리하고 있었다.

"라오세, 계속 갈 거야?"

"아저씨에게 물어보렴. 아저씨가 잘 아실 거야."

아저씨의 눈동자 속에는 별이 빛나고 있었다.

아똥은 벌써 졸린 지 눈을 비비며 집으로 돌아가자고 했다.

"이제 돌아가자꾸나, 아똥아, 집으로 가자. 내가 예전에 너희에게 들려준 이야기는 모두 다른 사람의 신화였단다."

아저씨가 말했다.

우리는 곧 집으로 돌아가게 되었다. 아샤는 아똥을 업어주며 자지 말라고 일렀다. 잠이 들면 감기에 걸리기 때문이었다.

"이제 곧 집에 도착하니까, 얼른 일어나."

아샤의 목소리는 매우 부드러웠다.

라오세는 나를 업은 채 아저씨가 타고 있는 수레를 밀었다. 그날 우리가 어떻게 집으로 돌아왔는지 전혀 기억이 나지 않는다. 아마도 나는 돌아오는 길에 잠이 들었던 모양이다.

나는 내가 들려주는 이 이야기들이 모두 실제로 일어났던 일임을 확신할 수 없다고 말한 적이 있다. 만일 지금 아똥과 아샤를 찾을 수 있다면, 나는 이 일들이 도대체 사실인지 아닌지를 당장 확인해 볼 수 있을 것이다. 그러나 나는 그들을 찾을 수가 없다. 이미 수십 년이 흘렀고, 그들이 지금 어디에서 살고 있는지도 모른다. 이것은 내가 이 이야기를 끝마치는 데 전혀 지장을 주지 않을 것으로 보인다. 만약 당신이 내 이야기에 벌써 싫증이 났다면, 언제든지 이 자리를 떠나도 좋다. 나는 그것이 나에 대한 무시라고 여기지 않을 것이다. 양해를 바란다. 이 말은 내가 미리 말했어야 했다. 인간은 자신이 싫어하는 이야기를 듣지 않을 권리가 있다. 왜냐하면 인간에게 있어 가장 큰 장점은 바로 스스로에게 편안하고 유쾌한 이야기를 들려줄 수 있다는 것이다.

집으로 돌아온 그날 밤 아저씨는 병이 났다. 이튿날 나와 아똥, 아샤는 아저씨를 만나러 갔다. 그런데 아저씨의 작은 방문에는 빗장이 걸려 있었다. 방문에 귀를 바짝 대고 방 안에서 무슨 소리가 나는지 살펴보았지만 아무도 없는 듯 조용했다.

"오빠, 오빠!"

"아저씨! 문 좀 열어 보세요!"

아무리 불러도 대답이 없었다. 우리가 방문 빗장을 떼어 막 열고 들어가려는 순간 방 안에서 라오세가 나왔다. 아저씨는 지금 아파서 자고 있으니 내일 다시 오라고 했다. 그렇게 여러 날이 지나갔다. 우리가 아저씨의 병문안을 갈 때마다, 라오세는 아저씨가 자고 있다고 했다.

"방금 약을 먹고 잠들었어."

"언제 깨어나시는데요?"

"저 방문이 열리는 때가 바로 아저씨가 깨어나는 때란다."

얼마나 오랜 시간이 흘렀는지 모른다. 어느 날 드디어 아저씨의 방문이 열렸다. 나와 아똥, 아샤는 기쁨에 겨워 팔짝팔짝 뛰면서 방 안으로 들어갔다.

"오빠! 정말 오랜만이에요. 정말 보고 싶었어요."

아똥이 소리쳤다.

아샤는 입을 삐죽거렸다.

"아부가 아니에요! 신화 이야기를 듣고 싶었고 또 오빠가 보고 싶었어요."

아똥이 말했다.

아저씨의 작은 방 안에는 변화가 생겼다. 아저씨는 방 안에 있는 모든 거울들을 떼어내어 벽 구석에 엎어 쌓아 두었다. 아저씨는 편안한 모습으로 침대에 누워 있었는데, 베개가 높여져 있었다. 아저씨의 가슴 위에는 작은 그릇이 하나 올려져 있었고, 입에는 빨대를 물고 있었다. 빨대의 길이와 두께는 연필과 흡사했다. 아저씨는 우리를 보고 미소를 지었지만 무척 수척해 보였다. 아저씨는 윗입술로 아랫입술을 눌러 빨대를 그릇 속에 넣었다가 다시 아랫입술로 윗입술을 눌러 빨대를 들어 올리며 천천히 비눗방울을 불었다. 빨대 끝에서 비눗방울이 떨면서 나오더니 둥실둥실 흔들며 올라가다가 금세 창밖으로 빠져나갔다. 비눗방울은 찬란한 햇빛 속에서 형형색색으로 눈부시게 반짝이며 부서졌다.

"난 아주 크게 불 수 있단다."

아저씨가 말했다.

아저씨는 정말 엄청나게 큰 비눗방울을 만들어 주었다.

"이건 아무것도 아니란다."

아저씨가 말했다.

"이건 작은 셈이야."

아저씨는 비눗방울을 방금 전보다 더 크게 불었다.

"저도 할 줄 알아요."

아뚱이 말했다.

"제가 한 번 불어 봐도 돼요?"

"아저씨를 귀찮게 좀 하지 마!"

아샤는 아뚱의 팔을 잡아 자기 쪽으로 끌었다.

"맷돌보다 더 큰 것이어야 해."

"그렇게 크게 불 수 있어요?"

"저 창문보다 더 크게 불 수 있다면 좋을 텐데."

"왜 좋은데요, 아저씨?"

"평생 좋을 거란다."

"오빠, 그건 미신이에요."

아샤가 말했다.

아저씨는 아샤의 말에 아랑곳하지 않고 온 힘을 다해 계속 비눗방울을 불었다.

"빨리 보아라! 참 크지?"

아저씨는 흥분하며 말했다.

방 안 가득히 크고 작은 비눗방울들이 반짝거리며 날아다녔다. 위로 올라갔다 아래로 내려갔다 왼쪽으로 갔다 오른쪽으로 갔다 가볍게 둥둥 떠다녔다. 계속 터지는 비눗방울이 있었어도 아저씨는 다시 새로운 비눗방울을 만들어내고 있었다. 나와 아똥은 신나서 소리치며 비눗방울을 잡기 위해 온 방 안을 팔짝팔짝 뛰어다녔다. 아저씨도 흥분에 겨워 온 열정을 다해 비눗방울을 만들었다.

"모두 너무 작구나."

아저씨가 말했다.

"방금 전에 불었던 크기로 그렇게 연이어 백 개 정도 불 수 있다면 좋을 텐데."

"뭐가 좋은 데요, 아저씨."

"나 같은 이런 병을 고칠 수 있을 테니까."

"그건 미신이에요, 오빠."

아샤가 말했다.

"내일 라오세에게 좀 더 두꺼운 빨대를 만들어 오라고 일러야겠다. 그래야 더 크게 불 수 있을 테니. 어쩌면 연이어 만 개 정도 만들 수도 있을 거야."

"그렇게나 많이요!"

아똥이 매우 좋아했다.

"만 개, 만 개, 만 개나 불 수 있다는 거죠? 아저씨!"

"그러면 이 세상에 병을 앓는 사람이 다 사라질 거란다. 병이 사라질 거란다."

"오빠, 그건 미신이에요."

아샤가 말했다.

"이건 미신이 아니야. 아샤야, 이게 왜 미신이겠니?"

아샤는 아무 대답도 못했다.

비눗방울이 온 방 안을 떠다니다가 하나씩 하나씩 창문 밖으로 빠져 나가더니 하늘 높이 날아올랐다.

"아샤야, 보아라. 참 예쁘게 날아가지 않니?"

아샤는 집으로 돌아와서 자기 아빠에게 미신이 무엇인지를 물었다.

"미신은 맹목적인 거란다, 아무런 근거 없이 무언가를 믿는 거지."

"맹목적인 게 뭔데요?"

아똥이 물었다.

"바로 과학적 근거가 없는 거란다."

"과학적 근거가 뭐예요?"

"알았다. 아똥아, 오늘 머리를 많이 쓰는구나. 아무리 설명해도 넌 이해를 못할 거다. 아무래도 평소에 너희에게 많은 이야기를 들려줘야겠구나. 앞으로 시간이 날 때마다 너희에게 과학적인 이야기들을 많이 들려주겠다. 알겠니?"

아샤와 아뚱의 아버지는 우리에게 달, 태양, 은하수, 우주, 그리고 광년에 관한 이야기들을 들려주셨다. 우주는 끝없이 확장해나갈 것이고 모든 천체는 지구로부터 점점 멀어질 거란다. 언젠가 이 우주도 늙어 생명이 다해 소멸될 거란다.

"그럼, 어쩌죠? 우리는 어디로 가야 하나요?"

아샤가 물었다.

"그때가 되면, 과학이 상당히 발달해서 인류의 미래 생존처는 이미 준비되어 있을 거란다."

"만약 생존처를 찾지 못하면요?"

아뚱이 물었다.

"나는 찾을 수 있을 거라고 믿는단다."

"왜요? 왜 찾을 수 있죠?"

"음……. 난 그렇게 믿는단다."

나의 춤

　내가 열여덟 살이 되던 어느 해 여름, 내 두 다리는 여전히 불구였다. 불구가 되기 전에 나는 고등학교에 다니고 있었는데, 공부를 꽤나 잘했다고 한다. 적어도 다들 그렇게 말했다. 나는 정말 고등학교에서 영원히 머물고 싶었다. 하지만 졸업을 하자마자 내가 공부를 잘 했었다는 사실을 기억해주는 사람은 더 이상 없었고 그저 내 다리가 불구인 것만 기억해주었다. 게다가 모든 회사가 나를 거부했다. 아니, 그들은 나를 필요 없다고 한 게 아니라 내 나이가 이제 겨우 열여덟 살이니 좀 더 기다리라고 했다. 나는 나이 어린 게 무슨 죄냐고, 또 팔십 살까지 기다리고 싶지 않다고 말했지만 아무 소용이 없었다.

　우리 집에서 멀지 않은 외진 곳에 고즈넉한 공원이 하나 있었다. 갈 곳이 없던 나는 늘 이곳에서 온종일 시간을 보내곤 했다. 마치 출퇴근을 하듯이 사람들이 출근할 때 나는 휠체어를 타고 이곳으로 왔고, 사람들이 퇴근할 때면 나도 저녁을 먹으러 집으로 돌아갔다. 인구가 밀집된 도시 속에서 이렇게 한적한 곳이 있다는 것은 하나님의 세심한 배려로서 하늘이 무너져도 솟아날 구멍이 있는 것 같았다.

그해 여름 나는 이 공원에서 아주 기이한 일을 경험했다.

어떤 일은 모골이 송연해질 정도였다. 어느 노부부가 무성하게 헝클어진 풀숲에서 죽은 채로 발견되었는데, 죽은 지 이미 칠팔일, 심지어 더 오래되어 보였다. 늙은 측백나무 두 그루가 사람 키만큼 서로 엉겨 붙어 하나로 자라고 있었다. 두 노인이 어깨를 맞대고 측백나무에 기대어 눈을 뜬 채로 앉아 있었고 넝쿨이 그들의 팔 위로 수북이 늘어트려져 있었다.

그들이 누구인지, 어떻게 죽었는지, 왜 죽었는지에 대해 아는 사람은 아무도 없었다. 두 사람 모두 백발에 무명옷을 입은 것 외에는 아무런 소지품도 없었다. 무더운 여름철이었는데도 시체 썩은 냄새, 파리나 개미 같은 벌레 따위도 들끓지 않았다. 얌전히 늘어트려진 두 백발과 주위 분위기가 극단적으로 조화를 이루었다. 아마도 오랜 시간 동안 발견되지 않았기 때문일 것이다.

그들을 제일 처음 발견한 사람은 바로 나, 스치 아저씨, 맹씨 아저씨, 그리고 루 아저씨였다. 며칠 동안 우리는 풀숲에서 하얗게 반짝이는 두 개의 무더기가 무엇인지를 알아차리지 못했다. 훗날 스치 아저씨가 휠체어를 타고 가까이 가보고서야 알았다. 스치 아저씨는 나처럼 다리가 불구여서 휠체어를 타고 다닌다. 맹씨 아저씨는 다리도 불구인데다 장님인지라 휠체어를 누군가가 밀어주어야 했는데, 바로 루 아저씨가 그 일을 맡았다. 루 아저씨와 맹씨 아저씨는 같은 공장에서 종이봉투 붙이는 일을 하고 있는데, 매일 출퇴근할 때, 루 아저씨가 맹씨 아저씨를 도와 휠체어를 밀어 주었다.

루 아저씨의 부모는 친척이 없었다. 루 아저씨가 태어났을 때 의사는 루 아저씨를 저능아로 판단했다고 한다. 루 아저씨는 눈 사이가 멀고 입술은 두꺼운 게 선천적으로 저능아의 모습이었다. 한번은 루 아저씨가 말하기를 맹씨 아저씨가 젊었을 때 춤을 추다가 넘어져서 다리가 불구가 되었고, 춤을 출 수 없게 되자 갑자기 눈이 멀게 되었다고 했다. 나와 스치 아저씨는 믿지 않았지만, 맹씨 아저씨의 개인적인 사정은 루 아저씨만이 아는 일이었고 맹씨 아저씨도 오로지 루 아저씨에게만 얘기해주었다.

우리가 풀숲으로 들어가서야 죽어 있는 두 노인을 발견할 수 있었다. 스치 아저씨는 그들에게서 아무런 소지품도 발견할 수 없었다고 했다. 맹씨 아저씨는 잠시 생각을 하다가 죽은 노인들은 현세의 물건을 다음 생애로 가지고 갈 만큼 그렇게 어리석지 않다고 했다. 그들이 누구인지 알 수가 없어서 나는 이것이 참 큰일이라고 말했다. 맹씨 아저씨는 선글라스를 벗어서 잠시 닦고는 다시 착용했다. 사실 맹씨 아저씨는 아무것도 볼 수 없었다.

"우리가 굳이 그 두 노인이 누구인지를 알 필요가 있을까?"

맹씨 아저씨가 말할 때마다 입에서 술 냄새가 났다.

두 노인의 얼굴은 조금 창백했지만, 오히려 편안한 모습으로 눈가와 입가에는 미소를 머금은 듯했다. 그것은 마치 학생이 시험을 다 치르고 방학을 보내기 위해 부모님의 집으로 돌아갈 때의 모습 같았다. 우리 네 사람은 한참 동안 그 노인들 앞에 앉아 있었다. 노부부의 얼굴에 비친 석양이 옅은 붉은 빛깔로 변했고 새들은 모두 둥지로 돌아가려는지 공원 안은 부산했다.

"그들은 제멋대로 춤을 췄지. 형?"

루 아저씨가 갑자기 말했다.

맹씨 아저씨는 루 아저씨의 어깨를 토닥였다. 그리고 곰처럼 건장한 루 아저씨의 어깨 위에 손을 얹고는 다시 내렸다.

"뭐가 제멋대로 춤을 췄다는 거죠?"

나는 루 아저씨에게 물었다.

스치 아저씨는 루 아저씨를 곁눈질하면서 작은 소리로 내게 말했다.

"내버려 둬, 루는 지금 거짓말을 하고 있는 거야."

"루야말로 똑똑한 아이야."

맹씨 아저씨가 말했다.

"난 바보가 아니지. 형?"

루 아저씨가 맹씨 아저씨에게 말했다.

그리고는 스치 아저씨와 내가 있는 쪽으로 몸을 돌려 말했다.

"난 바보가 아니야."

그리고 맹씨 아저씨에게 말했다.

"난 멍청하지 않아. 그렇지, 형?"

맹씨 아저씨는 또 루 아저씨의 어깨를 토닥였다.

"하지만 매일 그런 말은 하지 마. 그건 똑똑해보이지 않아."

"내가 매일 이 말만 하는 건 아니잖아. 그렇지, 형?"

나와 스치 아저씨는 웃었다. 그러나 눈앞에 죽은 사람이 있었기에 우리는 웃다가 바로 멈췄다. 세차게 출렁이는 파도처럼 공원 안의 야초들이 온통 거센 바람에 심하게 흔들렸다.

루 아저씨는 아직도 멍하니 그 노부부를 바라보며 혼자 중얼거렸다.

"그들은 엉망으로 춤을 췄어."

"무슨 춤을 췄다고 하는 거예요?"

내가 스치 아저씨에게 물었다.

"춤을 췄대. 맹씨와 루는 자기들만의 은어를 사용하고 있어. 헛소리지 뭐!"

나는 맹씨 아저씨에게 물었다.

"무슨 춤을 췄다는 거죠?"

"말해줘도 넌 몰라. 넌 이제 겨우 열여덟 살이니까."

맹씨 아저씨는 스치 아저씨보다 두 살이 더 많았고 스치 아저씨는 루 아저씨보다 한 살이, 나보다는 열여덟 살이 더 많았다. 그들 세 사람은 나를 '스빠'[1]라고 불렀다. 스빠는 바로 내 나이였다.

내가 이 공원에서 그들을 알게 된 지는 그리 오래되지 않았다. 스치 아저씨는 매일 저녁 퇴근하자마자 공원으로 왔고, 맹씨 아저씨와 루 아저씨도 해 질 녘까지 공원에서 머물곤 했다. 루 아저씨는 집에 돌아가서 저녁을 먹었지만 맹씨 아저씨는 저녁이면 떠돌다가 아무 곳에서나 술을 마셨다. 루 아저씨가 저녁을 먹고 맹씨 아저씨를 데리러 술집으로 가면 맹씨 아저씨는 이미 혼자 술을 다 마시고 루 아저씨를 기다리고 있었다.

스치 아저씨의 부인은 작년 겨울 딸을 데리고 친정으로 갔는데, 올해 여름이 되어서도 돌아오지 않고 있다. 결혼한 지 채 이 년도 안 되어 부인이 떠나버린 것이었다. 당시 스치 아저씨의 딸이 한 살이 되었을 때였다. 스치 아저씨의 부인은 농촌 여자로 그녀의 친정집은 도시에서 몇 천 리나 떨어져 있는 깊은 산속에 있었다. 편지에는 설을 쇠고 돌아가겠다고 했지만, 그 이후로는 아무 소식이 없었다. 스치 아저씨가 편지를 보냈

---

1) '스빠'는 중국식 발음으로 열여덟이라는 의미이다.

어도 부인에게서는 아무런 답장이 오지 않았다. 그녀는 마지막 편지에 그녀가 돌아간다면, 해가 지기 전에 기차로 도착할 것이며 휠체어를 타고 역으로 나오는 것이 불편할 테니 마중 나오지 말 것을 부탁했다.

그러나 스치 아저씨는 늘 이 공원 입구에서 부인과 딸을 기다렸다. 부인과 딸이 도착한다면 바로 이 공원 입구에서 자신을 기다리고 있을 것만 같기 때문이란다. 그러나 편지에는 도착 장소가 불분명했다. 기차가 스치 아저씨의 집까지 가려면 이 공원을 관통하게 되는데, 아무리 생각해도 그 이유 하나밖에는 없는 것 같았다.

이 공원은 끝없이 넓고 숲이 무성한데다가 인적이 드문 외진 곳으로 사람들이 꺼리는 곳이었다. 특히, 해가 진 이후에는 더욱 그랬다. 스치 아저씨는 겨울부터 봄까지, 또 봄부터 여름까지, 매일 퇴근하자마자 이 공원에서 부인과 딸을 기다렸다. 맹씨 아저씨, 루 아저씨, 그리고 나도 스치 아저씨와 함께 그 두 사람을 기다려주었다. 총각인 맹씨 아저씨, 루 아저씨, 그리고 나는 여름 저녁 야외에서 시원한 바람을 쐬고 있었다.

수백 년의 역사를 지닌 이 공원은 이미 오래 전에 폐허가 된 터라 잡초로 무성할 정도로 황량했다. 공원을 둘러싼 주위의 벽과 동서남북 네 개의 문은 모두 완전하지 않은 상태로 관리하는 사람도 없었다. 출퇴근 시간에는 공원 한가운데를 가로질러 가는 사람들의 발자국 소리, 자전거 소리, 휘파람 소리로 공원 안이 활기를 띠다가 이내 곧 죽음의 공간으로 적막이 흘렀다.

태양은 서서히 떠오르면서 달아오르고, 아직 깨어나지 않은 수목과 풀밭을 차츰차츰 달구었다. 눈부신 황금 빛깔로 기울어진 담장 밑이 환해졌다. 나는 휠체어를 타고 그곳으로 들어가 휠체어 등받이를 눕혀 앉거나 혹은 누워서 책을 읽고 생각에 잠기곤 했다. 때로는 나뭇가지 하나를 꺾어 땅바닥을 좌우로 치면서 나처럼 왜 이 세상에 나왔는지 그 이유를 모르는 곤충들을 쫓았다. 혹시 개미들이 그 이유를 나보다 더 잘 알고 있을까?

꿀벌들은 희미한 안개처럼 유유히 창공에 머물고 있고 개미는 머리를 끄덕이며 촉수를 더듬다가 갑자기 몸을 돌리더니 재빨리 도망갔다. 무당벌레는 피곤함을 견딜 수 없는지 잠시 기도를 하다가 날개를 펴고는 훌쩍 창공을 향해 날아가 버렸다. 나무줄기 위에는 빈 집에서 홀로 외로워 보이는 매미 한 마리만 앉아 있었다. 풀잎 위로 이슬이 굴러떨어져 모이더니 그 무게로 잎이 아래로 처져 땅으로 흩뿌려졌다. 이때 어디선가 말소리가 들려왔다.

"들을 수만 있다면 진정한 고요함을 찾을 수 없을 거야."

나는 깜짝 놀라 주위를 두리번거렸지만 아무도 없었다. 처음엔 환청인 줄 알았다. 그렇다. 공원의 모든 초목이 서로 다투어 자라는지 바스락거리는 소리가 한참 동안 들렸다. 계절의 기후는 변화무상했다. 갑자기 거짓말처럼 바람이 몰아치더니 주위를 휩쓸어갔다. 주룩주룩 비가 내리는 때도 있었다. 자유롭게 관현악을 연주하고 싶은 것이 그 분위기에 빠져버릴 정도였다. 빗방울이 굵어지자 나는 어느 아치형 모양의 문 안으로 몸을 피했다.

공원 안의 세계는 밀폐된 세계로 자욱한 안개가 사람을 유혹하면서 인파로 전복될 것 같은 소리는 정말 위협적이었다. 나는 내 두 다리가 불구가 된 지 여러 해가 지나서야 그것이 무엇을 의미하는지 알 수 있었다. 어른이 되면 세상은 변하기 마련이다. 하나의 요람과 한 줄기 빛은 작은 나무 침대와 창문 밖에서 붕붕 울어대는 풍뎅이로 변한다. 높고 커서 넘기 힘든 문지방과 깊고 **빽빽한** 그 속에서 무언가 잃어버릴 것만 같은 꽃밭으로 변하는 것이다. 한 마리 목마에서 교실, 책상, 깃발, 지도로 변하는 것이다. 또한 언덕, 사막, 평원, 대륙, 열도, 해양도 있다. 오대양 육대주가 하나의 타원형인 지구본 위에서 밤낮으로 회전하고 있으나 그것은 그저 끝없는 천지우주의 한낱 먼지에 불과한 것이다. 어른이 되면 세계는 변한다. 머지않아 비가 그치고 태양의 힘이 가득히 깃들며 또 다시 그 강렬한 태양을 식힐 것이다. 순식간에 초목들을 갈아버릴 것 같은 고막을 찢을 듯한 소리가 구석 곳곳에서 연이어 들려왔다. 그래서 나는 격동의 불안과 눈부신 태양으로 인해 눈을 뜰 수가 없었다.

눈을 감으니 끝없이 펼쳐진 붉은 빛깔이 보였다. 그때, 또 다시 어디선가 사람의 소리가 들렸다.

"감각을 잃어버리지 않고서는 진정한 공허감을 찾을 수 없을 거야."

목소리는 아주 낭랑했다. 나는 휠체어를 타고 공원 주위를 살펴보았지만 사람의 그림자도 보이지 않았다.

크고 넓은 공원 안에는 고목들이 하늘을 찌를 듯 솟아 있었고 **빽빽하**게 뒤엉킨 작은 나무숲이 즐비하게 늘어서 있었다. 공원의 한 쪽은 온통 황폐한 땅으로 비석 같은 돌 계단이 산산조각이 나 있었다. 담장 위의 기와는 비둘기를 기르는 아이들로 인해 모두 허물어진데다가 그 위로는 죽은 넝쿨이 제멋대로 헝클어져 있었다. 전설에 의하면 비둘기는 기와를 좋아한다고 했다. 한쪽으로 기울어진 몇몇 궁전들은 무성한 잡초로 뒤덮여 무서운 느낌마저 돌았다. 번쩍 들린 처마 끝에 매달린 녹슨 풍경은 쥐 죽은 듯 조용했다.

해 질 무렵 처마 끝 서까래 속에 둥지를 튼 칼새들이 떼를 지어 서둘러 돌아왔다. 칼새들은 궁전 지붕의 주위를 자유롭게 춤을 추면서 지는 태양을 배웅하듯이 맑고 고운 소리로 옛 노래를 불렀다. 그때 몇몇 연인들이 공원 오솔길에서 잠시 포옹하더니 다시 또 걷기 시작했다. 저녁 바람에 딸랑딸랑 하고 풍경이 울렸다. 깊고 어두운 공원 숲에 안개가 자욱하게 깔렸다. 아이들이 공원 가로등 전구를 새총으로 깨놓은지라 공원 안은 꽤 어두웠다. 별빛이 찬란하게 빛날 때까지 매미가 울어댔고 그 다음은 귀뚜라미의 세상이었다.

나는 죽음에 대해 생각했다.

나, 맹씨 아저씨, 루 아저씨, 그리고 스치 아저씨는 공원 입구에 앉아 스치 아저씨의 부인과 딸이 돌아오기만을 기다렸다.

"그들이 떠난 지 벌써 아홉 달이 되었어."

스치 아저씨가 말했다.

"아이가 돌아와서 나를 못 알아볼까 봐 두려워."

"오늘이 며칠이지?"

맹씨 아저씨가 물었다.

스치 아저씨는 날이 어두워지기를 간절히 바랐다. 모두들 그와 함께 빌었다. 어둠 속에 끝이 보이지 않는 오솔길이 하나 있었다.

나는 죽음에 대해 생각했다. 어릴 적 나는 어른들에게 사람이 죽으면 어떻게 되는지 물어본 적이 있었다. 어른들은 죽으면 모두 사라진다고 했다.

"무엇, 무엇, 무엇이 사라진다고요?"

"그래, 무엇, 무엇이 다 사라진단다."

"그리고 무엇이 남나요?"

나는 모두 사라진 뒤의 모습이 어떠할지 전혀 상상할 수 없어서 맹씨 아저씨에게 물었다. 맹씨 아저씨는 내 나이가 열여덟 살이지만 사고력이 무척 높다고 하면서도 말해주지 않았다.

"넌 이제 겨우 열여덟 살이야. 뭘 이해할 수 있겠니? 첫 번째 질문을 루에게 물어보렴."

맹씨 아저씨가 말했다.

루 아저씨는 달빛 아래서 확대경을 가지고 놀고 있었다.

"점을 찾고 있는 거지. 형? 스빠, 넌 영원히 점을 찾을 수 없을 거야. 그렇지, 형, 영원히 찾을 수 없는 거지?"

"누구도 찾을 수 없단다."

맹씨 아저씨는 내게 종이와 펜을 건네주었고, 나는 종이 위에 점 하나를 찍었다.

"루, 확대경으로 스빠에게 보여줘."

"이건 점이 아니라 면이야!"

맹씨 아저씨가 말했다.

"사실 확대경이 없어도 이것이 면이라는 것을 알 수가 있지. 이건 루가 발견한 거야. 루가 말이야."

맹씨 아저씨가 웃었다.

"내가 발견한 거지. 그렇지 형, 내가 발견한 거지?"

"확실히 면이긴 한데 이게 뭐 어떻다는 거죠? 두 분이 무슨 말을 하고 있는지 저는 이해가 잘 안 돼요."

내가 말했다.

맹씨 아저씨는 그저 웃기만 했다.

공원에 한 경찰이 우리 네 사람을 찾아와서는 죽은 두 노인을 발견했을 당시의 정황에 대해 물었다.

"두 노인은 저 풀숲에 이렇게 앉아 있었어요."

"그저 이렇게 앉아 있었어요?"

"네! 그저 이렇게요. 손은 땅 바닥에 축 늘어트려져 있었고요."

"이렇게요?"

"아니요, 이렇게요. 팔에는 넝쿨이 엉켜 있었어요."

"무슨 넝쿨이었죠?"

"이름은 잘 모르지만, 이 공원 어디에나 있는 거예요."

경찰은 한참 동안 수첩에 무언가를 기록했다.

"다음에 또 이런 일이 발생하면, 사건 현장 보호를 위해 함부로 만지지 마세요."

"우린 그저 그 사람들의 신분을 증명할 만한 물건을 찾고 싶었던 것뿐이에요."

"증명할 만한 것을 찾았나요?"

"아니요. 아무것도 없었어요. 그들은 도대체 누구죠?"

"조사 중입니다."

"그들은 왜 죽었나요?"

"발견했을 당시 특별히 눈에 띄는 점은 없었나요?"

"백발이라는 거요. 처음에는 땅에서 자란 하얀 털인 줄 알았어요."

"땅에서 하얀 털이 자란다고요?"

"땅에서 하얀 털이 자란다는 말을 들어보신 적이 없으세요? 때로는 땅에서도 머리카락처럼 아주 길고 긴 하얀 털이 자란답니다."

경찰은 또 수첩에 몇 자를 적었다.

"음, 다른 건요?"

"그들의 표정이 무척 고통스러워 보였어요."

스치 아저씨가 말했다.

"아니에요. 그들의 모습은 아주 평화로워 보였어요."

내가 말했다.

"이상하게도 아주 슬퍼 보였어요."

스치 아저씨가 말했다.

"아니요. 전혀 그렇지 않았어요. 두 사람은 얼굴에 웃음을 머금고 있었어요. 아주 홀가분해 보였다고요."

내가 말했다.

경찰은 맹씨 아저씨와 루 아저씨에게 몸을 돌렸다.

"두 분도 말씀해 보시죠."

"저는 앞을 못 봐요. 루, 네가 말해 보렴. 이봐, 루!"

"그들은 엉망으로 춤을 췄어. 그렇지 형, 엉망진창으로 말이야."

루가 말했다.

맹씨 아저씨는 아무 말이 없었다. 그저 아저씨의 선글라스만이 석양 아래서 빛나고 있었다.

스치 아저씨는 경찰의 귀에 대고 작은 소리로 설명해주었다. 경찰은 놀란 눈빛으로 루의 얼굴을 한참 동안 바라보더니, 맹씨 아저씨의 몸에서 나는 술 냄새를 맡았다.

"무슨 일 때문에 죽었을까요?"

나는 경찰에게 물었다.

"아직 단서를 찾지 못했습니다."

경찰은 좌우를 잠시 살피다가 물었다.

"그들은 눈을 뜬 채 어디를 바라보고 있었나요?"

"저쪽이요!"

나는 아무 의심 없이 회색 제단 쪽을 가리켰다.

"저곳엔 아주 크고 높은 회색 제단이 하나 있는데, 노부부는 바로 저쪽을 바라보고 있었던 것 같아요."

"저곳은 비밀 공장이야."

스치 아저씨가 말했다.

"그래요? 왜 난 몰랐죠?"

내가 말했다.

"저곳은 고대에 제단이었어."

"고대 제단이요? 왜 난 몰랐을까요?"

"넌 이제 겨우 열여덟이니까. 그 제단은 몇천 년의 역사를 지니고 있지. 이 공원보다 훨씬 더 오래됐을 걸."

맹씨 아저씨가 말했다.

나는 그것이 비밀 공장인 것도 고대의 제단이었던 것도 몰랐다. 우리 네 사람과 경찰은 그곳에 가보았지만 제사를 지냈던 흔적은 보이지 않았다. 사각형 모양의 회색 제단은 몇 층짜리 건물만큼 높았다. 회색 벽에 돌층계가 있었고 창문은 하나도 없었다. 공장이 아니라 왕릉처럼 보였다. 나는 그동안 아침부터 저녁까지 이 공원에 있었지만, 이런 회색 제단에 대해 한 번도 들어본 적이 없었다. 이곳에 들어가는 사람도 본 적이 없었다. 가끔씩 보초병 한두 명이 벽화 속에서 살그머니 기어다니는 호랑이처럼 어두운 곳에서 이리저리 옮겨 다니는 모습만 보았을 뿐이다. 회색 제단 주변은 소나무와 잣나무로 무성했고 철조망이 쳐져 있었다.

"안에는 뭐가 있을까요? 뭘 만드는 공장인데요? 무기를 만드는 공장인가요?"

내가 맹씨 아저씨에게 물었다.

"공장이라고 해도 좋아. 전설에 의하면 누군가 우주가 처음 열릴 때의 순간을 그대로 본떠 만든 곳이라고 했어."

"과학 연구소인가요?"

"뭐라고 불러도 좋아. 우주가 처음 열렸을 때는 아무런 이름도 없었을 테니까."

경찰은 맹씨를 힐끗 보더니 나와 스치에게 말했다.

"좋습니다. 죽은 시체에 대해 다시 묻겠습니다. 죽은 두 노인의 표정을 두고 한 명은 고통스럽거나 적어도 슬퍼 보였다고 했고, 다른 한 명은 편안하고 홀가분해 보였다고 했는데, 맞습니까?"

"맞습니다."

내가 말했다.

"적어도 평온해 보였어요."

"고통스러워 보였어요. 아니면 슬퍼 보였거나."

"다시 한 번 잘 좀 생각해보세요. 며칠 후에 다시 오겠습니다."

"루가 할 말이 더 있는 것 같아요."

맹씨 아저씨가 말했다. 루 아저씨는 조금 먼 숲 속에서 웅크리고 앉아 확대경을 갖고 무언가를 보고 있었다.

경찰이 떠난 뒤에 우리 네 사람은 다시 공원 입구로 돌아왔다. 날이 서서히 저물고 있었다. 귀뚜라미가 울고 풍경이 울리니 쓸쓸하고 적막했다. 스치 아저씨의 부인은 아직 아이를 데리고 돌아오지 않았다.

"방금 전에 뭐라고 하셨죠? 우주가 처음 열릴 때의 모습이라고요?"

나는 맹씨 아저씨에게 물었다.

맹씨 아저씨는 내게 루 아저씨에게 물어보라고 했다. 루 아저씨가 그 회색 제단 안에 들어가본 적이 있기 때문이었다.

"어떻게 들어갈 수 있었죠?"

맹씨 아저씨는 루 아저씨가 들어갈 수 있었던 이유는 귀신만이 안다고 했다.

"루, 그 안에서 무엇을 봤니?"

"안이 바깥보다 컸어."

"어떻게 안이 바깥보다 클 수가 있죠? 지금 무슨 말을 하고 있는 거예요?"

"제단 안이 바깥보다 컸어, 그렇지, 형? 분명히 안이 바깥보다 컸어."

"안이 얼마나 컸는데요?"

"끝이 안 보일 만큼 아주 컸어. 바깥보다 컸어."

"넌 정말 루의 이야기에 푹 빠져버렸구나. 제멋대로 지어낸 거라구."

스치 아저씨가 내게 말했다.

"난 루가 본 것이 하나의 지구였다고 생각해. 루는 지구 안으로 들어갔던 거야. 지구 안은 텅 비어 있고, 그 벽은 무수한 옥석으로 이어 맞춰져 있지. 크고 작은 옥석이 조금의 틈도 없이 촘촘히 붙어 있는 거야."

맹씨 아저씨가 말했다.

"그게 뭐 어떻다는 거지?"

"루가 그러는데 들어가자마자 아무것도 안 보이더래. 아무 소리도 들리지 않고. 그 다음에 루는 자기 옷으로 횃불을 만들어 흔들어보았대. 그러자 우르르 하고 소리가 나더니 더 이상 앞이 보이지 않더래. 끝없이 넓기만 하고 말이야……."

"형이 술 좀 줄인다면, 좋을 텐데."

스치 아저씨가 말했다.

맹씨는 아랑곳하지 않고 계속 말을 이었다.

"옥석마다 사람과 횃불이 비치고, 옥석마다 모든 옥석이 비치며 동시에 무수한 사람과 무수한 횃불이 비쳤지. 천지가 우르르 하며 횃불 소리가 들렸고, 우주 천지에 한 사람이 횃불을 들고 있었어."

"형. 오늘 술을 너무 많이 마셨어요."

스치 아저씨가 말했다.

"루, 왜 춤을 추지 않았니? 왜 그 안에서 횃불을 들고 춤을 추지 않았니? 그때 넌 춤을 췄어야 했어."

맹씨 아저씨는 계속 말했다.

루 아저씨는 부끄러워하며 맹씨 아저씨를 쳐다보았다.

"네가 춤을 추었다면 알 수 있었을 텐데. 온 세상이 너를 따라 춤을 추고 있다는 것을."

루 아저씨는 멍하니 자신이 춤을 추고 있는 꿈을 꾸고 있었다.

며칠 동안 연이어 폭우가 크게 쏟아졌고, 제방이 무너질 듯 천둥번개가 밤낮으로 계속되었다. 날이 개자 나는 또 다시 공원으로 갔다. 그런데 회색 제단이 갑자기 사라져버린 것이었다. 그 비밀 공장 혹은 과학 연구소는 이미 허물어져 다른 곳으로 옮긴 상태였고, 너무도 갑작스러운 일이라 믿기 어려울 정도였다. 그토록 큰 건물이 어느 날 순식간에 온데간데없이 잿더미가 되어버렸다. 사각형 모양의 황량한 공터만 남은 상태로 흰색 연석들이 여기저기 깔려 있었다. 중앙에는 크고 하얀 원형 누대가 있었고, 그것을 중심으로 하얀색 석주도 우뚝 솟아 있었다. 제단 공터 가장자리에 널려 있는 벽의 토대도 대리석으로 쌓여 있었다. 멀리서 보면 온통 하얀색으로 신비스러워 어지러울 정도였다.

그것은 과연 고대의 제단으로 맹씨 아저씨의 말이 사실이었다. 나는 휠체어를 타고 제단 공터로 들어갔다. 숨을 죽이고 돌기둥을 돌 때, 경건해졌다. 휠체어 바퀴가 대리석 바닥을 찧는 소리가 나자 그 소리가 사방으로 퍼졌다가 다시 메아리로 돌아왔다. 어떤 기둥은 중간 부분이 잘려 있었고 어떤 기둥은 머리 부분이 깎여 있었다. 기둥에는 큰 화재로 인해 깨알 같은 구멍들이 촘촘히 나 있었다. 그리고 오랜 세월로 인해 기둥의 조각 무늬가 모두 훼손되어 있었다.

원형 누대 곳곳에도 불에 탄 흔적이 남아있었다. 나는 원형 누대 위를 한 바퀴 돌아봤는데, 그 길이가 약 백여 미터쯤 되어 보였다. 고대에는 미터법을 사용하지 않았으므로 치수도 지금보다 짧았을 것이다. 이 누대의 둘레는 해마다 순환이 되풀이되고 끝이 없는 것처럼 일년의 운수와 같았을 것이다. 제단을 둘러싼 담장은 동서남북을 상징하고 있었다. 돌기둥은 모두 스물네 개로 창공을 향하고 있었다. 천만년전 이 제단은 어쩌면 큰 화재로 인해 불타버린 곳일 거다.

나는 혼자 제단에 앉아 천지우주가 움직이는 것을 보았다. 태양은 몰래 서쪽으로 기울며 돌기둥의 그림자를 길게 해놓더니 마치 24개의 거대한 촛불처럼 붉게 물들고 있었다. 저녁놀의 파란 연기와 좋은 기운이 함께 올라 제단 창공 위로 퍼져나갔다. 멀리서 저녁 바람에 북소리 같은 종소리가 들려왔다. 천지우주는 탄생을 축하하고 있었다. 그때 나는 문득 이상한 예감이 들었는데, 그 예감이 현실로 바뀌었다. 어떤 남자와 여자가 웃으며 이야기하는 소리를 들었던 것이다.

"당신이 우리가 곧 죽을 거라고 생각한다면 난 내기하겠소. 우리는 영원히 죽지 않는다고."

남자가 말했다.

"좋아요. 저도 내기할게요."

여자도 웃으며 말했다.

"하지 말아요. 분명히 내가 이길 테니, 당신은 질 수밖에 없소. 우리가 살아 있기 때문에 내가 계속 이길 거예요. 우리가 죽으면 그땐 당신이 이기겠지."

여자는 무척 재미있는지 큰 소리로 웃었다. 남자도 따라 웃었다.

그들의 목소리는 너무도 선명했다. 나는 재빨리 휠체어를 끌고 나는 듯이 돌기둥들을 샅샅이 살펴보았지만 주위에는 아무도 없었다. 그리고 제단 중앙에 있는 누대 위를 다시 한 번 돌아보았지만 역시 아무도 없었다. 다시 이십 미터쯤 뒤로 물러나 멀리서 누대를 바라보았다. 황량한 그곳에는 좋은 기운과 파란 연기가 하늘로 피어오르고 있었다. 그것은 분명 환상이 아니었다. 방금 전에 들렸던 그 목소리도 결코 환청이 아니었다. 나는 쉽게 움직일 수 없었다. 그 죽은 노부부와 마주쳤던 것이었다!

"그건 궤변이에요."

여자가 웃음을 멈추고 말했다.

"하지만 그 안에 위대한 진리가 숨어 있다고 생각하오."

남자가 말했다.

"하지만 당신이 이것을 궤변이라고 하니 난 더 이상 궤변을 늘어놓지 않겠소."

탁 치는 소리와 함께 남자는 '아이고' 하며 비명을 질렀고 여자는 웃었다.

"그 문제는 나중에 얘기해도 좋아요. 다른 얘기를 합시다. 우선 당신은 살아 있어요. 내 말이 틀림없다고 믿소."

"물론이죠."

"아니요. 당신 한 사람만을 얘기하는 게 아니라 여기에서의 '당신'은 총칭이에요. 가령, 나는 다른 사람에게도 '당신'이라고 말할 수 있어요. 비록 그가 누구인지는 모르지만."

내 머릿속은 긴장한 탓으로 어지러웠고, 빨리 여기서 도망치고 싶었다. 그런데 휠체어를 꽉 잡고 힘껏 굴려보려 했지만 전혀 움직일 수 없었다.

"내가 누구에게 말하든 난 내 말이 옳다고 믿소. 이유는 간단하오. 만일 당신이 죽어 있다면 당신은 내가 한 말을 판단할 수 없소. 내 말을 판단 할 수 있다면 그것은 분명 당신이 살아 있기 때문이오. 양심이 있다면 내 말이 맞다고 얘기해야 할 거요."

"방금 전과 다를 바 없어요. 궤변이에요."

"방금 전의 그 논리와 조금 비슷하지만 결코 궤변이 아님을 인정해야 하오. 당신은 분명 살아 있으니, 궤변이라고 할 수 없소."

"좋아요. 살아 있는 게 뭐 어떻다는 거죠?"

"살아 있으니 계속 얘기할 수 있는 것이고 살아 있기에 모든 것을 알 수 있소. 그리고 우리가 이야기하는 것 모두가 바로 우리가 알고 있는 것이오."

"무슨 뜻이죠?"

"그래서 당신이 또 내게 도대체 세계가 어떤 모습일까라고 묻는다면, 나는 세계는 바로 우리가 알고 있는 이런 세계라고 말하겠소. 사람들이 알고 있는 세계 이외의 다른 세계는 없으니까 말이오."

"사람들이 모르는 세계도 있는 걸요!"

"당신은 잘못 알고 있소. 당신이 그 세계를 모르는데, 무엇을 근거로 그곳이 있다고 말할 수 있지? 또한 그 세계가 존재한다는 걸 안다면 그 세계를 사람들이 모르는 곳이라고 말할 수는 없는 거요. 그것은 당신이 인간이기 때문에……."

남자와 여자는 함께 큰 소리로 웃었고, 그 소리가 제단에 울려 퍼졌다.

"하나 더 알려줄 게 있소. 순수 객관적 세계를 알고 싶어 하는 건 참으로 어리석은 생각이오. 당신은 영원히 알 수 없거나 알게 되더라도 그 세계는 더 이상 순수 객관적일 수 없을 테니까. 그렇소. 궁금한 게 있다면, 또 물어봐요."

"사람들이 과거에 몰랐던 세계를 알게 되었어요. 이건 뭘 의미하죠?"

"그건 과거에 사람들이 알고 있던 세계이자 현재에도 여전히 사람들이 알고 있는 세계라는 뜻이오. 마치 어느 노래 가사처럼 '예전에도 그랬고 지금도 여전히 그렇다네'."

"그 노래를 들어본 적이 있는 것 같아요."

"결코 들어봤을 리가 없을 거요. 이 곡은 방금 내 가슴속에서 우러나온 것이라 아직 정식으로 작사 작곡도 못한 거니까."

"늘 그랬어요. 분명히 내가 겪지 않은 일이었는데도 마치 어디선가 겪었던 것처럼 아주 익숙한 거예요."

"꿈에서 그랬겠죠."

"과거에도 현재에도 그랬다면, 미래는요?"

"지금이 바로 과거의 미래인 거요."

여자는 한참 동안 말이 없었다.

"세상에는 훌륭한 물리학자들이 많소. 그들의 연구 조사결과에 의하면 우리가 알지 못하는 독립되고 고립된 세계가 있음을 밝히고 있소. 세계는 본래 관찰자 한 사람이 참여하고 있는 곳이오. 왜 가려고 하오? 지금 당장 내세를 증명하겠소. 이봐요. 당장 내세를 증명하겠다니까. 이봐요. 어딜 가는 거요?"

귀신이 사라지듯 둥둥하고 천지에 북소리가 울리더니 사방이 고요해졌다. 자욱했던 안개가 순식간에 모두 사라졌다.

나는 그제야 휠체어를 움직일 수 있었다.

멀리서 맹씨 아저씨, 루 아저씨, 그리고 스치 아저씨가 다가오고 있었다.

"스빠, 왜 그래?"

맹씨 아저씨가 내게 물었다. 아저씨의 몸에서 술 냄새가 코를 찔렀다.

나는 놀란 가슴을 쓸어내리며 한동안 아무 말도 할 수 없었다. 머리가 몹시 어지러웠다.

우리 네 사람은 공원 입구에 앉아 스치 아저씨의 부인과 그의 딸이 돌아오기만을 기다렸다. 해 질 무렵 바람에 흔들리는 나뭇잎이 반짝이는 가로등을 뒤덮었다.

"그 두 사람은 영영 돌아오지 않을 것 같아. 내 아내는 애초부터 돌아올 생각이 없었던 거야. 지금 산속에서 잘 지내고 있겠지."

스치 아저씨가 말했다.

"오늘이 며칠이지?"

맹씨 아저씨가 날짜를 알려주었다. 스치 아저씨는 주머니에서 식은 만두 하나를 꺼내어 먹었다. 스치 아저씨는 시선을 어두운 길 끝에서 다른 곳으로 옮겼다.

"가지 말라고 잡았어야 했어. 다들 그렇게 말했었지. 떠나면 다시는 돌아오지 않을 거라고."

"알면서 왜 그랬니?"

맹씨 아저씨가 물었다.

"다른 사람들의 시선이 두려웠어. 그래서 모아 놓은 돈 몇 푼을 아내에게 노잣돈으로 주었지. 다른 사람들이 나를 자기 부인조차 다룰 줄 모르는 바보로 생각할까 봐……."

맹씨 아저씨는 아무 말이 없었다.

"아내와 아이를 찾으러 간다면, 다른 사람들이 날 어떻게 생각할까?"

스치 아저씨가 말했다.

"다른 사람이 뭐라고 하든 상관하지 마. 그렇지. 형?"

루 아저씨는 여전히 확대경을 가지고 놀고 있었다.

달이 떠올랐다. 나는 방금 전 귀신을 보았던 일에 대해 세 사람에게 얘기해주었다. 스치 아저씨는 내가 술도 안 마셨는데 왜 그런 헛소리를 하

냐며 웃었다. 내가 겪은 일은 정말 기이했기 때문에 말을 계속 이어가기
가 어려웠다. 나 자신 조차도 어리둥절했다.

"두 귀신이 뭐라고 하든?"

맹씨 아저씨가 물었다.

나는 귀신들이 나눈 대화를 다시 한 번 얘기해주었다.

"맞아. 스빠는 분명 귀신이 한 말을 들었어. 헛소리가 아니야."

맹씨 아저씨가 말했다.

"뭐라고? 스빠가 한 말이 헛소리가 아니라고?"

스치 아저씨는 눈을 크게 뜨고 우리 세 사람을 쳐다보았다.

"스빠가 한 말은 헛소리가 아니야. 그 두 귀신이 했던 말도 헛소리가
아니야."

맹씨 아저씨가 말했다.

루 아저씨는 웃으며 덩실덩실 춤을 추기 시작했다.

"귀신들이 아직도 춤을 추고 있어. 그들은 아직도 춤을 추고 있어. 그
렇지, 형?"

"왜 꼭 그 노부부여야만 하지? 스빠는 그들이 누구인지도 모르잖아."

스치 아저씨가 말했다.

"아니, 죽은 노부부였어요."

내가 말했다.

"그 노부부를 봤니?"

맹씨 아저씨가 물었다.

"내 느낌에 그들이었어요."

공원 안에 딸랑딸랑 종소리가 울렸다. 스치 아저씨는 휠체어를 끌고

우리 세 사람의 가운데로 들어왔다. 시원한 바람이 솔솔 불어왔다. 스치 아저씨의 목소리도 떨렸다.

"내가 예전부터 그 노부부에게 어떤 가슴 아픈 사연이 있을 거라고 얘기했었지. 그들의 표정이 정말 고통스러워 보였다고도 얘기했었고 말이야."

"아니에요. 그 두 사람은 웃으며 즐겁게 이야기하고 있는 것 같았어요. 그들은 죽으면서 홀가분하고 편안했을 거예요."

"너희 둘은 아까 그 경찰처럼 그들이 누구인가에 대해서만 중시하고 있는 것 같아. 너희는 루가 말하려는 것을 아직도 이해 못하고 있어."

맹씨가 말했다.

"무슨 뜻이야?"

"루는 그들이 엉망으로 춤을 췄다고 했어."

"그건 루가 헛소리를 한 거야. 형, 술 좀 줄일 수 없겠어요?"

스치가 말했다.

"삶과 죽음은 경찰도 어떻게 할 수 없는 거야. 루! 두 번째 문제를 저 두 사람에게 얘기해 줘."

맹씨 아저씨가 웃으며 말했다.

"선을 찾을 수 없는 거지. 형? 너희도 선을 찾을 수 없을 거야. 누구도 선을 찾을 수 없어."

루 아저씨가 말했다.

"그 누구도 찾을 수 없어."

맹씨 아저씨는 루 아저씨의 손에서 확대경을 뺏더니 내게 건네주었다.

"알 수 있어요. 확대경이 없어도 알 수 있어요. 점을 찾는 이치와 같아요. 예를 들어 선은 아무리 얇아도 면이고. 아무리 얇아도 공간을 점유하지요."

내가 말했다.

"이제야 스빠가 학창시절에 얼마나 공부를 잘 했었는지 믿을 수 있겠어."

맹씨가 말했다.

"그게 뭐 어떻다는 거야? 그게 인간이 살아가고 죽는 것과 무슨 상관이 있지? 춤을 추는 것과 무슨 상관이 있지?"

스치 아저씨가 물었다.

다음 날, 나와 루 아저씨 그리고 스치 아저씨는 제단 위에서 오랫동안 두 귀신을 기다렸지만 그들은 나타나지 않았다. 맹씨 아저씨는 혼자 공원 입구에 앉아 있었다. 그는 예전부터 두 귀신이 무슨 말을 하고 싶어 했는지 모두 알고 있었다고 했다.

"제단에서 일어났던 일은 틀림없는 사실이야. 스빠가 헛소리를 한 게 아니라구."

맹씨 아저씨가 말했다.

"그게 사실인지 아닌지 어떻게 알 수 있어?"

스치 아저씨가 맹씨 아저씨에게 물었다.

맹씨 아저씨는 예전에도 이와 비슷한 일을 경험한 적이 있다고 말했다.

"어느 해인가 나는 방학이 빨리 오기만을 고대하듯 죽음을 너무도 갈망했었지. 그때 귀신을 봤어."

그 후 사나흘이 지나도 귀신은 다시 나타나지 않았다. 스치 아저씨는 짜증을 내며 내 말을 믿지 않았다. 그리고 스치 아저씨는 아내와 아이를 기다려야 한다며 그 어두운 길 끝으로 걸어갔다. 며칠이 지나도 귀신은 나타나지 않았다.

일주일째 되던 날 바로 그 시각, 저녁노을이 유희를 즐기듯 제단 하늘을 물들였다. 석양은 돌기둥을 생일 촛대로 만들었다. 처마 끝 종소리가 울리자 천지에 은은하게 북소리가 울려 퍼졌다.

"루 아저씨, 잘 들어보세요."

내가 말했다.

루 아저씨는 머리를 끄덕이며 긴장을 했다. 먼저 멀리서 노랫소리 같은 웃음소리가 들려왔고 남자와 여자가 이야기를 하고 있었다.

"지난번에 뭐라고 말했죠? 내게 내세를 증명해줄 수 있다고 했죠?"

"맞소. 우리가 어디까지 말했던가?"

"당신이 주관을 벗어난 순수 객관적 세계가 없다는 것을 증명했었죠."

여자는 웃으며 말했다.

"맞소. 다시 말하자면 존재하는 모든 것은 주관과 객관의 공동참여요. 우리 한 번 허무에 대해 얘기해 봅시다."

나는 휠체어 핸들을 돌리고 싶었지만 핸들이 전혀 말을 듣지 않았다. 루 아저씨는 태연히 확대경을 가지고 재미있게 놀고 있었다.

"우리가 무에 대해 이야기하면 상대적으로 유가 있어야 하오. 컵에 물이 없어도 컵은 있소. 방 안에 컵은 없어도 방은 있소. 산에 방은 없어도 산은 있소. 세상에 산은 없어도 산은 있소. 모든 무는 유와 상대적이지만, 모든 유는 반드시 무와 상대적이지 않소. '유'는 '유'일 뿐이오. 반드시 무언가와 상대적일 수 없다는 것이오. 믿지 못하겠다면 당신도 한 번 해봐요."

"컵에 물이 있지만, 물은 컵과 상대적인 게 아니죠?"

"물이 있고 컵도 있다면, 그것은 '무'와 상대적일 수 없소. 게다가 '유'에게는 그것이 상대적인 게 아니라 절대적인 것이오."

"우리 집 정원에 나무가 있어요. 당신 집 정원에 나무가 없는 것과 상대적일 수 있는 거 아닌가요?"

"아니오. 우리 집 정원에 나무가 없는 것은 당신 정원에 나무가 있는 것에 아무 영향을 주지 않소. 우리 정원에 나무가 없는 것은 우리 집 정원이 있다는 것과 상대적인 것이오. 당신 정원에 나무가 있다는 것은 당신 정원이 없다는 것과 상대적일 수 있소."

"그럼 난 정원을 허물어버리겠어요!"

여자는 큰 소리로 웃었다.

"아이고, 내가 약점을 잡혔군요. 생각할 시간을 좀 주겠소?"

파란 연기와 좋은 기운이 흘러 넘쳐 제단 위로 피어올랐다. 루 아저씨는 확대경을 내 눈에 대주었다. 확대경 안은 일곱 색깔 무지개가 종횡으로 뒤섞여 변화무상했다.

"정원을 헐면, 나무는 어디서 자랄 거라고 생각하오?"

"땅에서 자라죠."

"땅은 유가 아니오? 그러니까 내 말은 무에서 유가 생길 수 없다는 뜻이오."

"그럼 땅을 파내겠어요."

"뭐가 남을 것 같소?"

"공기요."

"공기도 '유'가 아니오?"

"공기를 모두 없애겠어요."

"그럼 뭐가 남을 것 같소?"

"진공이죠. 아, 맞아요. 공간이 있네요."

"내가 말했었지. 당신은 이제 철이 든 것 같소."

여자는 계속 웃었다.

"만약에 무엇, 무엇, 무엇이 다 사라지면 어떻게 되죠?"

잠시 후 여자가 물었다.

"시간, 공간 등 모든 것이 사라지면 어떻게 되는지를 묻는 것이오?"

"네, 어떻게 되죠?"

"영(0)과 같을 것이오. 절대적 허무는 영이지. 영은 무엇을 의미한다고 생각하오? 절대적으로 없는 것이오. 결론적으로 말하면, 절대적 허무는 절대적으로 없는 것이오."

여자는 깊은 생각에 잠긴 것 같았다.

"그래서 허무는 상대적이고 존재는 절대적인 것이오."

주위가 한동안 쥐 죽은 듯 조용했다.

이어서 북소리가 들려왔다. 심장 고동소리와 춤 스텝의 진동에 제단이 마구 흔들렸다. 북소리가 점점 멀어지더니 이내 다시 고요해졌다. 천지우주가 고즈넉한 밤, 제단은 별빛과 달빛이 무수히 희미한 하얀 빛들을 듬뿍 받고 있었다. 제단 주위에는 마치 노랫소리 같은 종소리가 울려 퍼졌다.

나는 그 노부부가 죽을 때 편안하고 홀가분했을 거라고 생각했다. 반면, 스치 아저씨는 그들이 고통스럽거나 적어도 슬펐을 거라고 말했다.

"그들은 왜 죽으려고 했을까?"

"아마 사람들이 그들을 업신여겨서일 거야. 무척 외로웠겠지."

스치 아저씨가 말했다.

"스스로를 업신여겼기 때문이 아닐까?"

맹씨 아저씨가 말했다.

"아닐 거예요."

내가 말했다.

"틀림없이 사는 게 아무 의미 없다고 생각했기 때문일 거야."

맹씨 아저씨가 말했다.

"만일 그랬다면, 그처럼 편안한 모습일 수 없었겠지요."

내가 말했다.

"어쩌면 자식들이 불효를 저질러서 그랬을 거야."

스치 아저씨가 말했다.

"자신들이 폐물이고 거추장스럽다고 여겼기에 슬퍼서 자살했던 건 아닐까?"

맹씨 아저씨가 말했다.

"그랬다면 그처럼 홀가분한 모습일 수 없었겠죠."

내가 말했다.

"어쩌면 갖고 싶은 것을 가질 수 없어서 고통스러웠을 거야. 그들이 얻고자 했던 것은 본래 얻을 수 없는 것이었기에 자살하지 않았을까?"

맹씨 아저씨가 말했다.

"인간의 운명은 예측할 수 없다고 여겨서 그랬을 거야."

스치 아저씨가 말했다.

"인간은 절대 운명을 개척할 수 없어. 결국 그 두 사람은 자신들이 바보임을 인정했을 거야. 어떻게 그처럼 편안하고 홀가분하게 죽을 수 있지?"

맹씨 아저씨가 말했다.

"어쩌면 하고 싶은 일을 할 수가 없어서 몹시 슬퍼했을 거야."

스치 아저씨가 말했다.

"왜 할 수 없었을까? 그들이 하고 싶었던 일은 본래 할 수 있는 건데, 노력을 다하지 못해서 고통스러웠을 거야."

맹씨 아저씨가 말했다

"죽음은 정말 두려운 걸까요?"

나는 맹씨 아저씨에게 물었다.

"난 그렇게 말하지 않았는 걸."

"아! 아저씨, 저는 죽는 게 전혀 두렵지 않아요. 실망하고 절망했든 스스로를 바보로 인정하든 전 다 살아 있다는 느낌이에요. 죽음 그 자체는 조금도 두렵지 않아요."

내가 말했다.

"이봐, 루! 스빠가 죽음에 대해 생각하기 시작했어."

맹씨 아저씨가 웃었다.

"스빠는 영원히 점을 찾을 수 없어. 그렇지 형?"

"선도 찾을 수 없지."

"누구도 찾을 수 없어. 그렇지, 형. 누구도 선을 찾을 수 없지?"

"루, 또 세 번째와 네 번째 질문을 해보렴."

"면을 찾는 거 말이지, 형?"

"공간도 찾아야지."

"네가 면을 찾을 수 없다면, 공간도 찾을 수 없어. 그렇지, 형? 나도 찾을 수 없고 그 누구도 찾을 수 없지?"

"믿을 수 없다면 스빠, 네가 좀 찾아보렴. 면만 있다면 틀림없이 공간도 있지. 같은 원리로 공간만 있다면 틀림없이 시간도 있을 거고."

맹씨 아저씨가 말했다.

루 아저씨는 만족해하며 확대경을 가지고 놀았다. 확대경으로 나뭇잎, 이슬, 곤충 그리고 자기 손바닥을 보고 있었다. 눈을 가늘게 뜨고 온 정신을 집중하고 있었다.

"어쨌든 난 죽음이 전혀 두려운 게 아니라는 걸 알아요."

내가 말했다.

"그럼, 넌 왜 죽지 않지?"

나는 이 세상에 살아 있는 모든 것들이 아직도 나를 붙잡고 있다는 것을 깨달았다.

"그저 그렇게 허무하게 죽는다면, 사람들이 뭐라고 할까?"

스치 아저씨가 말했다.

"사람들의 말에 신경 쓸 필요 없어. 그렇지, 형? 마음대로 생각하라고 해."

루 아저씨가 말했다.

"저야말로 사람들이 뭐라 하든 상관하지 않아요."

내가 말했다.

"그 귀신들이 했던 말이 정말 옳아. 넌 살아 있잖아. 우린 영원히 죽지 않아"

맹씨 아저씨가 말했다.

"그들은 도대체 죽은 걸까, 살아 있는 걸까?"

스치 아저씨가 물었다.

"죽었지만 살아 있는 거지."

"형, 아직 술기운이 남아 있는 것 같아."

스치 아저씨가 한숨을 쉬며 말했다.

"그들은 춤을 출 수밖에 없어. 그렇지, 형?"

"루, '그렇지 형, 그렇지, 형'이라고 좀 하지 마. 뭐든 네 스스로 생각할 수 있어야지. 똑같은 말을 반복하는 건 좀 바보스럽지 않니?"

"난 안 그랬어. 그렇지, 형?"

"그때 왜 넌 횃불을 들고 춤을 추지 않았니? 넌 춤을 출 수 있었어. 춤을 추었다면 알 수 있었을 텐데. 온 세상 만물이 아무런 구속과 제지 없이 자유롭게 너를 따라 추고 있다는 것을."

루 아저씨는 다시 또 멍하니 자신이 춤을 추는 모습을 상상하고 있었다.

공원의 야경은 안개 때문에 흐렸고, 스치 아저씨의 부인과 딸은 여전히 돌아오지 않았다.

고목은 무럭무럭 자랐고, 야초는 온종일 즐겁게 노래를 불렀다. 달과 별이 움직였고 막 솟아오른 태양 빛이 찬란하게 천지에 쏟아졌다. 황폐한 땅에 흩어져 있는 부서진 돌층계는 모래와 자갈로 또 한 줌의 먼지로 변할 것이다. 그리고 또다시 퇴적되어 암석이 되고 다시 돌층계가 될 것이다. 벌들은 공중에 떠서 날갯짓 빈도수에 따라 자신의 생명을 계산하고 기나긴 세월을 살아갈 것이다. 태양이 어느 날 에너지를 모두 소진한 나머지 지난날을 회상하며 사라질 것이다. 그리고 수천 수백 개의 천체가 폭발하여 다시 수억 수만 개의 태양이 생겨나 다시 또 이러한 공원과 이러한 여름이 생길 것이며 세상 만물이 크게 한번 뒤집힐 것이다.

회색 제단에는 파릇파릇한 초록빛 풀이 돋아나고 있었는데, 돌 틈으로 물이 스며나오듯 자라고 있었다. 땅을 덮고 있는 석돌 하나하나가 마치 하나님이 꾸며놓은 도미노 카드인 것 같았다. 제단 누대 주위는 녹초와 야생화로 무성하여 반짝였다. 그리고 별 그림처럼 정취가 있으면서도 가지런했다. 그때 또다시 두 귀신이 나타났다.

"스치 아저씨, 들어보세요."

"뭔데?"

"북소리가 들리죠? 북소리 말이에요!"

"무슨 북소리? 스빠, 내겐 북소리가 안 들려."

"루, 이봐! 루, 넌 들리니?"

루는 머리를 끄덕이며 아무렇지 않게 확대경을 가지고 놀고 있었다.

"난 왜 안 들리지? 스빠, 난 안 들려."

"쉬―!"

"난 이미 당신에게 증명해 보였소. 모든 존재는 주관과 객관의 공동 참여이고 존재는 절대적이라는 것을 말이오."

허공 속에서 목소리가 울렸다.

"알아요."

제단에서 목소리가 메아리 쳤다.

"스치, 들었니?"

"아니."

"루, 넌 남자와 여자의 대화를 들었니?"

루 아저씨는 웃으며 확대경으로 하늘을 보고 있었다.

"스빠, 그들이 뭐라고 하니? 난 왜 안 들리지?"

"쉬―!"

"다시 말하자면, 주관도 절대적인 것이오."

남자가 말했다.

"주관이 절대적이라는 게 뭐 어떻다는 거죠?"

"절대적이라는 게 무슨 뜻인 거 같소?"

"바로 끝도 시작도 없는 영원한 거죠. 맞나요?"

"이제야 이해했군."

여자는 웃었고 무언가 치는 소리와 함께 남자도 웃었다.

"스치, 그 여자가 남자의 손바닥을 치는 소리를 들었니?"

"손바닥을 쳤다고? 왜 난 안 들리지?"

"그럼, 주관이 뭐라고 생각하오?"

남자가 물었다.

"주관이 뭐냐고요?"

"주체라고도 할 수 있죠."

"주체?"

"주관이나 주체는 '나'에 의해 명명된 것이죠."

"당신에 의해서요?"

"아니요. 우리 자신이죠. 사람들은 모두 자신을 '나'라고 칭하고 다른 사람을 '당신'과 '그'라고 칭하죠. '당신'과 '그' 모두 '나'가 관찰하는 객체이고 주체는 '나' 혹은 '우리'를 말하죠."

"맞소."

"그럼, '나'도 절대적인 거네요. 영원하고 끝도 시작도 없는."

"오! 맙소사!"

여자는 손뼉을 치며 크게 웃었다.

"난 아직도 안 들려, 스빠. 루, 너희는 들리니?"

루 아저씨는 확대경으로 개미집을 들여다보고 있었다.

"우린 영원히 죽지 않소."

남자가 말했다.

"그건 추상적인 '나'예요. 하지만 모든 구체적인 나는 시작과 끝이 있어서 죽을 거예요."

"무한이 뭐라고 생각하오? 무한은 유한으로 구성된 것이오."

"맞아요."

"그렇다면, 이번의 유한한 '나'가 끝나면 바로 다음의 유한한 '나'로 이어지는 것이오. 이것으로 무한한 '나'를 실현할 수 있소."

"무슨 말이죠?"

"인간에게는 내세가 있어서 그것이 계속 이어져 만고에 영원할 거라는 뜻이오."

"하지만 그것은 더 이상 당신이 아니잖아요."

"허나 그것은 여전히 '나'이기도 하오. 성과 이름은 그저 부호에 불과한 것이기 때문에 아무 때나 바뀔 수 있는 것이오. 주체가 만약 절대라면 끝없는 '나'의 형태로 객체와 만나게 되는 것이오."

"창세기를 말하나요?"

"아니오. 시작도 끝도 없는 것이오. 그저 인간 삶의 본래 모습일 뿐이오. 벌써 잊었소?"

"내세에서 이승의 일을 알 수 있을까요?"

"당신은 이승에서 저승의 일을 알 수 있소?"

"그럼, 무슨 의미가 있죠?"

"그저 죽음은 두려운 게 아니라는 것을 증명할 뿐이오."

"들었어요? 스치 아저씨?"

"아니, 스빠, 난 아무것도 안 들려."

"그들은 죽음이 두렵지 않데요!"

"그래, 스빠? 루, 그러니?"

루 아저씨는 그저 확대경에 반사된 자신의 눈을 보고 있었다.

"죽음은 찬란한 끝인 동시에 눈부신 시작이기도 하오."

남자가 말했다.

"찬란한 끝과 눈부신 시작이라."

여자는 반복해서 말했다.

주위에서 딸랑딸랑하고 울리는 종소리가 마치 노랫소리처럼 은은하게 들려왔다. 둥둥하고 울리는 북소리는 춤을 추듯 부드럽고 그윽했다. 구름과 노을이 움직였고, 초목도 가볍게 흔들리며 천지가 막 요동치려고 하다가 갑자기 종소리와 북소리가 멈췄다.

"왜 그러오?"

여자가 당황하는 것 같아서 남자가 말했다.

제단 위에서 술 냄새가 풍겼다. 그리고 또 다른 소리가 들렸는데, 차분하고 나지막했다.

"두 분은 정말 보기에 안 좋군요. 무슨 찬란함과 눈부심을 논하나요?"

"당신은 누구죠?"

남자와 여자가 동시에 물었다.

바로 맹씨 아저씨가 몽환상태로 그들 옆에 앉아 있었다.

"내가 누구인지는 알 것 없어요."

맹씨 아저씨는 술을 마시며 두 귀신에게 대답했다.

"난 당신들이 그다지 눈부시게 살지도 그다지 찬란하게 죽지도 않았다는 걸 알아요. 정말 추하군요."

두 귀신은 오랫동안 아무 소리도 내지 않았다.

"두 귀신은 떠났죠?"

내가 물었다.

"울고 있어."

맹씨 아저씨가 말했다. 그는 술을 한 모금씩 마시며 마음을 활짝 열고 크게 웃었다.

"저 사람들은 춤을 엉망으로 췄어. 그렇지, 형?"

루 아저씨가 흥분하며 말했다.

"저 사람들은 원래 춤을 잘 췄어."

맹씨 아저씨는 루 아저씨의 어깨를 한 팔로 감싸주었다.

"하지만 죽을 힘이 남아 있었을 때도 저 두바보는 춤을 포기해버렸지."

"난 바보가 아니지, 형? 절대 바보가 아니야. 난, 난 춤을 출 수 있어, 그렇지, 형? 난 춤을 잘 출 수 있어."

"우리도 여전히 춤을 추고 있소."

남자가 나지막한 소리로 말했다.

"그건 두 분이 다른 것을 찾을 수 없기 때문이에요."

맹씨 아저씨는 입을 가리고 웃었다.

"정말 천당을 찾았다면 적어도 똑똑하게 죽은 셈이죠."

귀신들은 또 말이 없었다.

맹씨 아저씨는 마시던 술을 제단 쪽을 향해 뿌렸다. 파란 연기가 서서히 피어오르더니 두 귀신이 죽은 노부부로 변했다. 두 사람은 서로에게 기댄 채 제단 원형 누대 위에 앉아 있었다. 백발에 무명옷을 입고 그들의 늘어진 팔 위로 넝쿨이 엉켜 있었다.

나는 그들의 표정을 제대로 볼 수 없었다.

"하지만 우리에겐 다음 생애가 있어요."

남자가 힘없이 말했다.

"다음 생애에는 춤을 잘 출 수 있을 거예요."

여자도 떨리는 목소리로 말했다.

맹씨 아저씨는 입안에 있던 술을 한꺼번에 내뿜으며 미친 듯이 웃어 댔다.

여자가 화를 내려고 하자 남자는 여자를 말렸다.

"신경 쓰지 말아요. 이곳을 떠납시다."

"다음 생애가 있다면, 두 분과 내기를 하겠어요. 다음 생애는 없어요."

맹씨 아저씨가 말했다.

"저 사람과 내기를 하지 맙시다."

남자가 여자에게 말했다.

"저 사람이 틀림없이 이길 거요. 우리는 지게 되어 있소."

"왜죠?"

"우린 이승에 살고 있기 때문에 저 사람이 이길 거요. 우리가 다음 생애에 살고 있을 때, 다음 생애는 다시 이승이 되는 것이오. 우린 저 사람을 이길 수 없소."

"그럼, 어쩌죠?"

"우린 대단한 사람을 만난 거요. 여기서 떠나는 게 좋겠소."

그 순간 펑 하는 소리와 함께 제단 누대 위에 있던 두 노인이 사라졌다. 파란 연기도 함께 사라졌다. 사방에서 종소리가 노래하고 춤을 추듯 아련하게 들려왔다. 북 치는 소리가 귀머거리도 들릴 정도로 크게 울리며 춤을 추고 노래하듯 맑고 그윽했다. 하늘 위의 별들도 우리들의 대화를 주의 깊게 듣고 있는 것 같았다. 어두운 땅 위의 초목들도 조용히 깨닫는 것 같았다. 회색 제단이 공터에 우뚝 서 있었고, 천지도 제단과 함께 매우 기뻐하는 것 같았다. 어디선가 사람들의 합창 소리가 들려왔다.

"영원히 현재만 있을 뿐이야. 내세는 늘 현재이고, 영원히 현재만 있을 뿐이야. 내세는 늘 현재이지. 영원한 춤과 어린 시절의 꿈들……."

"우린 다른 곳을 찾을 수 없어. 그렇지, 형?"

"그렇고 말고. 점, 선, 면 심지어 공간도 찾을 수 없어. 그 사람 정말 괜찮은 사람이야. '나'가 없는 세계를 찾을 수 없다는 걸 다 알다니 말이야."

"난 그 지구 안에서 춤을 잘 출 수 있었을 텐데. 그렇지, 형? 횃불을 들고 춤을 출 수 있었을까, 형?"

"언제가 되어야 다른 사람에게 묻지 않을 거니, 루, 넌 할 수 있다니까."

루 아저씨는 또 멍하니 미소를 지으며 자신이 춤을 추는 모습을 상상했다.

이 모든 기이한 일들을 내 나이 열여덟 살이 되던 해, 어느 여름날 이 공원 안에서 내가 직접 경험한 것이었다. 그 후 나는 이 일들을 다른 사람에게 얘기해주었지만 모두들 내 말을 믿지 않았다. 맹씨 아저씨는 처음부터 예상하고 있었는지 이 일에 대해 얼굴을 붉히면서까지 토론할 필요가 없다고 충고해주었다. 내가 그 이유를 물었더니 맹씨 아저씨는 죽음을 경험해 본 사람만이 이해할 수 있기 때문이고 그렇지 못한 사람들은 헛소리를 하는 것으로 여길 거라고 말했다.

그해 여름이 끝나갈 무렵 어느 날 아침, 안개가 자욱하게 깔린 공원에 한 여인이 찾아왔다. 그녀는 나를 한참 동안 위아래로 훑어보다가 아무 말 없이 머리를 갸우뚱거리더니 다른 쪽으로 걸어갔다. 그녀는 눈처럼 새하얀 드레스를 입었는데 치맛자락으로 잔디를 스치며 키 작은 나무숲 속을 천천히 걷고 있었다. 하얀 그림자가 신전 주위에 있다가 고목나무 아래에 있다가 다시 또 제단에 있는 것이 마치 도깨비가 공원을 소리 없이 걸어 다니는 것 같았다. 그녀가 다시 내게로 다가왔을 때 나는 그녀에게 물었다.

"누굴 찾으시죠?"

"이 공원에서 나를 기다리기로 한 사람이요."

"아! 이제야 돌아오셨군요! 스치 아저씨가 몇 개월 동안 기다리고 있었어요."

"몇 개월이요? 겨우 몇 개월이라고요?"

"아! 맞아요. 거의 일 년이 다 되어가네요."

"겨우 일 년이라구요? 만 년이겠죠."

"만 년이라고요?"

"어쩌면 그보다 더 길 수도 있고요."

그녀는 나를 보며 웃었다. 그녀의 눈에는 식을 줄 모르는 욕망이 서려 있었다.

"스치 아저씨를 찾아온 게 아니었나요?"

"스치요?"

그녀는 고개를 저었다.

"그럼 도대체 누굴 찾아오신 거죠?"

"하체 불구에 맹인인 사람이요."

"그럼 맹씨 아저씨!"

내가 말했다.

"그 사람 지금 어디에 있어요? 지금도 매일 이곳에 나오시나요?"

나는 그녀의 나이를 알 수 없었다. 그녀는 봄날의 불안한 유혹과 가을 빛깔의 평온함을 동시에 지니고 있었다. 나는 그녀의 길고 까만 생머리에 새치 한 가닥이 나 있는 것을 발견했다.

나는 그녀에게 맹씨 아저씨가 일하는 공장 주소를 알려주었다. 그녀는 내게 고맙다고 말하고는 잔디와 숲을 지나 무성한 초목 속으로 사라져버렸다. 나는 그제야 스치 아저씨가 날짜를 물을 때마다 맹씨 아저씨가 날짜, 심지어 연도와 월을 정확하게 알려주었던 일이 떠올랐다.

그날 밤, 맹씨 아저씨와 루 아저씨는 공원에 나오지 않았다. 며칠 동안 두 사람은 오지 않았고 나와 스치 아저씨만이 공원 입구에 앉아 있었다.

"경찰은 온다고 하고선 왜 오질 않지?"

스치 아저씨가 물었다.

"오히려 잘 됐어요. 난 그 노부부가 어떤 표정이었는지 분명히 말할 거예요."

"나도 그래."

"그 노부부는 갑자기 병에 걸린 걸까요?"

"어떻게 두 사람이 동시에 병에 걸릴 수 있지?"

"그러니까 내 말은, 병에 걸린 거라면 오히려 아무것도 두려울 게 없었겠죠."

스치 아저씨는 반박하지 않았다.

"만일 그들이 불치병을 앓고 있다는 사실을 알았다면요? 남은 기력이 저 숲을 겨우 걸어다닐 수 있을 정도였다면요?"

내가 말했다.

"겨우 걸을 수 있을 정도였다고? 미리 그걸 어떻게 알 수 있지?"

"만약 그랬다면, 그들은 몹시 편안하고 홀가분했을 거예요."

"물론이지. 하지만 만약이란 건 없어."

나는 진실하고 구체적인 세계만을 믿고 있었다.

여름이 지나고 낮이 짧아지자 낮과 밤의 날씨가 싸늘해졌다. 공원 안에는 나뭇가지에서 과일이 익어 떨어지는 소리가 들렸다. 황금빛 풀잎 위의 불나방 알과 고목 위에서 둥지를 틀고 있는 새가 보였다.

또 며칠이 지났다.

어느 날 밤, 스치 아저씨는 내게 자신이 루 아저씨를 만난 사실을 얘기해주었다. 루 아저씨는 맹씨 아저씨가 그의 모든 힘을 소진했다고 말했단다. 또한 그 여인이 '춤추는 휠체어'를 가지고 왔는데, 그 두 사람은 젊은 시절처럼 함께 춤을 췄다고 했다. 그 여인과 맹씨 아저씨는 해 질 녘부터 새벽까지, 새벽부터 동이 틀 무렵까지, 동이 터서 오후까지 오후부터 다시 해 질 녘까지 쉼 없이 춤을 췄다고 했다. 누구도 시간을 인식하지 못했단다. 맹씨 아저씨는 모든 기력을 소진했음에도 불구하고 그 기이한 휠체어는 여전히 맹씨 아저씨를 싣고 나풀나풀 춤을 추고 있었단다.

"그럼 루 아저씨는 지금 어디에 있나요?"

"나와 얘기를 나누고 바로 떠났어."

"어디로 갔나요?"

"말없이 떠났어."

나와 스치 아저씨는 다시 루 아저씨를 찾아가 맹씨 아저씨의 일이 정말 사실인지 아닌지를 묻고 싶었다. 그런데 우리가 루 아저씨의 집을 찾아 갔을 때, 그의 가족들은 아저씨가 춤을 추러 갔다고 했다. 우리는 루 아저씨가 일하는 공장으로 갔지만 사람들은 또 아저씨가 춤을 추러 갔다고 했다. 우리는 한밤중까지 동네를 다 찾아보았지만 사람들은 루 아저씨가 한곳에 오래 머무는 성격이 아니라서 춤을 추러 어디로 갔는지 알 수 없다고 했다.

나와 스치 아저씨가 다시 공원으로 돌아왔을 때는 이미 날이 밝아 오고 있었다. 희미한 가로등 사이로 공원 오솔길은 자욱한 안개로 적막이 흘렀다. 낙엽은 이슬의 무게에 겨워 땅으로 떨어지더니 사방으로 흩어졌다. 오솔길 끝은 여전히 희미했고, 스치 아저씨의 부인과 딸도 여전히 돌아오지 않았다.

"이제 어디로 가실 건가요? 산속으로 가실 건가요?"

"어디든 상관없단다."

"그 다리로 험한 산속에서 괜찮으시겠어요?"

"아무래도 상관없단다. 어쨌든 난 가야 하니까."

"차비는 있으신가요?"

"아무튼 난 가야 해. 스빠, 자네는?"

"더 이상 저를 '스빠'라고 부르지 마세요. 태양이 떠오르면, 이제 열아홉 살이 돼요. 저희 어머니가 저는 태양이 솟아오를 때 태어났다고 하셨어요."

종소리

B가 한 살이 채 안되었던 어느 해, 그의 부모님은 이 땅을 떠나셨다. B의 할아버지도 B의 부모님이 결국 어디로 가서 정착했는지에 대해 잘 모르셨다. 당시 할아버지는 그것이 보통 이별이 아니었음을 짐작하셨기 때문에 그들에게 손자 하나는 남겨두고 가라고 하셨다고 한다. 할아버지는 이제 더 이상 아무것도 바뀔 수 없다는 것을 느끼셨기에 시종일관 B 하나만을 요구하셨다고 한다. 그의 부모님은 밤낮으로 망설이다가 결국 떠나는 날 아침에야 막내 B를 할아버지에게 주고 가기로 결심했다. B의 두 형은 이미 다 커서 울고불고 소리치며 잠시도 엄마의 곁을 떠나려 하지 않았기 때문이었다. 한 살이 채 안 되었던 B는 아직 세상에 대해 아무것도 모를 때였다. 할아버지는 죽으나 사나 이 땅을 떠나려고 하지 않으셨다고 한다.

이 일은 그로부터 몇 년이 지난 후에 B가 나에게 얘기해준 것이다.

B는 할아버지와 함께 북쪽 농촌의 한 마을에서 다섯 살까지 살았다. 그가 살던 마을은 아주 작은 곳으로 사거리가 두 개만 있었다. 그리고 그 곳엔 물고기는 살 수 없어도 빨래는 할 수 있는 시냇물이 있었는데, 물이

먼 곳에서 유유히 흘러 들어와 마을 끝자락까지 흐르고 있었다. 마을의 두 사거리에는 잡화점, 음식점, 정육점, 제분소, 두부 집, 철공소, 수레와 말을 파는 가게 등이 각각 하나씩 있었다. 잡화점에는 괘종시계 두 개가 걸려 있었는데, 어느 시대에 만들어진 것인지 모르는 물건으로 좀처럼 살 사람이 나오지 않았다. 하나는 벌써 망가졌고 다른 하나는 마을 사람들이 감상할 수 있도록 진열되어 있었다. 그로 인해 가끔씩 가게에 뜻밖의 수입을 가져다주기도 했다.

마을은 전기도 들어오지 않았고 다닐 만한 학교도 없었으며 신문이나 뉴스도 거의 보고 들을 수도 없었다. 온종일 제분소와 두부 집의 맷돌 돌아가는 소리, 그리고 철공소에서 쇠 두들기는 소리만 끊임없이 들렸다. 수레와 말을 파는 가게 앞에는 늘 게걸스럽게 풀을 뜯어먹고 있는 소 몇 마리가 있었다. 음식점 입구에는 살찐 개 한 마리가 누워 있었다. 그 개는 마을의 개 중에서 자기를 당할 자가 없다는 것을 알고 있는 것 같았다. 눈빛은 사납지 않았지만 오만하고 오리석어 보였고 주위에 유랑하는 개들을 경시했다.

마을의 두 길은 끝이 보이지 않는 논밭까지 펼쳐져 있었다. 논밭은 겨울에는 넓게 펼쳐진 벌거숭이 갈색 토지였고, 여름에는 온통 황금빛으로 빛나는 해바라기로 가득 차 있었다. 이 마을이 B에게 가장 깊은 인상을 준 것은 바로 이 해바라기였다. 수백 수천만 개에 달하는 소박하고 제멋대로 생긴 해바라기가 세상을 뒤덮고 있었다. 맑은 날이면 찬란하게 눈부신 해바라기가 온 마을을 유쾌하고 고즈넉하게 비추었다. 흐린 날이면 해바라기는 일제히 산과 들에 소란을 피우며 화를 내는 것 같았다. 그 소리로 인해 해바라기를 재배하는 사람들까지도 깜짝 놀라 눈앞이 캄캄해질 정도였다. 그러면 마을 사람들도 두렵고 불안하여 어찌할 바를 몰랐다.

이 이야기는 여러 해가 지난 후에 B가 나에게 들려준 것으로 마치 까마득한 시대의 전설과도 같았다.

"넌 언제 태어났니?"

B가 내게 물었다.

"오십일 년생이야."

"아! 잠깐만! 그러면 내가 처음 할아버지와 함께 해바라기를 수확했을 때가 바로 네가 태어났거나 아직 태어나지 않았을 때야."

B는 해바라기가 한 그루 한 그루 베어질 때마다 갑자기 울음이 터졌고 줄곧 멈추지 않았다고 했다.

"왜?"

"나도 몰라. 원래 생명이란 신비한 거잖아."

B가 다섯 살이 되던 어느 해 여름날이었다.

"널 데리고 도시로 갈 거다."

B의 할아버지가 말했다.

"현¹⁾으로 갈건가요?"

"아니, 현보다 더 크고 먼 곳이란다."

할아버지는 옷가지 등을 챙긴 후에 낡은 동 자물쇠로 대문을 잠그셨다. 할아버지와 손자 두 사람은 마을을 벗어나 산림 같은 해바라기밭을 걸어갔다.

---

1) 중국의 지방 행정구획의 단위로, 성(省) 밑에 속한다.

"왜 그곳으로 가는 거죠?"

"네 공부를 위해서지. 넌 이제 학교를 다닐 때가 되었단다."

파초선만큼이나 큰 해바라기 잎은 여러 겹으로 되어 있어서 더운 열기가 모아지면 해바라기 꽃향기가 더욱 짙게 풍겼다. 메뚜기는 술에 취한 듯 해바라기 줄기 위에서 비틀거리며 기어다니고, 여치는 잠꼬대를 하는 듯이 울어댔다. 때때로 바람이 시냇물이 들어오는 곳에서 새어나와 뱀 모양처럼 두 길로 갈라진 해바라기밭으로 흘러 들어갔다. 귀신이 조화를 부리는 듯 유희하며 돌아다니는 것 같았고, 외로운 꽃향기는 사방 천지로 날아가 하늘 가득히 퍼져 나갔다. 메마른 꽃술이 이 틈을 타고 나와 가랑비처럼 촘촘히 B의 옷깃 속으로 스며들었다.

"우리 엄마, 아빠가 그곳에 계신 거죠?"

"아니란다. 그곳에 없단다."

"그럼 어디에 계시죠?"

"난 여태껏 네게 거짓말을 한 적이 없다. 나도 네 부모가 어디에 있는지 몰라. 할아버지랑 함께 있는 게 싫으냐?"

"그럼, 우린 누구를 만나러 가는 거죠?"

"앞으로 네 고모 집에서 살 거란다. 거긴 네 고모부와 사촌 동생들도 있단다."

"그 사람들은 저를 아나요?"

"네 고모와 고모부는 너를 본 적이 있지. 당시 네가 태어난 지 얼마 안 되었을 때라 넌 기억을 못할 게다."

할아버지와 손자 두 사람은 오전 내내 걸었지만, 여전히 해바라기밭이었다. 그들은 오후 내내 버스를 탔지만, 여전히 창밖으로 활짝 피어 있는 해바라기들이 보였다. 다음 날 그들은 또 기차를 탔다. B는 기차 안에 있는 물건들에 오랫 동안 매혹되었다. 기차 창밖으로 보이던 해바라기밭은 그제야 환상처럼 사라졌다. B가 다시 해바라기를 떠올렸을 때, 창밖은 이미 어두운 밤이었다.

"고모는 우리 부모님이 어디로 가셨는지 아시나요?"

"네 고모도 모른단다."

"고모에게 물어보신 적이 있으신가요?"

"있고말고."

"부모님은 기차를 타고 떠나셨죠?"

"그만 하거라. 더 이상 그 일에 대해 생각하지 말거라. 할아버지에 관한 걸 물어보지 않을래?"

"어쩌면 고모부가 아실지도 모르겠네요?"

"이제 그만 하자꾸나. 어서 자거라."

"할아버지가 과로로 쓰러지실까 봐 걱정돼요."

"내 무릎 위에 머리를 대고 누워라. 그래. 자거라."

"고모부에게 물어보지 않으셨나요?"

"기억하여라. 앞으로 누가 묻거든 할아버지도 부모님이 어디로 갔는지 모른다고 하여라. 알겠느냐?"

창밖은 칠흑같이 어두웠다. B는 꿈속에서 부모님의 얼굴을 그릴 수가 없었다. 꿈속에서 밤새 끊임없이 펼쳐진 외로운 해바라기밭에서 배회했다.

B가 잠에서 깨어났을 때, 기차는 이미 도시에 도착한 상태였다. 나는 이 도시에서 태어나 자랐고 지금까지도 살고 있다. B의 고모 집은 우리

집에서 멀지 않은 곳으로 우리 집에서 동쪽으로 다시 북쪽으로 다시 동쪽으로 다시 또 북쪽으로 대략 네다섯 개의 길목을 지나면 교회당이 하나 나오는데, B의 고모 집은 바로 그 교회당 옆에 있었다. B의 고모 집은 그 교회당에서 동쪽으로 약 삼사십 미터쯤 떨어져 있었다. B는 고모 집에서 거의 7년 동안 살았는데 그때만 해도 우리는 서로 모르는 사이였다.

"하지만 그때 우리 서로 한 번은 마주친 적이 있었을 거야."

B가 말했다.

그로부터 몇 년 후, 나와 B는 우리 집 근처에 있는 어느 구멍가게에서 알게 되었고 오후부터 해 질 무렵까지 줄곧 이야기를 나누었다.

"가능한 일이겠지?"

내가 물었다.

"그저 우리가 깨닫지 못했을 뿐이야. 결론적으로 그것을 포함하지 않았던 셈이지."

"뭘 포함해야 하지?"

"어떤 일이 한 사람의 운명에 큰 영향을 미칠 수 있다는 것에 대해 넌 절대로 알 수 없을 거야. 생명 속에 신비함이 가득하다는 걸 못 느끼겠니?"

나는 머리를 끄덕였다. 하지만 솔직히 말하자면, B의 말을 전혀 이해할 수 없었다. 그가 말하고자 하는 것이 도대체 무엇인지 알 수 없었다.

날씨는 무척이나 더웠고 벌써 열흘이 지나도록 비가 오지 않았다. 나와 B는 구멍가게 앞에 앉아 계속 맥주를 마셨다. 작열하는 태양은 아스팔트가 울퉁불퉁해질 정도로 뜨겁게 달구었고, 나뭇잎과 종잇조각은 눈부시게 반짝이는 아스팔트 위를 뒹굴고 있었다.

"그 교회당 말이야. 아직 기억하니?"

B가 말했다.

"그저 사람들에게서 들은 것뿐인데, 그 교회당 종소리는 기억하고 있어. 왜?"

"아! 넌 아마 본 적이 없을 거야. 넌 그 교회당에 대해 어떠한 기억도 없을 거야. 이미 오래전에 없어졌거든."

"그렇지만 어렴풋하게 종소리는 기억이 나. 내가 좀 자란 후에 난 그것이 틀림없이 종소리라고 믿게 됐어. 그 교회당에서 종소리가 들리지 않았니?"

"네가 그렇게 믿는다면, 넌 종소리를 들은 거야. 틀림없이 교회당 종소리였을 거야. 교회당에서 하루에 여러 차례 종을 울렸거든."

"은은한 소리여서 지금까지도 내게 참 편안한 느낌을 주었던 것 같아."

"그 소리, 정말 신비롭다고 생각하지 않니?"

"뭘 말하는 거야?"

"같은 종소리인데도 이른 아침에 들으면 아침의 종소리로, 오후에 들으면 오후의 종소리로, 또 해가 지면 황혼 자체가 지닌 종소리로 느껴지는 거야. 다른 소리에서는 이런 느낌을 찾을 수 없거든."

나는 맥주를 마시며 천천히 그 종소리에 대한 기억을 더듬어 보았다. 나는 그 종소리가 젖먹이 아이가 막 꿈에서 깨어났을 때의 소리라고 생각했다. 그것은 눈앞에 홀연히 펼쳐진 밝고 모호한 경물, 예를 들어 지붕, 창문, 창밖의 나무, 내 할머니의 인자한 모습을 지닌 소리이자 생명 태초의 소리였다. 나는 그 교회당을 본 적이 없었다. 그 교회당 옛 터에 훗날 붉은 색 주민 아파트가 세워졌다.

"넌 그 교회당에 가본 적이 있니?"

나는 B에게 물었다.

"물론이지. 우리 고모부가 바로 그 교회당의 마지막 목사셨거든."

B의 고모부는 키가 크신 분으로 늘 낡고 무늬가 있는 등받이 의자에 앉아 계셨다. 저녁 담벼락처럼 어두컴컴하게 진열된 책장 앞에 앉아 계셨다. 고모부의 하얀 얼굴, 하얀 손과 팔은 빈 방에 걸려 있는 한 폭의 고전파 초상화처럼 선명하고도 쓸쓸했다. 이런 고모부의 이미지는 B가 처음으로 교회당에서 울리는 종소리를 들었을 때 생겨났다고 했다. 그것은 저녁 기도가 끝난 후에 울리는 종소리였다. 그리고 학자처럼 점잖은 고모부의 몸속에서 불같이 타오르는 열정 또한 그때 느꼈다고 했다.

B의 고모의 키는 고모부의 앉은키와 비슷했다. 고모는 허리를 굽혀 B를 안아주며 말했다.

"아! 네가 태어난 지 한 달 밖에 안 되었을 때였지. 우린 네가 만 한 달이 되던 그날에 너를 보러 갔었단다."

"네가 올해 세 살인가?"

"다섯 살이에요."

"벌써 다섯 살이라고? 오! 그렇구나."

고모의 품은 이른 가을날 해바라기밭에 부는 바람처럼 너무도 따스했다. B는 고모에게서 그가 여태껏 맡아보지 못했던 향기가 났다고 했다. 할아버지에게서 나는 냄새와는 차원이 다른 것이었다. B는 그 향기가 조금 부러우면서도 당황스러웠다.

"다섯 살이니, 이제 학교에 갈 나이가 되었구나."

할아버지가 말했다.

할아버지의 눈길이 고모부의 얼굴을 훑다가 B에게서 멈췄다.

"우리가 살던 마을에는 학교도 없고 또 현에 있는 학교는 멀고 형편없지. 너에게 이런 친고모와 고모부가 있어서 다행이구나. 이 아이는 학교를 다녀야 해."

"당연히 학교를 다녀야죠. 넌 여기 고모 집에 살면서 학교를 다니거라."

고모는 눈물을 흘리며 말했다.

"그럼, 할아버지는요?"

"할아버지도 여기서 함께 살 거란다. 모두 함께 여기서 살 거란다. 우린 이제 한 식구야."

할아버지는 한숨을 내쉬었다. 고모는 일어나 뒷걸음질로 할아버지 옆에 가서 앉았다. 모두들 마치 한 폭의 그림을 보듯 그렇게 B를 유심히 바라보았다.

"맙소사! 정말 닮았어! 코 윗부분은 엄마를, 코 아랫부분은 아빠를 닮았어요. 저 아이 부모는 아직 소식이 없나요?"

"없어. 감감 무소식이지."

"아이고, 흑흑~!"

고모는 또 다시 눈물을 흘렸다. 그 순간 방 안이 조용해졌다. 교회당 종소리도 벌써 멈춰 있었다. 한참이 지나자 B에게 갑자기 기이하지만 맑고 부드러운 소리가 들려왔다. 고모부는 B의 부모가 이 땅을 떠나지 말았어야 했다고 말했다. 그들은 잘못된 길로 들어서 낙원을 영영 잃어버린 사람들이라고 했다. B는 고모부의 목소리가 그토록 멋있을 거라고는 상상도 못했다. 때문에 그 소리가 어디서 나는지 한참을 두리번거리고서야 바로 고모부의 그 하얀 그림자에서 나는 소리라는 것을 알았다. 고모부는 일어나 방 한가운데에 서서 말했다.

"이 얼마나 사랑스러운 정원인가요!"

고모부는 마치 교회당에서 포교를 하는 것 같았다. 하나님이 허락하신 저 낙원이 지금 막 실현되고 있는 중이라고 했다. 노예를 부리는 사람도, 굶주리는 사람도, 가난, 전쟁, 폭력, 범죄도 없는 심지어 복수와 이기심도 없는 그런 낙원이 곧 실현될 거라고 했다. 고모부의 안색이 환해지더니 하얀 얼굴에 홍조가 띠기 시작했다. 고모부의 말투가 마치 노래를 부르듯 리드미컬해졌다. 하나님은 그런 낙원을 제일 먼저 우리에게 선사하신 거란다. 하나님은 온 세계가 자나 깨나 바라던, 온 인류가 그 옛날부터 자나 깨나 바라던 저 세상의 천국을, 제일 먼저 우리나라에 주신 거란다. 고모부는 잠시 말을 멈추고 흥분한 나머지 방 안을 이리저리 돌아다녔다. 그리고는 갑자기 멈춰 서서 무척 상심한 듯 말했다.

"그들이 왜 꼭 가야만 했는지 정말 이해할 수 없어. 그들은 가지 말았어야 했어!"

훗날, B가 학교에서 '무척 상심하다'라는 이 단어를 배울 때, 바로 고모부의 당시 모습이 떠올랐고 그래서 아주 빨리 이 말의 의미를 이해했다고 한다. 하지만 당시 B는 고모부가 그의 부모님이 어디로 갔는지 알고 있을 거라고 생각했다.

이 이야기 모두 여러 해가 지난 후에 어느 날 오후, B가 내게 들려준 것이다. B는 지금까지 전해 내려오는 옛 전설을 들려주는 것 같았다.

"그날 저녁 고모부는 연설을 하면 할수록 흥분하셨지. 쇼파에 앉아 계시던 할아버지의 코 고는 소리가 들릴 때까지 말이야. 고모도 줄곧 하품만 하셨고. 도대체 무슨 말을 하셨는지 기억이 잘 안 나. 당시 난 겨우 다섯 살이었거든. 하지만 낙원이 곧 실현될 거라고 했던 건 확실해. 고모부는 평생을 낙원에 대해 얘기했었어."

B는 그날 자기만이 끝까지 고모부의 말을 듣고 있었다고 했다. B는 고모부가 마지막 부분에서 그의 부모가 어디로 갔는지에 대해 꼭 얘기해줄 거라고 믿었단다.

B와 할아버지가 한 방을, 고모와 사촌 여동생이 한 방을 사용했다. 사촌 남동생과 고모부는 독방을 썼다. 사촌 여동생과 남동생은 나이가 아직 어렸다. 하나는 겨우 두 살이었고 다른 하나는 한 살이 채 안 되었다. 두 남매는 거의 종일 잠만 잤다.

여름날의 대낮은 너무도 지루하고 적막했다. 사촌 여동생과 남동생은 B에게 온종일 잠만 자고 있던 아이들로 기억되었다. B는 늘 그들이 잠에서 빨리 깨어나 함께 놀 수 있기를 기다렸다. 교회당 종소리는 외롭고도 애달팠다.

"너도 저 애들만큼 어렸을 때, 늘 잠만 잤단다."

고모는 가끔씩 B에게 말해주었다.

고모부도 B와 이야기를 나눌 때가 있었다. B는 고모부에게 그의 부모가 도대체 어디로 갔는지에 대해 너무도 묻고 싶었지만 그러지 못했다고 한다. 고모부는 또 B에게 그 낙원에 관한 이야기를 들려주었다.

"그 낙원의 아이들은 모두 착하고 다들 공부를 무척 좋아한단다."

"사촌 동생들처럼 저렇게 어렸을 때, 우리 부모님은 저를 깨우지 않고 그냥 떠나셨나요?"

B가 드디어 물었다.

고모부는 한참 동안 대답하지 않았다. 그리고는 B의 머리를 쓰다듬으며 말했다.

"너도 저 아이들과 마찬가지로 모두 우리의 자식이란다. 그렇지 않니?"

B는 고모부가 전혀 두려움이 없는 사람이라는 것을 알았다.

오래지 않아 고모는 B를 데리고 한 초등학교에 가서 입학시험을 치르게 했다. 그곳은 원래 사찰이었는데 교정 안에는 하늘까지 닿을 것 같은 늙은 측백나무 두 그루가 있었고 교정 가득히 어둡게 그늘을 드리우고 있었다. 많은 부모들이 아이를 데리고 시험을 치르러 왔다. 고모는 B를 데리고 한 교실로 들어갔다. 교실은 폐허인 신당을 개조하여 만든 것으로 문과 창에는 유리가 끼워져 있었고 벽에는 녹색 페인트가 칠해져 있었다. B는 한 중년 여성 앞으로 다가갔다. 고모는 B에게 그녀를 선생님이라고 부르게 했다.

"농촌에 온지 얼마 안 됐지?"

선생님이 B에게 물었다.

B는 선생님이 그걸 어떻게 알았는지 무척 궁금했다. 선생님은 B의 나이, 이름, 주소, 부모님의 성함, 가족관계 등을 물었다. 또 부모님의 직업도 물었다. B는 바로 대답할 수가 없었다. 그리고 할아버지가 가르쳐준 말이 생각이 났다.

"할아버지도 저희 부모님이 어디로 가셨는지 몰라요."

선생님은 B의 대답을 듣는 둥 마는 둥하며 고모와 함께 교실 밖으로 나갔다. B는 혼자 교실에 서 있었다. 정신이 나간 사람처럼 칠판과 일렬로 배치된 책상과 의자를 보았다. 고모는 아직 돌아오지 않았다. B는 고모를 찾으러 나갔다. 고모와 선생님은 나무 그늘에 서서 이야기를 나누고 있었다. 고모가 하는 말이 들렸다.

"네! 네! 부모는 저 애가 태어나고 얼마 안 있어 모두 죽었어요."

선생님은 한숨을 내쉬었다.

"그러면, 저 아이에겐 고모밖에 없나요?"

고모는 고개를 끄덕이다가 다시 머리를 저었다.

"아니요, 할아버지도 있어요. 저 앤 줄곧 할아버지와 살았어요."

고모와 선생님은 B를 보더니 더 이상 말을 하지 않았다. 잠시 후 선생님은 B의 머리를 쓰다듬으며 말했다.

"그래 오너라. 개학하면 꼭 오너라. 넌 틀림없이 똑똑한 아이일 거야."

그날 저녁 B는 또 해바라기 꿈을 꾸었다. 해바라기는 한 줄기 한 줄기 베어졌다. 소박하고도 아름다운 꽃이 온 산과 온 들에 가득 흩뿌려졌다. 두려워서인지 슬퍼서인지 B는 또 울음을 터뜨렸다. 그 소리에 할아버지도 놀라 깨어났다.

"왜 그러느냐? 악몽이라도 꾼 게야?"

"해바라기 꿈을 꿨어요."

"오! 해바라기. 해바라기가 뭐가 무섭다고. 자거라. 어서 자야지."

"할아버지도 죽나요?"

할아버지는 한참 동안 대답하지 않다가 갑자기 일어나 앉았다.

"그건 왜 묻는 게냐? 왜 그런 걸 물을 생각을 했지?"

"죽으면 아무도 모르는 곳으로 가나요? 죽으면 다시는 돌아올 수 없나요?"

어둠 속에서 할아버지는 아무 말도 하지 않고 움직이지도 않았다.

"우리 부모님은 언제 돌아가셨죠? 왜 제게 말해주지 않으셨죠?"

B의 담임 선생님은 안목이 높았고 B는 아주 똑똑한 아이였다. 그때 고

144   현 위의 인생

모가 들어왔다.

"우리 부모님은 돌아가신 거죠? 할아버지, 왜 말씀이 없으세요?"

할아버지는 불을 켜고 멍하니 고모를 바라보았다. 고모부도 들어왔다. 할아버지는 고개를 숙인 채 아무 말이 없었다. 고모는 고모부를 보았고 고모부는 퉁명스럽게 말했다.

"다 부질 없는 짓이라고 내가 말했지?"

고모는 고모부를 노려보며 B의 옆에 앉았다.

"할아버지가 말해주지 않은 이유는 네가 너무 어렸기 때문이란다."

고모는 말을 마치고 또 눈물을 흘렸다.

"부모님은 어떻게 돌아가셨죠?"

"병 때문이었단다."

"갑자기 병이 나셨나요?"

고모는 놀란 나머지 눈물을 멈췄다. 가족 모두가 어찌할 바를 몰라 다섯 살짜리 아이를 그저 바라보고만 있을 뿐이었다. 어느 해인가 해바라기꽃들이 갑자기 병이 나 모두 죽어버린 적이 있었다고 한다. 고모는 할아버지를 밀었다. 할아버지는 용서를 구하듯이 말했다.

"그래, 그래, 그렇고 말고."

고모는 B를 가슴에 품고 아무 말도 하지 않았다. 한참 동안 그저 눈물만 흘리며 쉼 없이 탄식만 했다. 고모부는 화가 잔뜩 났는지 방 안을 왔다 갔다 하며 말했다.

"굳이 저럴 필요가 있는 건지. 정말 이해할 수가 없군."

"당신, 나가요! 어서요!"

고모가 고모부에게 소리쳤다.

"당장 나가요. 그 일은 당신 말대로 할 수 없어요."

고모부는 손을 내저으며 밖으로 나갔다.

"그래, 이제 자야지?"

고모가 말했다. 그때, 교회당의 새벽 종소리가 들려왔다.

"고모와 고모부는 내가 아직 어리다고 생각했겠지."

B가 말했다.

"다섯 살이면 다른 사람의 모습에서 어떤 특징들을 읽어낼 수 있는 나이야. 고모부는 거짓말을 못하는 사람이라는 걸 난 느꼈거든."

우리는 맥주를 마시고 있었다. 그날 오후는 바람 한점 없이 무척이나 무더웠다. 며칠 동안 비도 내리지 않았다.

"고모부의 말을 유심히 들었어. 우리 부모님은 어쩌면 어딘가에 아직 살아계실 거야. 난 할아버지가 날 속인 이유가 더 이상 부모님에 대해 말하지 않게 하기 위해서일 거라고 생각했었어. 이제는 말하지 않을 거야. 하지만 언젠가는 꼭 고모부에게 물어봐야 한다고 생각했지."

어느 날 B는 할아버지와 고모를 속이고 혼자 고모부를 찾아 갔다. B는 교회당 종소리를 따라 걸어 들어갔다. 교회 안에 아주 커다란 정원이 보였고 무거운 철문을 밀고 들어가니 온통 숲이었다. 햇빛이 자갈길을 촘촘히 비추었다. 종소리가 멈추더니 주위가 고요해졌다. B의 외로운 발자국 소리만 들렸고 자신의 발자국 소리처럼 가볍고 은은한 풍금 소리가 들려왔다. 정원 안의 정향나무와 개나리꽃은 이미 지고 없었다. 단풍나무는 기꺼이 타오르기를 원하는 듯 잎이 붉게 물들어 있었다.

B는 들려오는 풍금 소리를 따라 걸어 들어갔다. 풍금 소리 속에 은은하게 들리는 맑고 고운 노랫소리가 섞여 어우러졌다. 숲을 빠져나오자

바로 그 교회당이 보였다. 작은 교회당 지붕은 아치형으로 알록달록한 빛깔의 창문은 넝쿨 잎으로 덮여 있었다. 교회당 주위는 온통 야생화가 피어 있는 풀밭으로 둘러싸여 있었다. 풍금 소리와 노랫소리가 바로 교회당 안에서 울려 나와 잔디밭에서 퍼지더니 단풍나무 숲으로 흘러 들어가고 있었다. 교회당 아치형 지붕의 그림자가 잔디밭에 있는 B를 향해 뻗어 있었고, 마치 둥근 다리와 텅 빈 거리의 모습 같았다.

교회당의 문은 열려있었다. 한 백발노인이 B에게 다가와 아이를 찾고 있냐고 물었다. B는 아무 대답도 하지 않았다. 노랫소리가 멈추자 풍금 소리도 따라 멈췄다. 고모부의 목소리가 들렸다. 고모부가 보이지는 않았지만 고모부의 중후한 낮은 목소리가 들려왔다. 그 목소리는 아무나 가질 수 있는 것이 아니었다. 훗날 고모부는 교회를 나가 목사직을 포기하겠다고 했다. 고모부는 자신의 신앙이 이미 돌이킬 수 없이 변질되어 버렸다고 했다.

"우리는 왜 저 허망한 하늘에 호소를 해야 합니까? 우리는 왜 결코 존재하지 않는 저 하나님을 믿으며 그 은혜에 감사해야 합니까? 우리는 천만 년 동안 하나님께 기도하고 갈망했지만 하나님은 아무 대답도 없었습니다."

B는 그 소리를 따라 본당으로 들어가 어느 할머니 뒤에 숨어 앉았다. 교회 강단에 선 고모부의 모습은 그날의 저녁보다 더욱 흥분되어 있었다.

"이제부터 하나님의 동정과 은혜에 기대지 않는 참된 낙원이 곧 실현될 것입니다! 빈부 차이와 귀천이 없는 사회가 이미 도래했으니 모든 사람이 먹고 입는 것이 다 풍족할 것이며 모두가 형제자매이니 우리가 천만 년 동안 바라왔던 그 꿈이 이미 실현되었습니다!"

고모부는 고개를 숙이고 잠시 생각에 잠겼다. 고모부는 얼굴에 부드러운 미소를 띠었다.

"저 쓸모없는 하나님을 쉬게 합시다!"

그리고는 강단에서 내려와 복도를 지나 쥐 죽은 듯 조용한 교회당을 나갔다. B는 고모부가 힘찬 걸음으로 정의롭고 당당하게 석양이 비치는 잔디 위를 걸어가는 모습을 바라보았다. 그 선명하고 고요한 그림자가 마지막에 붉게 타오르는 단풍나무 숲 속으로 사라지는 광경을 지켜보았다. 훗날 학교에서 선생님이 B에게 '정의롭고 당당하게'로 문장 짓기를 시켰을 때 B는 다음과 같이 말했다고 한다.

'그날 나는 고모부가 정의롭고 당당하게 교회당을 걸어 나가는 모습을 보았다.'

이 이야기 모두 그날 오후, B가 직접 내게 들려준 것이다. 그 후로 B에게 고모부를 볼 수 있는 기회가 오지 않았다고 한다. 고모부는 늘 바빠서 낮에는 집에 없었다. 저녁에는 고모부를 찾아오는 사람들로 붐볐고, 고모부는 여러 차례 설계도를 펼쳤던 것 같다. 그 설계도의 일부분은 고모부가 그린 것이었다. 고모는 고모부가 대학 시절에 건축학을 전공했는데 직업을 바꾸지 말았어야 했다며 안타까워했다.

어느 날 새벽, B는 또 해바라기 꿈을 꾸었다. 꿈속에서 해바라기의 황금빛이 반짝이는 액체처럼 암석과 토지의 갈라진 틈 사이로, 이어진 산 사이의 계곡으로, 그리고 평원의 강과 골짜기로 스며들었다. 마치 정오의 태양이 모든 그늘을 녹이듯 천지가 온통 눈부실 정도로 찬란했다. 꽃밭에서 당장이라도 빠져들 것 같은 노랫소리가 은은하게 들려왔다. B는 잠에서 깨어났다. 고모부의 서재 안에서 노랫소리가 들려왔다. B는 할아버지 곁을 조용히 빠져나와 고모부의 서재로 들어갔다. 고모부는 차를 마시며 눈을 감은 채 낡은 꽃무늬 등받이 의자에 앉아 있었다. 얼굴에는 미소를 띠며 졸음도 달아날 것 같은 노래를 흥얼거리고 있었다. 책상 위는 여전히 설계도로 가득했다. 고모부의 목소리는 부드럽고 중후해서 보통 사람의 목소리와는 확연히 달랐다.

"고모부가 그린 게 뭐예요?"

"오! 이걸 말하는 거니? 이건 아파트란다. 진정한 낙원이지."

"고모부가 늘 말씀하시던 바로 그 낙원인가요?"

"그렇다고 할 수 있지."

고모부는 가장 큰 설계도를 펼치더니 책상 위가 좁은지 다시 바닥에 내려놓았다. 고모부는 시간을 착각하고 있는 것 같았다. 지금이 새벽이 아니라고 생각하는 것 같았다. 누군가 찾아 와서 이 설계도에 대해 물어보기를 간절히 바라고 있었던 사람 같았다.

"보아라. 수만 명이 이 아파트에서 함께 살 수 있단다. 이건 공동식당, 이건 공동욕실, 이건 공동 오락실, 이건 공동 열람실, 이건 공중전화란다."

그날 밤, 고모부는 자신의 이야기에 흠뻑 빠져 있었다.

"'공동'이 뭔가요?"

"오, 공동이란 바로 모두를 뜻한단다. 공동의 것이란 바로 모두의 것이지."

"내 것인가요?"

"아니, 너와 나의 구별이 없는 거란다. 공동의 재산은 어떤 한 개인에게 속하는 게 아니라 모든 사람에게 속하는 거란다."

"이 아파트인가요?"

"그래. 이 아파트 안의 모든 것은 내 것과 네 것의 구별이 없는 바로 우리 모두의 것이란다."

"고모부는 우리 부모님이 어디로 가셨는지 알고 계시죠?"

고모부는 뜻밖의 질문에 멍해졌다. B를 보다가 설계도를 보다가 마치 설계도의 재앙을 이 아이에게 들킨 듯했다. B는 줄곧 고모부의 눈을 바라보며 그의 대답을 기다리고 있었다. 고모부는 서재를 나가더니 다시 돌아왔다. B는 계속 고모부의 눈을 바라보았다. 고모부는 더 이상 왔다 갔다 하지 않았다. B는 여전히 고모부의 눈을 바라보고 있었다. 고모부는 B의 앞에 웅크리고 앉아 B를 보지 않고 그저 설계도만 보았다.

"잘 들어라. 네가 이 고모부를 믿는다면 두려워도 말고 괴로워도 말거라. 이 낙원에서는 모든 아이들이 바로 우리 모두의 아이란다. 모든 부모도 다 우리의 부모란다. 모든 기쁨과 고난도 다 우리 모두의 기쁨과 고난이란다. 잘 들어라. 이곳의 사람들은 다 자신의 능력껏 일하지만 보수 따윈 바라지 않는단다. 돈은 이미 쓸모없기 때문이지. 누구든 원하는 것은 스스로 가지면 된단다. 잘 들어라. 이 낙원에서는 모든 아이들은 다 형제자매란다. 네가 이 고모부를 믿는다면 두려워 말아라. 그날이 곧 다가올 테니. 모두 다 한 가족이며 열심히 일을 마친 후에는 다들 모여 함께 마음껏 기쁨을 누릴 수 있단다……."

여러 해가 지난 후에야 B는 그날 저녁 고모부가 마신 것이 차가 아니라 술이었을 거라는 생각이 들었다고 한다. 고모부는 아마도 그때부터 술을 마시기 시작했을 것이다.

"네 고모부가 말한 것이 바로 저 붉은 색 주민 아파트니?"

"응. 하지만 그때는 한낱 설계도에 불과했었지."

"그 후에 저 교회당 옛터에 세워진 것이 바로 저 아파트니?"

"응. 바로 저 아파트야."

"저 아파트가 바로 네 고모부가 설계한 거니?"

"다는 아니지만, 고모부가 그 일부분을 설계했을 거야. 하지만 그것을 인정해주는 사람은 아무도 없었어."

몇십 년 전에 내가 저 아파트를 세우려고 한다는 말을 들었을 때 우리 집 일대 주민들이 너무도 감격해했던 일이 떠올랐다. 거의 여름 내내 마을 사람들은 정원에 모여 혹은 문 앞에 모여 혹은 거리의 고목나무 아래에 모여 흥미롭게 저 아파트에 대해 이야기를 나누곤 했다. 젊은이는 노인들에게, 남자들은 여자들에게, 여자들은 아이들에게 들려주었다. 사람들은 기이하고 신비로운 아파트에 관한 이야기를 했다. 사람들이 들려준 내용과 B의 고모부가 들려준 내용이 대부분 일치했다. 사람들은 흥분에 겨워 마음이 초조해졌고, 목도 쉬어버렸으며 눈에는 핏발이 서게 되었다. 낮부터 저녁까지, 해가 지고 날이 저물 때까지, 공사현장의 하늘까지 떠들썩했기에 달도 숨어버릴 정도였다. 고목나무 아래로 사람들이 끊임없이 모여들었고 사람들의 말소리와 멀리서 들려오는 요란한 크레인 소리가 잠시도 멈추지 않았다.

물론 나도 기뻐했다. 그런 아파트에서는 아이들이 맘껏 뛰어놀 수 있기 때문이었다. 나는 사람들이 왜 흥분하고 감동하는지 몰랐다. 그러나 이후에 또 다른 말들이 들려왔다. 그 아파트가 아무리 커도 모든 사람들을 수용할 수 없기 때문에 우리 집 일대의 주민들은 그 아파트에서 다 살 수 없을 거라는 말이었다. 실망한 사람들은 문의를 하기 위해 공사 현장으로 달려갔고 결국 모든 사람을 수용할 수 없다는 사실을 확인했다. 그런데 그런 아파트는 모든 사람을 수용할 수 있을 때까지 계속 지어질 거라는 말도 있었다. 사람들은 그제야 일말의 희망을 품고 집으로 돌아갔다. 나도 할머니를 따라 그 공사 현장으로 가보았다. 이것은 훗날 우리 할머니에게서 들은 이야기로 사실 나 자신조차도 그 일에 대해 아무런 기억이 없다. 그 일은 정말 이상했다.

"그곳에 해바라기꽃이 많았던 거 기억해?"

"기억이 잘 안 나. 하지만 사람들에게서 들은 적이 있어."

"뭐라고 하든?"

"어느 날 저녁 한바탕 큰 폭풍우가 몰아쳤는데, 그 폭풍우 속에서 교회당이 무너져버렸대. 그 후 교회당 옛터 주위에 이상할 정도로 엄청 많은 해바라기꽃들이 자라더래. 교회 정원 가득히 빽빽하게 자라나 바람도 지나갈 수 없을 정도로 말이야."

B는 웃었다.

"교회당이 폭풍우로 인해 무너졌다고 했니?"

"난 잘 몰라. 다들 그렇게 말하던데?"

B는 맥주를 한 잔 더 마시고는 아랑곳 하지 않았다.

"그날 폭풍우가 몰아치기 전에 나 혼자 그 교회당 정원에 있었어. 믿어지니? 그 교회당이 꽝 하고 무너지자 폭풍우가 몰아치기 시작했어."

이 이야기는 B가 내게 말해준 것으로 나는 다만 이야기를 들은 것뿐이었다.

그 교회당이 무너진 원인에 대해 여러 가지 말들이 있었다. 나는 그저 그 점에 대해 설명하고 싶었을 뿐이었다. 누가 옳고 그른지는 판단하고 싶지 않았다. 게다가 그날 오후 B가 얼마나 술을 많이 마셨는지 나도 알 수가 없었다. 아마도 우리 둘 모두 술을 조금 마셨을 것이다. 나는 B가 누구에 관한 얘기를 했는지 잘 모를 때도 있었다. 그저 전설에 불과한 이야기라고 생각했다. 그 전설이 생긴 후에 우리가 있는 것이고, 우리가 함께 술을 마시며 이야기를 나누었던 그 오후가 있는 것이다. 아니면, 우리가 술을 마시며 이야기를 나누는 사이에 그 전설이 생겨난 것일지도 모르겠다. 나는 무턱대고 확신할 수가 없었다. 요컨대, 누구든 태어나면 하나의 전설 속으로 들어가게 되는 것이다.

고모부가 교회를 떠난 후 그 다음 해 겨울, 교회는 봉쇄되었고 새벽과 저녁 무렵을 제외하고 그곳에서는 까마귀 떼가 시끄럽게 울어대며 날아다니고 있었다. 교회 정원 안은 온종일 쥐 죽은 듯 활기를 잃었다. B는 똑똑하고 용감해서 아주 쉽게 교회 담장을 넘어 혼자 정원 안을 거닐었다. 눈 위에는 까마귀 발자국, 참새 발자국, 그리고 B의 발자국만 새겨졌다. B는 창문을 열고 교회당 안으로 들어갔다. 교회당 안은 곰팡이 냄새가 코를 찔렀다. 모여 있던 쥐들이 찍찍거리며 사방으로 흩어졌다. B는 먼지로 가득한 시계탑으로 올라가 막대기로 녹슬고 부식된 큰 종을 울렸다. 종소리는 너무 약했다. 하지만 그 은은한 종소리는 마치 바람에 흔들리는 종소리처럼 부드럽고 애달프게 눈 덮인 땅을 맴돌고 있었다. 추운 겨울 찬란한 햇빛 속에서 울려 퍼져 저 먼 하늘 속으로 녹아 들어갔다.

B는 그의 부모님이 아직 살아계시다는 것을 확신했다. 그들은 그저 먼 곳에 있을 뿐이었다. 그러나 B는 그들이 왜 돌아오지 않았는지 이해할 수 없었다. B는 그런 생각이 날 때마다 몰래 교회당 안으로 들어가 그의 희망을 향해 종을 울렸다. 이 일은 마을 주민들에게 커다란 의혹을 품게 만들었다. 오래지 않아 마을 전체에 무시무시한 괴소문이 돌았다. 겨울

의 끝자락에 사람들이 몰려와서는 교회당 종을 떼어 차에 싣고 가버렸다. 듣기로는 강철을 만들기 위해서라고 했다. B는 친한 친구를 잃은 것처럼 무척 괴로웠다. 그리고 오랫동안 그 교회 정원에 들어가지 않았다. 그런데 괴소문이 사라지지 않고 더욱 무섭게 퍼져나갔다. 그리고 봄바람이 획획 소리를 내는 어느 날 저녁 사람들 모두 그 교회당에서 누군가의 헐떡거리는 소리, 기침 소리, 도끼로 나무 찍는 소리를 들었다고 했다. 그 소리는 날이 갈수록 심해졌다. 근처 주민들은 이 괴소문으로 말을 안 듣는 아이나 밤에 잠을 자지 않는 아이들을 놀래켰다. B도 두려웠다. B의 귀에도 이상한 소리가 분명히 들렸기 때문이었다.

"할아버지, 저 소리는 창문에서 나는 소리 같지는 않아요. 무슨 소리예요?"

"아! 저건 처마 끝 서까래가 바람에 스치는 소리이고, 고목나무 가지가 바람에 흔들리는 소리란다."

"할아버지, 들어보세요. 다시 잘 들어보세요. 오늘은 다른 때보다 더 심하게 나요."

"자거라. 너와는 상관없는 일이잖니? 저건 쥐들이 싸우다가 대들보를 갉아 먹는 소리란다."

B는 결국 참지 못하고 혼자 밖으로 나갔다. 따뜻한 봄바람이 부는 어느 날 저녁, B는 또 교회 담장을 뛰어 넘어 정원 안으로 들어갔다. 교회당의 아치형 지붕 그림자가 여전히 B쪽으로 향하고 있었고 아치형 다리와 황량한 거리 모양을 만들었다. B는 교회당의 모든 창과 문이 온데간데 없이 사라져버린 것을 발견했다. B는 교회당 지붕 처마 끝의 서까래와 기둥도 파손되어 있는 것을 보았다. 교회당 안에 있던 책상, 의자,

마루 등 아무것도 남은 것 없이 모두 사라져버렸다. 그저 교회당 구석에는 바람에 말라버린 동물의 대소변만 남아 있었다. 교회당 안은 텅 빈 채 아무것도 없었다. 먼지만 석양의 금빛 속에서 유유히 떠다니고 있었다. B가 소리를 지르자 메아리가 담장을 치고 되울렸다. 거미 한 마리가 황급히 벽을 기어오르다가 잠시 멈춰 서서 한참을 살피더니 다시 도망쳐버렸다.

"누가 왜 훔쳐간 거야?"

"오……. 넌 그 모두가 좋은 목재라는 걸 모르니?"

"그럼, 그 해바라기들은 또 어떻게 된 거야? 그날 밤 폭풍우가 몰아친 후에 생긴 그 해바라기들에 대해 넌 아직 얘기해주지 않았잖아."

"그건 수수께끼야. 하지만 그 해바라기들은 확실히 우리 할아버지가 심은 거야. 누군가가 심었다면 틀림없이 우리 할아버지일 거야."

"너네 할아버지가 말해주지 않았니?"

"응. 말해주지 않았어. 우리 부모님이 어디로 떠났는지 말해주지 않은 것처럼 말이야."

산꼭대기의 전설

어두운 새벽 수많은 비둘기들이 날아다녔다. 반짝이는 별들처럼, 하얀 도깨비들처럼. 비둘기들은 마을에서 멀지 않은 곳에 있는 산꼭대기 위를 선회하고 있었다.

마을 집 굴뚝마다 아침 밥 짓는 연기가 피어올랐다. 청소부 노인이 끄는 수레바퀴 소리가 요란하게 들려왔다. 날이 밝아오자 마을 골목길 가로등불이 하나 둘씩 꺼졌다.

잠에서 깨어난 사람들은 저 먼 곳의 산꼭대기와 날아다니는 새들을 바라보았다. 새들이 언제부터 산꼭대기로 날아들었는지에 대해 아는 사람은 아무도 없었다. 저 새들을 철새라고 말하는 사람도 있었다. 그러나 봄, 여름, 가을, 그리고 겨울이 지나도 새들은 산꼭대기를 떠나지 않고 여전히 머물고 있었다. 사람들은 그저 보통의 야생조류와 다름이 없다고 생각했지만, 마을의 어르신들은 좀 특별한 새들인 것 같다고 말했다. 새들이 날아다니는 소리는 아련한 갈대피리 소리 혹은 은은한 풍금 소리 같았다. 특히 동이 틀 무렵 그 소리를 주의 깊게 들으면 부드럽고 감미롭게 다가와 사방으로 퍼져나갔다.

청소부 노인도 새들이 날아다니는 소리를 유심히 듣고 있었다. 그는 허리를 굽히고 말없이 길 위의 쓰레기를 줍고 있었다.

어느 날 마을 사람들이 드디어 그 새들의 정체를 알게 되었다.

"오! 비둘기가 또 날아왔군!"

청소부 노인이 말했다.

"이런, 거의 못 알아볼 정도야."

한 남자가 말했다.

아이들은 비둘기에 얽힌 이야기에 대해 궁금했다.

아득히 먼 옛날 한 마을에 비둘기들이 살고 있었다. 마을에는 늘 비둘기 소리가 들렸다. 노인이 그 소리를 들으면 옛 어린 시절이 떠올랐다. 거친 사내가 그 소리를 들으면 성격이 온순하게 바뀌었다. 죄수가 그 소리를 들으면 삶에 미련과 애착을 갖게 되었다. 눈꽃처럼 새하얀 비둘기들이 하늘 가득히 날아다녔다. 그래서 세상 사람들의 마음은 깨끗하고 평화롭게 변했다. 그런데 훗날 마을에 금령[1]이 내려지면서 이 행운의 새들은 모두 사라져버렸다.

"새들이 드디어 돌아왔구나!"

청소부 노인이 말했다.

"돌아왔구나. 그런데 못 알아보겠어."

한 남자가 말했다.

"새들은 도대체 어디서 날아온 거예요?"

아이들이 물었다.

새들은 또 어떻게 돌아온 것일까? 그리고 누가 새들의 목에 호루라기

---

1) 어떤 행위를 하지 못하게 하는 법령이다.

를 달아주었을까? 청소부 노인은 거리의 쓰레기를 수레에 쏟아붓고는 조용히 끌고 갔다.

어느 날 사람들이 외쳤다.

"저것 좀 봐요! 비둘기들 속에 '디엔즈'[2]가 있어요!"

"검은색 꼬리에 검은색 정수리, 맞아요! 정말 '디엔즈'예요."

"오! 옛날의 '디엔즈'가 정말 다시 돌아왔다고요? 아니에요, 그럴 리가 없어요. '디엔즈'가 지금까지 살아 있을 리가 없잖아요. 이미 오래 전의 일인데."

사람들은 '디엔즈'를 보면서 어느 절름발이 작가 지망생을 떠올렸다.

마을에 금령이 내려진 후에 한 절름발이 젊은이만 여전히 검은색 꼬리에 검은색 정수리를 가진 비둘기를 기르고 있었다. 젊은이는 자신의 비둘기를 지키기 위해 사람들과 죽을힘을 다해 싸웠다. 그래서 어느 누구도 그의 비둘기를 잡아갈 수 없었다. 그리고 명령을 받았어도 비둘기를 빼앗아 가지 않았던 사람들도 절름발이 젊은이가 혼자 산다는 것을 알고 있었다. 그가 가진 것이라고는 오직 이 비둘기 한 마리와 오그라진 두 다리뿐이었다. 절름발이 젊은이는 낮에는 거리 청소 일로 팔십 전[3]을 벌었고 또 밤에는 공장에 나가 수위 일을 하며 사십 전을 벌었다. 사람들은 그가 공장에서 얻는 수입 사십 전이 헛수고에 불과한 것이라고 말했다.

절름발이 젊은이가 살고 있는 작은 방 안의 등불은 늘 새벽까지 켜져 있었다. 그가 방 안에서 무엇을 하는지에 대해 아는 사람은 아무도 없었

---

2) '디엔즈(点子)'는 중국어로 암시 혹은 의미라는 뜻을 지닌다.
3) 중국화폐단위인 십 전(毛)은 '일 원(一元)'의 십분의 일이다.

다. 그것을 아는 유일한 사람은 청소부 노인뿐이었다.

"글을 정말 많이 썼더군."

청소부 노인이 사람들에게 말했다.

"뭘 쓰는데요?"

어떤 사람이 물었다.

"쓰고 싶은 것을 쓴다네. 암튼 마음속으로 하고 싶은 말들이겠지."

"매일 새벽까지 쓸 정도로 하고 싶은 말이 그렇게 많나요?"

"그 젊은이는 우리와 좀 다른 사람이라 소설을 쓴다네. 난 글을 잘 모르지만 말이야."

청소부 노인은 화제를 돌렸다.

요즈음 산꼭대기로 비둘기들이 날아들자 청소부 노인은 말을 많이 하지 않았다. 그는 작은 수레를 건물 층계 앞에 세워 놓고 앉았다. 온몸에 통증이 느껴질 때 산꼭대기를 바라보았다. 노인은 입술만 움직였을 뿐 아무 소리도 내지 않았다.

태양은 떠오르지 않았고 하늘은 아직 어두웠다. 사람들은 비둘기들 속에서 검은색 꼬리에 검은색 정수리를 가진 비둘기 한 마리를 어렴풋이 보았다고 했다. 아마도 예전의 그 '디엔즈'가 사람들에게 아주 깊은 인상을 남겨주었기 때문일 것이다. 어느 날인가 '디엔즈'만이 홀로 마을 하늘을 외롭게 날고 있었다. 그 울음소리마저도 정말 애처롭게 들렸다. 사람들은 '디엔즈'를 보며 안타까워했다. 그러나 이 아름다운 새가 마을을 떠나지 않았기에 사람들은 늘 위안을 얻었고 희망을 품을 수 있었다.

절름발이 젊은이는 날이 밝을 무렵이면, 자신의 '디엔즈'를 하늘 위로 날려 보내곤 했다. 그는 입으로 후루룩 소리를 내며 자신의 비둘기를 불렸다. 그 소리는 아주 특이했다. 대낮에 절름발이 젊은이가 거리를 청소하고 있으면, '디엔즈'는 그의 머리 위를 빙빙 돌았다.

마을은 그리 크지 않았기 때문에 많은 사람들은 '디엔즈'를 기억하고 있었다. 사람들은 '디엔즈'를 볼 때마다 자연스럽게 그의 주인을 떠올렸다. 그러나 그 후에 '디엔즈'는 어디론가 사라져버렸다. 사람들은 '디엔즈'가 이른 봄바람 속으로 날아가 버렸다고 했다. 매서운 차가운 바람이 '디엔즈'를 어디론가 날려버렸는지 모른다고 했다. 당시 절름발이 젊은이의 심정은 거의 미쳐버릴 정도였다. 날이 밝아도 일하러 나가지 않았고 혼자 멍하니 대문 앞에 앉아 하늘을 보며 '디엔즈'가 돌아오기만을 기다렸다. 날이 어두워지면 집을 나와 온 마을을 돌아다니며 비둘기를 애타게 불렀다. 그러나 며칠을 찾아 헤맸지만 결국 허사였다……

"9일째였단다."

청소부 노인이 말했다.

노인은 길가의 계단에 앉아 있었는데 아이들이 그의 주위로 모여 들었다. 아이들은 그 '디엔즈'라는 비둘기에 대해 알고 싶었다.

9일째였다. 9일 동안 비둘기를 찾아 헤맸지만 결국 찾을 수 없었다. 그동안 절름발이 젊은이는 얼굴이 수척해졌고 머리와 수염은 어느 새 길게 자라 있었다. 움푹 패인 눈에는 핏발이 가득 서 있었다. 전설에 의하면 '디엔즈'는 절름발이 젊은이가 사랑하던 여인이 마지막으로 남기고 간 것이라고 한다. 열흘째 되던 날 밤, 절름발이 젊은이는 또다시 잃어버린 비둘기를 찾으러 나갔다.

"해 질 무렵이었지."

청소부 노인은 아이들에게 말했다.

전설에 의하면 그날 저녁 절름발이 젊은이는 비둘기를 찾으러 온 마을을 헤매었다고 한다.

∎

날씨는 흐렸고 거센 바람이 불었다. 바람이 구름을 가르자 달은 기이한 형상의 구름 속에서 흔들리다가 구름이 다시 모여 달을 가렸다. 마을 거리에 낮은 지붕들은 회백색으로 변하더니 이내 어두워졌다. 대추나무의 앙상한 가지들이 바람 속에서 서로 부딪치는 소리를 내고 있었다. 환하게 밝은 창가에 커튼이 내려지자 어두워졌다. 백양나무에 꽃이 피기 시작했다. 이른 봄 저녁이었다.

절름발이 작가 지망생은 비틀거리며 걸었다. 고개를 들어 지붕 위를 바라보며 비둘기를 부르기 위해 후루루 소리를 내었다. 절름발이 젊은이는 그의 비둘기가 다시는 돌아오지 않을 거라는 사람들의 말을 믿지 않았다. 마을의 모든 골목들이 길고 적막했다. 바람을 맞으며 잠시 쉬고 있으면, 뚜벅뚜벅 거리는 절름발이 젊은이의 발자국 소리만 들렸다. 그는 길을 걷다가 지치면 손으로 자신의 허리를 받쳐 쉴지언정 지팡이를 짚고 다니고 싶지 않았다.

이 모든 원인이 바람 때문일 것이라고 생각했다. 바람이 너무도 거세게 불었던 탓이다. 바람이 아니었다면 '디엔즈'는 벌써 돌아왔을 것이다. 절름발이 젊은이는 지금껏 그의 비둘기를 믿고 있었다. 비둘기는 틀림없이 날 수가 없어서 어디선가 그가 와주기만을 기다리고 있을 것이다. 무슨 일이 있어도 비둘기를 찾으러 가야 했다. 그러나 절름발이 젊은이는 희망이 무엇인지를 잘 알고 있었기 때문에 늘 어떠한 것도 원하지 않았다.

어느 날 절름발이 젊은이는 '디엔즈'를 종일 방 안에 둔 채 외출을 한 적이 있었다. 그날은 비가 내리던 날이었다. 그는 처음으로 다른 사람의 소개를 받아 어느 젊은 작가의 집을 방문했다. 그가 저녁에 집으로 돌아와 방문을 열자마자 '디엔즈'가 날개를 푸드득거리며 그의 품속으로 날아들었다. 비둘기의 끊임없이 울어대는 소리를 듣자 그는 그제야 '디엔즈'가 온종일 그를 기다리고 있었다는 사실을 깨달았다. 절름발이 젊은이는 재빨리 비둘기에게 모이와 물을 주었다. 비둘기는 모이를 먹으며 그를 바라보았다. 가끔씩 고개를 들어 그를 쳐다보며 어렵게 돌아온 그가 다시 떠날까 봐 두려워하는 것 같았다. 그 순간 절름발이 젊은이의 심정은 이루 말할 수 없이 괴로웠다. 그가 하고 싶은 일을 할 수 있다면 그것으로 족한 것이었다. 그가 늘 추구했던 일을 이룰 수 있다면 되는 것이었다. 팔 년, 십 년, 아니 그보다 더 오랜 시간이 걸릴지언정. 하지만 절름발이 젊은이는 아무것도 원하지 않았다. 그가 간절히 바라왔던 일이 두 가지가 있었는데, 지금까지 그중에 어느 것 하나 이루어지지 않았다.

바람에 가로등이 흔들렸고 담장 밑으로 고개 숙인 버드나무 그림자가 움직였다. 늦은 밤 마을 거리를 오가는 사람이 없었다. 절름발이 젊은이는 아침부터 저녁 내내 아무것도 먹지 못했다. 집을 나서기 전에 만두 하나를 주머니에 넣었던 것이 생각났다. 하지만 먹고 싶지 않았다. 요즈음 그는 어떤 일을 간절히 바라고 있었다. 비둘기! 그의 비둘기가 날아가 버린 지 벌써 열흘이 되었다. 무슨 일이 있어도 비둘기를 찾아야 했다. 절름발이 젊은이는 잃어버린 비둘기가 일종의 운명이라고 느껴졌다. 만약 비둘기를 찾을 수 있다면, 운수가 대통하여 그가 간절히 바라왔던 일들을 다 이룰 수 있을 것만 같았다.

절름발이 젊은이는 비둘기의 이름을 애타게 부르며 힘겹게 걷고 있었다. 차가운 바람이 계속 매섭게 불어왔다. 해가 서산으로 넘어갈 때부터 그는 쉬지 않고 걷고 또 걸었다. 그의 두 다리가 불구가 된 후로 이처럼 오랫동안 걸어 본 적이 없었다. 어디까지 걸어 왔는지도 알 수가 없었다. 마을 어귀에 있는 표지판도 어두운 그림자에 가려서 뚜렷이 보이지 않았다. 그는 눈을 비벼보았지만 여전히 잘 보이지 않았다. 사실 그것은 중요하지 않았다. 비둘기는 어디든 날아갈 수 있으며 바람 또한 어디서든 불어올 수 있는 것이 아닌가!

절름발이 젊은이는 지친 몸을 길가 벽돌 더미에 기대고 숨을 헐떡였다. 그리고 두 손으로 오그라든 다리를 주물렀다. 절름발이 젊은이는 담배에 불을 붙였다. 한 줄기 가늘게 피어 오른 연기가 바람에 흔적도 없이 사라졌다. 그는 어린 시절에 그림 그리기를 좋아했는데, 유독 연기만을 잘 그리지 못했다. 어느 날 그의 어머니가 큰 세숫대야에 맑은 물을 담아 오시더니 먹물 묻힌 붓으로 물 위에 점을 찍어 보이셨다. 그러자 물 위에 있던 먹물 점이 사방으로 천천히 퍼져나갔다.

"와, 정말 연기 같아요!"

그는 소리치며 기뻐했다.

"넌 담배를 잘 그릴 수 없을 거란다. 연기가 어떻게 퍼져나가는지 모르기 때문이지. 넌 연기를 따라가야 할 거야."

그의 어머니는 백지 한 장을 물 위에 올려놓았다. 백지 위로 먹물 연기가 찍혔다. 그는 물 위에 떠다니는 가벼운 연기를 보며 기쁨에 겨워 정신을 잃을 정도였다. 연기를 따라가야 한다. 연기는 너무도 가볍고 연약한 것이었다. 연기의 운명을 바꿀 수 있는 것은 많았다.

저 하늘의 구름들이 아무리 강하더라도 훗날 언제 어디서 어떠한 기류를 만나 어떻게 찢기게 될지는 어느 누구도 모르지 않는가! 사람들은 인간이 훨씬 강하다고 말한다. 하지만 거센 바람이 부는 날 밤, 작은 별 나라와도 같은 조그마한 마을에 사는 한 절름발이 젊은이가 잃어버린 비둘기를 찾아 온 마을을 돌아다닌다고 하자. 그가 비둘기를 찾을 수 있을 거라고 확신할 수 있는 사람은 아무도 없다. 그의 비둘기가 강풍에 휩쓸려 영원히 찾을 수 없는 곳으로 가지 못하게 보호할 수 있는 사람 또한 없을 것이다. 그가 도대체 어느 길로 가야 하는지에 대해 어느 누가 말해줄 수 있을까?

날씨는 여전히 어두웠고 스산했다. 차가운 바람이 계속 불어왔지만, 그는 아랑곳하지 않았다. 비둘기를 찾는 일이 그에게는 열정, 사랑, 심지어 생명일 정도로 매우 중요한 것이었다.

그는 담배를 피우기 시작했다.

달이 구름 사이로 나왔다가 다시 구름 뒤로 숨었다.

그는 성냥불을 켰다.

"안 돼요! 담배 피우지 마세요!"

멀리서 누군가의 목소리가 들렸다.

"정말 싫어요. 또 담배를 피우다니! 담배가 저보다 더 좋은가요?!"

성냥불이 바람에 꺼졌다. 그는 자신도 모르게 깊고 어두컴컴한 골목길을 바라보았다. 그곳에는 하얀 원피스와 하늘색 스카프는 없었다. 지난 일이 마치 불꽃처럼 따스한 환영으로 바람과 함께 사라졌다.

두 손으로 막고 있던 성냥불이 바람에 꺼졌다. 그는 또 성냥을 그어 담배에 불을 붙였다. 담배 끝에 매달려 있는 회색 가루를 살짝 튕기자 땅에 떨어졌다.

세상에 영원한 것이 있을까? 절름발이 젊은이는 담배 때문에 그가 사랑했던 여인과 다투던 일이 떠올랐다. 훗날 다시 그녀를 만난다 해도 그녀는 다른 일로 바빠서 그를 돌봐줄 시간도 없을 것이다. 순간 그의 심장이 마구 뛰기 시작했다. 지쳐서가 아니었다. 그는 자신을 비웃었다. 아마도 이 뛰고 있는 심장은 진실일 것이다. 영원히 '디엔즈'와 함께 있을 것이다.

오! 그는 재빨리 담뱃불을 껐다. 틀림없이 아직 저녁 열 시가 안 되었을 것이다. 그는 계속 앞으로 나아가고 싶었다. 쉼 없이 비둘기를 부르며 앞으로 걸어갔다.

비둘기가 떠난 지 열흘이 되기 전날, 열 시가 되기 전에 쉬었기 때문에, '디엔즈'를 찾지 못했던 것일까? 그는 자신이 우스운 생각을 하고 있다고 생각했다. '십(十)'은 행운의 숫자로 전심전력을 다하는 것과 완벽함을 상징한다. 그가 만약 열흘째 되는 날, 열 시가 되기 전에 쉬지 않는다면, '디엔즈'를 되찾을 수 있을 지도 모른다. 방금 전 그는 쉬지 않았고 다행히 않지도 않았다.

거센 바람이 절름발이 젊은이의 애타게 부르는 소리를 저 먼 곳으로 가져가 버렸다. 그가 사랑하던 여인이 그의 곁을 떠난 지 이미 몇 년이 흘렀다. 마을 사람들도 그 일을 기억하고 있었다. 사람들은 그가 '디엔즈'를 찾아 돌아오기만을 기다렸다.

전설에 의하면 절름발이 젊은이가 사랑했던 여인은 마지막으로 그에게 검은색 꼬리에 검은색 정수리를 가진 비둘기를 남겨주고 떠났다고 한다.

당시 '디엔즈'는 태어난 지 겨우 몇 개월밖에 안 되어 매우 어린 상태였다. 날 줄도 몰랐고 몸에는 부드러운 솜털이 나있었다. 비둘기는 책상 위를 걸어 다니며 머리를 내밀곤 했다. 그녀는 이런 '디엔즈'의 목이 용수철 같다고 말했다.

'디엔즈'의 둥근 눈이 무언가를 묻는 것처럼 그와 그녀를 바라보고 있었다. 두 사람의 분위기가 평상시와 달랐기 때문이었다. '디엔즈'는 태어나자마자 두 사람을 알게 되었다. 비둘기는 그녀가 기르고 있었는데, 종종 그녀를 따라 젊은이의 집에 와서 이 책상 위에 앉아 있곤 했다. 젊은이와 그녀는 함께 있는 것이 행복했고 언제나 웃으며 이야기를 했다. 하지만 오늘은 평상시와는 다른 분위기였다. 젊은이와 그녀는 서로 상대방의 눈길을 피하며 아무 말도 하지 않았다. 그들의 대화 내용은 사소한 일에 관한 것이었다.

"정말 이상해요."

"뭐가 말이야?"

절름발이 젊은이가 물었다.

"이런 새를 왜 '비둘기'라고 부르죠?"

그는 한참 동안 생각했다.

"아마도 비둘기 울음소리 때문일 거야."

"그러면 사람은요? 왜 '사람'이라고 하죠?"

그는 그녀가 늘 이런 질문을 좋아한다는 것을 알았다.

"왜 '너'라고 하고 '나'라고 하죠?"

그녀가 이렇게 물을 때마다 그녀의 눈빛은 늘 진지함이 가득했다. 그는 수많은 세월이 흐른 뒤에야 그녀의 눈빛에 서려 있던 그 아득함이 희망이었다는 사실을 깨달았다.

알록달록한 벽에는 석양의 황금빛이 드리우고 노을은 서서히 붉게 물들고 있었다. 째깍째깍 시계소리. 그녀는 몰래 시계를 보았다. 젊은이도 몰래 자명종을 힐끗 쳐다보았다. 두 사람은 서로가 알아차릴까 봐 두려웠다. 곧 작별할 시간이 다가왔다.

"사람!"

그녀가 말했다.

"우연일 뿐이지. 세상일에 '왜 일까'라고 물을 만한 것은 없어."

"반드시 원인이 있어야 해요."

"우연. 우연도 원인이지."

"잘 모르면 우연이라고 하는군요. 우연이라고 말하면 뭐든 다 해결될 수 있는 것 같아요."

그는 어쩌면 그럴 것이라고 생각했다.

그때, 그들은 애써 평정을 찾으려 했고 중요하지 않은 대화를 계속 나누었다.

헤어질 시간이 다가왔을 때, 그는 아직 십 분이 더 남아 있다는 것을 알았다. 그들이 함께했을 때 그녀는 헤어질 시간이 다가오면 언제나 십 분이 더 남았다고 말하곤 했다. 그래서 정작 헤어질 시간이 되었을 때, 십 분을 더 버는 것 같았다. 거리에 아이들이 공을 차며 떠드는 소리가 방 안까지 크게 들려왔다. '디엔즈'는 불안하게 울어대며 그녀의 팔에 날아 앉았다.

"두려워 마, 괜찮을 거야."

그녀는 두 손으로 비둘기를 쓰다듬으며 말했다.

"'디엔즈'에게 먹이 주는 거 잊지 마세요. 옥수수알 자루는 침대 밑에 있어요."

그는 천장을 바라보았다. 천장 창호지에 난 구멍이 깊고 어두웠다.

"물은 창문턱에 올려놓으면, '디엔즈'가 알아서 먹을 거예요.

"걱정 마. '디엔즈'는 알아서 잘 클 거니까."

그녀는 그가 자기 자신을 말하고 있다는 것을 알았다.

그는 재빨리 그녀에게 미소를 보이며 휘파람을 불어주었다. 그들은 조용히 작별하기로 했다. 언젠가 그녀는 다시 돌아올 것이다. 절름발이 젊은이는 그녀가 다시 돌아올 것이라는 희망을 품고 있었다.

따사로운 햇살이 좁은 골목길 유리창을 비추었다. 젊은이는 마음을 조이며 애태웠던 날들을 영원히 기억할 것이다. 지금까지도 그는 벽에 드리워진 석양빛을 혼자 보기가 두렵다. 보게 되면 모든 것이 쓸쓸하고 허무하며 어렴풋하고 허황된 꿈으로 변해버릴 것만 같았다. 석양은 마지막 순간에 붉게 흔들렸다.

헤어질 시간이 다 되었거나 곧 다가올 것이다. 마음속에서 무엇인가 잠시 멈추었다. 그는 기다리고 있었다.

"십 분 더 있을 수 있어요. 오늘은 우리가 헤어지기 이십 분 전에 알려준 걸요."

그녀가 말했다.

그녀의 그 작은 계획은 성공하지 못했다. 두 사람은 과거처럼 그렇게 행복하게 환호하며 기뻐하지 않았다. 이제 십 분이 열 번 남은들 무슨 소용이 있겠는가! 과거에 그녀가 말하던 '십 분 남았어요.'는 그저 일시 정지를 의미했고 지금은 이미 끝났다는 것을 뜻했다.

요즈음 그녀는 '십 분 남았어요.'라는 말을 여러 번 했다. 그는 때론 좋아하기도 때론 화를 내기도 했지만, 지금은 환호하는 것도 화를 내는 것도 아무 소용이 없었다. 그녀는 머나먼 남쪽으로 떠나려고 했다. 그녀와 헤어져 있는 동안, 그 두 사람에게 장차 무슨 일이 일어날지에 대해 어느 누가 알 수 있단 말인가! 이대로 끝일 수도 있다. 오! 시간을 아껴 좀 더 이야기를 나누며 분위기를 환기시켜야 했다. 그렇지 않다면 그들은 헤어진 후에 괴로움에 시달릴 것이다. 그러나 그는 아무 말도 할 수 없었다.

그들의 행복에 제한 시간이 생겼다. 시간을 아껴야 했다. '징역'은 무기한이나, '면회'에는 늘 제한된 시간이 있음을 의미했다. 물론 다른 연인들도 늘 함께 있지 못하고 잠시 헤어져 있을 때도 있다. 하지만 '십 분 더 남았어요.'라고 말할 필요는 없다. 마음 편히 함께 있는 것이다. 조마조마하게 제한 시간을 초과할까 봐 걱정하지 않아도 된다. 그러나 절름발이 젊은이와 여인은 서로를 사랑했음에도 불구하고 헤어짐에 대한 두려움이 언제나 그들의 가슴을 짓누르고 있었다. 그녀는 늦게 귀가할 수 없었다. 그녀의 부모님은 두 사람이 함께 있으면 분노했다. 그녀의 부모님에게 있어서 절름발이 젊은이는 전염병에 걸린 마귀 같은 사람이었다. 그들의 사랑은 마치 훔친 사랑처럼 누군가의 감시를 받고 있는 것 같았다.

이런 느낌은 '다모클레스의 칼'[4]처럼 그들의 마음을 위협했기 때문에

---

4) 다모클레스가 디오니시오스 왕에게 아첨하며 행복을 기원하자, 디오니시오스 왕은 그를 호화로운 연회에 초대하여 머리카락 하나로 매단 칼 밑에 앉히고, 왕위에 따르는 위기와 불안이 함께 있음을 깨닫게 하였다. 이 이야기는 키케로에 의해 전해졌고, 그 후 신변에

행복한 시간은 고통으로 가득 찼다. 비록 그녀가 다시 돌아온다고 말했어도 그는 그녀가 홀가분한 기분일 거라고 여겼다. 그녀가 의식하지 못했어도 어쩌면 해방된 느낌이었을 것이다. 요즈음 그녀는 남쪽 지역에 관한 이야기를 할 때면 자주 웃었다.

"우리 학교는 바닷가에 있어요."

"그래?"

"아주 큰 야자수도 있어요."

"스웨터를 입으면 따뜻하겠군."

"날씨도 그리 춥지 않고 황사도 없어요."

"공기 중에 산소도 여기 북쪽보다는 많겠지?"

그녀는 대답 없이 웃기만 하고 남쪽을 생각하고 있었다. 잠시 후, 그는 북쪽을 생각하고 있는 그녀의 얼굴에 행복한 기색이 점점 사라지고 있다는 것을 느꼈다. 그녀는 '안심하세요. 꼭 돌아올게요.'라고 말했지만 그에게 부담을 느끼고 있는 것 같았다.

절름발이 젊은이는 이제 인생의 전환점이 왔음을 어렴풋이 느꼈다. 그는 그녀의 입술에 있는 사마귀를 보며 시공간이 참으로 불가사의한 것이라고 생각했다. 두 사람을 이렇게 가까이 끌었다가 다시 또 이토록 멀리 떨어지게 만들기 때문이었다.

그녀의 머리를 받치고 있는 그의 팔에 마비가 올 정도로 통증을 느꼈다. 그러나 그는 자세를 바꿀 수가 없었다. 움직이면 지금 이 행복한 순간이 사라질 것만 같았다. 몇 분 남았을까? 두 사람은 두려웠다. 누군가

따라다니는 위험을 뜻하는 '다모클레스의 칼(the sword of Damocles)'이라는 속담이 생겼다.

꽝꽝거리며 문을 세게 두드렸다. 두 사람은 당황하여 서로를 쳐다보았다. 거리에서 뛰어 놀던 아이가 축구공으로 문을 차는 소리이기를 바랐다. 누군가 그의 이름을 불렀다. 그는 갑자기 일어났고 그녀도 재빨리 그의 곁에 안겼다. 꽝꽝거리는 문소리가 마치 그의 가슴을 내려치는 것 같았다……

"소설 잘 쓰세요."

"물론이지."

"당신은 성공할 거예요. 당신은 할 수 있어요."

"그건 아무도 모르지."

"제 말을 믿으세요. 당신은 잘 쓸 수 있어요. 거짓말이 아니라고요."

그녀는 떠나기 전에 비둘기에게 옥수수알을 먹였다. 그는 애써 웃음을 지으며 그녀와 악수를 했다. 그녀는 달갑지 않은 손님과도 악수를 하고 떠났다. 한 멍청한 손님만이 쉬지 않고 지껄이고 있었다. 그는 손님이 무슨 말을 하고 있는지 전혀 알아들을 수 없었다. 단지 그녀가 문을 나설 때의 순간, 그녀가 어디로 떠났으며 언제 다시 저 문을 열고 들어올지에 대해서만 생각하고 있었다. 그는 손님을 원망해야 할지 아니면 감사해야 할지 몰랐다. 만약 손님이 없었다면, 그는 그녀와 조용히 헤어질 수 있었을까? 만약 그가 혼자 남았다면, 이 공허한 시간을 어떻게 보내야 했을까? 그는 마음속 깊은 곳에서 끓어오르는 무언가를 느꼈다. 멸시받는 것이 이토록 당연한 것임을!

손님은 자신이 두 사람이 이별하기 위한 준비를 방해했다는 사실을 결코 모를 것이다. 만약 손님이 몇 분 동안이라도 난처해하며 침묵하고 있었거나 안절부절하지 못하는 모습을 보였다면, 그는 이토록 치욕스럽지 않았을 것이다. 그러나 손님은 아무 망설임도 없이 다리를 꼬고 앉아 자연스럽게 말을 꺼냈다. 손님은 그녀가 그의 곁을 떠나려고 했던 사실을 알고 있었다. 설마 이 손님이 그와 그녀의 관계를 알아차리지 못했던 것이 아닐까? 그렇지 않다. 어느 누구도 알아차릴 수 있는 상황이었다. 그녀가 자주 절름발이 젊은이의 집에 놀러왔었기 때문에 마을 사람들 모두 그녀를 잘 알고 있었다.

그는 왜 남들에게 그녀를 자신의 여자친구라고 당당하게 소개시켜주지 못했을까? 그는 솔직하고 자랑스럽게 자신의 여자친구를 소개하는 사람들이 부러웠다. 단 한 번만이라도 자신이 그럴 수 있기를 바랐다. 하지만 그는 할 수가 없었다. '다모클레스의 칼'이 수시로 그를 위협했기 때문이다. 만약 칼이 떨어진다면 그는 찔려 죽게 된다. 문제는 그녀의 부모님이 연세가 많고 편찮으시다는 거였다. '다모클레스의 칼'이 그녀의 착한 효심이 가득한 심장을 찌를 것이다. 이는 법률사무소에서 해결할 수 있는 문제가 아니었다. 때문에 그는 할 수가 없었다. 그녀의 부모와 친척들이 밖에 있었기에 그는 정류장까지 그녀를 바래다줄 수 없었다. 두 사람은 그저 이 작은 방에서 작별 인사를 했다. 그는 마음속에서 울리는 기차소리로 조용히 그녀를 배웅하며 기도했다.

남쪽, 바다, 야자수, 그리고 하얀 돛단배……. 그녀가 평안하기를 기도했다…….

이별조차도 몰래 해야 하는 것이 마치 범죄를 저지르고 있는 것 같았다. 이 불구의 두 다리가 그의 몸에서 자라고 있었다. 그는 이런 장애의 몸으로부터 벗어날 길이 없었기에 그토록 고통스러운 현실로부터 도피할 수 없었다. 운명! 그것은 결코 정해진 것이 아니라 우연히 일어나는 것이리라.

'디엔즈'는 책상 위에 서서 부리로 자신의 깃털을 쓸어내리고 있었다. 가끔씩 머리를 갸웃거리며 두리번거렸다. 어쩌면 자기 여주인을 찾고 있는 것일 거다. 아니면 천장에 생긴 구멍을 보고 답답해하는 것일지도 모른다. 한 번은 그가 화가 나서 책 한 권을 집어 들어 천장 위로 던졌는데, 그만 천장에 구멍이 나버렸다. 화를 내도 소용없는 일이었다. 만약 소용이 있는 일이었다면, 그것은 운명이 아닌 셈이다.

절름발이 젊은이는 '디엔즈'를 자신의 손바닥에 올려놓고 '디엔즈'의 눈을 바라보았다. 평화! 그것은 어떤 뜻을 포함하고 있을까? 차별도 일종의 전쟁이다. 불평등은 영혼을 죽이는 짓이다. 이렇게 생각하는 것이 지나친 것일까? 그는 그녀의 부모와 친척들이 모두 좋은 사람이라는 것을 잘 알고 있었다.

사랑하던 여인이 떠난 그날 저녁, 절름발이 젊은이와 '디엔즈'는 함께 마음속으로 끊임없이 노래를 불렀다.

마차가 하늘에서 내려와 나를 내 고향으로 데려가네.
마차가 하늘에서 내려와 나를 내 고향으로 데려가네……

그 노래는 미국 흑인들이 부르는 찬송가였다.

2

절름발이 젊은이는 잃어버린 비둘기를 찾기 위해 이미 마을의 절반을 헤매고 있었다.

거센 바람이 불어와 한바탕의 먼지를 일으켜 골목길 낮은 집의 유리창을 때리더니 작게 부서졌다. 처마 위에 잡초가 겁에 질린 듯 벌벌 떨고 있었다. 마을의 봄은 늘 이렇게 황사가 불었다. 그는 비둘기의 이름을 외치며 힘겹게 걸었지만 여전히 찾지 못했다.

다리에 조금씩 통증이 느껴졌다.

구름층이 두 갈래로 나뉘더니 몇 개의 별들과 끝없는 창공을 드러냈다. 다른 별에도 운이 나쁜 한 젊은이가 살고 있을 것이다. 그는 걸으면서 아무 이유 없이 이런 터무니없는 생각이 들었다.

희미한 가로등이 먼 곳을 향해 즐비하게 서 있었다.

망망한 우주에 수많은 별들, 그 수많은 별들 중에 어느 별 위로 한 사람이 걸어가고 있다. 무엇을 하러 가는가? 비둘기를 찾으러. 그 사람은 왜 비둘기를 찾는가? 왜??

절름발이 젊은이가 떠나기 전에 청소부 노인이 말했다.

"자네가 진심으로 찾고 싶다면, 찾으러 가게나."

노인은 글은 모르지만 젊은이의 마음을 이해하고 있었다. 그들은 낮에 함께 청소를 했다. 노인은 다리와 한쪽 팔에 장애가 있었다. 게다가 허리도 제대로 펼 수 없는 몸이었다. 그래도 청소하는 데 무리는 없었다. 노인과 젊은이 두 사람의 정은 무척 돈독했다. 저녁이면 노인은 항상 젊은이의 집으로 가서 시간을 보냈다. 그 여인이 찾아오면 노인은 젊은이의 집에 오래 머물지 않았다. 여인이 오지 않는 날이면 노인은 젊은이의 집에서 차를 마시며 쉬곤 했다.

"안 왔어?"

"안 왔어요."

누구인지도 물어볼 필요 없이 바로 대답이 나왔다. 노인은 지난 일을 회상하며 조용히 눈을 감곤 했다. 절름발이 젊은이가 책을 읽거나 글을 쓰고 있는 모습을 보면 옆에서 차를 마시며 아무 말도 하지 않았다. 젊은이가 노인을 쳐다보면 노인은 바로 알아차렸다.

"자네 할 일 하게. 방해하지 않을 테니."

노인은 천천히 눈을 뜨고 다시 찻잔에 물을 부었다.

"오늘 안 왔어?"

"이렇게 늦은 시간에 올 리가 없죠."

"그 아가씨, 내가 보기에 참 괜찮은 여성인 것 같아."

절름발이 젊은이는 노인의 말뜻을 이해했지만 어떻게 대답해야 할지 몰랐다.

"마음이 편하고 즐겁다면, 뭘 하든 다 좋은 거야."

그리고 다시는 그 일에 대해 언급하지 않았다. 사랑하던 여인이 마을을 떠나 남쪽으로 가버리고 '디엔즈'가 처음으로 하늘 위를 날았던 그날, 노인은 처음으로 그 일에 대해 말했다. 그때, '디엔즈'는 이미 다 자란 상태였다. 노인은 비둘기의 날개를 펴더니 이미 다 자란 열 개의 딱딱한 깃털을 만져 보았다.

"날 수 있어."

그러나 절름발이 젊은이는 '디엔즈'를 잃을까 봐 걱정이 되었다.

"괜찮아. 비둘기는 다른 곳으로 날아갔다가 다시 되돌아오는 습성이 있지."

노인이 말했다.

그래도 절름발이 젊은이는 불안했다.

노인은 두 손으로 '디엔즈'를 감싸 쥐더니 갑자기 팔을 높이 들어올렸다. '디엔즈'는 하늘 위로 날아올랐다. 절름발이 젊은이는 여전히 마음속으로 걱정했다.

"걱정할 것 없어. 다른 새가 아니라 비둘기잖아. 비둘기는 다시 돌아올 거야."

노인은 웃으며 말했다.

'디엔즈'는 작은 원을 그리더니 지붕 위로 앉았다. 그리고 머리를 내밀어 아래를 내려다보고 있었다.

"자, 보게나. 무슨 걱정이야?"

노인은 말을 하며 장대로 '디엔즈'를 밀어 올렸다. 그러자 비둘기는 더 높고 더 멀리 날아올라 먼 곳에 있는 빌딩 위로 앉았다. 비둘기는 여전히 절름발이 젊은이의 집 쪽을 바라보고 있었다. 아마도 거리의 사람들과 차들이 무서웠을 것이다. 비둘기는 멍하니 그곳에 서 있었다.

노인은 혀로 입천장을 치며 소리를 내어 비둘기를 불렀다. '디엔즈'는 침착하게 돌아와서는 다시 지붕 위에 앉았다. 그리고 비둘기는 푸두둑 소리를 내며 내려와 절름발이 젊은이의 가슴에 안겼다. 그 순간 절름발이 젊은이는 거의 눈물을 흘릴 뻔했다.

저녁에 노인이 그의 집에 왔을 때, '디엔즈'는 침대 위를 왔다 갔다 하고 있었다. 절름발이 젊은이는 침대 가장자리에 앉아 비둘기를 바라보고 있었다.

"비둘기를 먼 곳으로 날려 보내야 한다네."

노인이 말했다.

절름발이 젊은이는 조용히 주머니에서 옥수수알을 꺼내어 한 알 한 알 침대 위에 뿌렸다. 그리고 작은 물그릇을 창턱 위에 올려놓았다. 노인은 젊은이가 무슨 생각을 하고 있는지 알고 있었다. 때문에 노인은 마실 차를 들고 창문 밖 하늘을 바라보며 오랫동안 아무 말도 하지 않았다.

"사는 게 정말 어려워요."

절름발이 젊은이는 작은 소리로 말했다.

노인은 웃었고 그것은 당연하다는 것을 뜻했다. 젊은이는 담배를 피웠고 노인은 담배를 피우지 않고 차만 마셨다. 그때, 노인이 그녀에 대해 말하기 시작했다.

"그 아이의 마음이 자네보다 더 힘들 거라네."

그저 이 한마디뿐이었다. 창 밖에 떠 있는 별과 달을 바라보는 노인의 흐린 눈동자가 신비롭게 보였다.

"마음이 심란할 때는 하늘을 보게나. 그러면 평정을 찾게 될 걸세……."

별, 그리고 달. 생각해보면, 참 재미없는 것들이다. 하나의 불덩어리, 하나의 돌덩어리, 하나의 싸락눈, 하나의 흙덩어리, 이러 저리 방탕하며 다닐 것이다. 절름발이 젊은이는 좁은 골목길을 뚫고 지나갔다.

푸두둑 날갯짓 소리가 크게 들렸다. 젊은이는 그의 비둘기라는 생각이 들어 재빨리 고개를 돌렸다. 그런데 그것은 어느 집 빨랫줄에 걸려 있는 침대 커버가 바람에 휘날리는 소리였다.

절름발이 젊은이는 도대체 자신이 왜 이처럼 애써 비둘기를 찾으려고 하는지에 대해 이해할 수 없었다. 청소부 노인이 말했던 것처럼 '무슨 일을 하든, 그렇게 진지할 필요가 없는 것'이었다. 그러나 그는 또한 잃어버린 비둘기를 찾으러 가야 한다는 것을 알고 있었다. 노인의 말 중에 그가 유일하게 공감할 수 없는 부분이었다. 하지만 왜 일까? 아마도 그가 살아 있기 때문일 것이다. 살아 있지 않다면 물론 아무 일도 없을 것이다. 살아 있다면 살아 있는 일을 해야 한다.

절름발이 젊은이는 계속 앞으로 걸어갔다.

아직 열 시 전이었다.

그는 쉬지 않고 외쳤다.

그 외침은 계속되었다. 어떤 이는 그가 마을 동쪽에 있다고 했고 어떤 이는 그가 마을 서쪽에 있다고 했다. 그날 저녁 동쪽에서 서쪽으로 바람이 불었다.

절름발이 젊은이는 '디엔즈'가 거센 바람에 몸이 움츠러든 모습을 본 것 같았다. 비둘기 깃털이 바람에 흐트러졌다. 머리를 앞으로 내밀며 주위를 살피며 구구구 울어댔다. 거센 바람에 비둘기는 날 수 없었다. 돌아오고 싶어도 돌아올 수 없었다. 그는 발걸음을 재촉했다. 행운이 이런 빠른 속도로 다가와 준다면 좋을 것이다. 그러나 그는 늘 운이 없었다.

아! '디엔즈'도 운이 없었다. 절름발이 젊은이는 그날 바람이 분다는 것을 잊고 있었다. 비둘기를 날려 보내지 말았어야 했다. 그는 잊고 있었다. '디엔즈'는 운이 나빴다. 당시 그는 '디엔즈'가 빨리 날 수 있기만을 바랐다. 멀리서 들려오는 은은한 소리가 그의 마음을 평안하게 해주었다. 쌓여 있는 두꺼운 소가죽 편지를 잊을 수 있도록 해주었다.

그날 절름발이 젊은이는 피곤하지 않았고 거리는 바람이 불어 깨끗했다. 그는 골목 여덟 곳을 청소하고 집으로 돌아왔다. '디엔즈'는 계단 앞에서 볕을 쬐고 있다가 그를 보자 날갯짓을 했다. 그리고 그의 발 주위를 돌다가 고개를 들어 그를 바라보았다. 그가 '디엔즈'에게 가까이 가려고 할 때, 창틀에 놓여 있는 두꺼운 소가죽 편지 봉투를 발견했다. 이번에도 또 되돌아왔다는 것을 알았기에 가슴이 뭉클해졌다. 그는 우두커니 서 있었고 '디엔즈'는 그의 다리를 쪼고 있었다. 그는 천장 위에 검은 구멍이 생각이 났다. 가장 무더웠던 어느 늦은 여름날 저녁, 그가 글을 수정하고 있을 때, 마침 가늘고 긴 다리를 가진 갈색 거미 한 마리를 발견했다. 거미는 천장 위의 검은 구멍에 거미줄을 치고 있었다.

지난번과 마찬가지로 되돌아온 편지의 첫마디는 그의 글을 칭찬하는 말로 시작되었다.

'공을 많이 들이셨군요.' '비교적 깊이 있는 내용이네요.' '어떤 의미에서 보면, 상당히 진실하군요.' '저 개인적으로 좋아하는 글입니다.' 등이었다. 그는 이 말들이 사실인지 아니면 그저 격려의 말인지 아니면 거절의 편지 첫마디에는 늘 이렇게 쓰여 있는 건지에 대해 도통 알 수가 없었다. 그는 많은 글을 건너뛰고 떨린 마음으로 마지막 부분을 읽었다.

'…… 원고에 첨삭이 필요한 부분은 붉은색으로 표시했습니다. 너무 지나치게 고통을 즐기지 마세요. 살아가면서 어떤 일들은 잊을 필요가 있답니다. 그렇지 않다면, 실망하여 비관적으로 살게 돼요. 운이 나쁜 일들을 너무 개의치 마세요. 오히려 삶의 긍정적인 요소들을 찾아봐야 합니다. 가령, 당신의 소설 마지막 부분에서 만약 주인공이 온갖 고난과 역경을 이겨낸 후에 결국 그가 지향했던 것을 이루어냄으로써 독자들에게 희망과 용기를 줄 수 있다면, 얼마나 좋을까요? 그러면 소설 전체의 분위기도 자연히 낙관적인 색채를 띠게 되어 선생님의 글은 마침내 채택

이 될 것입니다.'

그는 자신이 쓴 원고의 마지막 부분을 펼쳐서 반복해서 읽었다. 사실상 소용없는 일이었다. 그는 그가 쓴 것을 외울 수 있을 정도였다. 그의 글은 이만 자로 반년의 시간을 들여 완성한 작품이었다.

방금 전의 거미는 이미 사라지고 없었다. 천장의 검은 구멍에는 디테일하게 짜인 작은 거미줄만이 남아 온통 먼지로 가득한 채 그야말로 폐허 같았다.

그는 원고를 덮었다. 붉은색으로 표시된 부분들은 그가 수정하고 싶지 않은 것들이었다. 어떻게 수정할 수 있단 말인가! 그는 이 불행한 인간에 대해 쓰고자 했다. 그를 다시 행운아로 바꿀까? 만약 행운이라면 긍정과 강인함이다. 긍정과 강인함은 그렇게 간단한 일이 아니다. 만약 긍정과 강인함이 행운에 기댄다면, 불행에는 무엇이 기댈 것인가? 또한 그역시 아무것도 잊을 수 없었다. 험난한 길 위에서 걸음걸음마다 뼈에 사무치는 일들이었다. 그는 망각에 기대어 긍정과 희망을 찬양하지 않았다. '결국 그가 추구하던 것을 얻게 되었다'로 바꾸는 것이 어떤 의미일까? 일종의 보험일까? 추구하고자 한다면, 틀림없이 얻을 수 있는 걸까? 그는 그렇게 쉽게 고칠 수 없다는 것을 알고 있었다.

절름발이 젊은이는 문턱에 앉아 고개를 숙이고 두 손을 무릎에 올려놓았다. '디엔즈'는 집 앞 공터에서 왔다 갔다 했다. 그는 옥수수알을 비둘기에게 뿌려주었다. 비둘기가 쪼아 먹는 것을 보니 마음이 허전했다.

또다시 그 아득하고도 몽환적인 소리가 들렸다.

"걱정 마세요. 당신은 할 수 있어요. 당신 스스로가 믿는다면, 할 수 있을 거예요. 거짓말 아니에요……."

사랑하던 여인이 떠난 지 벌써 몇 년이 흘렀다. 그는 늘 그녀가 살고 있는 지역 간행물에 그의 글을 투고했다. 그리고 게재되어 그녀가 볼 수 있기를 원했다. 여인은 아직 남쪽에 살고 있다. 원고도 남쪽에서 되돌아 왔다. 다시 말해, 원고는 그녀와 가까이 있었던 것이다.

걱정하지 말자. 마땅히 그래야 한다. 하지만 원고가 되돌아온 게 몇 번째이던가! 그는 몸과 마음이 극도로 지쳐 있었다. 마치 하얗게 타버린 석탄처럼 가라앉아 다시는 불꽃을 피울 수 없을 것만 같았다.

거리에서 포커를 치며 놀던 아이들은 낯을 붉히며 말다툼을 하고 있었고, 건너편 집 아주머니는 아들에게 목욕을 하라며 끊임없이 외쳐댔다. 절름발이 젊은이는 손에 땀이 나서 원고가 젖었다. 녹색 날벌레가 형광등 밑에서 날아다니고 있었다. 성냥개비 하나를 콧구멍에 집어넣자 재채기가 바로 나와 한결 시원했다. 거미 한 마리가 즐겁게 거미줄을 치고 있었다…….

편지에 쓰인 대로 고쳐볼까? 진정 '전략'을 이용해야 할까? 그는 다른 사람의 소개로 어느 젊은 작가의 집을 방문한 적이 있었다.

"무슨 일을 하든지 전략을 잘 짜야 합니다."

젊은 작가는 말했다.

"말만 하고 연습하지 않는 것은 거짓 재능이며 연습만 하고 말을 하지 않는 것은 어리석은 재능입니다. 연습도 하고 말도 잘해야 진정한 재능이라고 할 수 있죠. 선생님의 소설이 게재되지 않는다면 아무리 잘 썼다 한들 무슨 소용이 있겠습니까? 어리석은 재능일 뿐이죠. 소설은 자신에게만 보여주기 위해 쓰는 것이 아닙니다."

절름발이 젊은이는 그 작가의 말이 옳다고 생각했다. 동시에 자신이 예전에 보았던 책에 쓰인 말이 생각이 났다. 그 가치를 보존하기 위해 발표를 하지 않을 것인가 아니면, 발표를 위해 그의 진정한 가치를 버릴 것인가?

젊은 작가는 유쾌하게 웃더니 손에 든 찻잔을 움직이며 오랫동안 한숨을 내쉬었다.

"물론 그런 두 가지 어려운 점이 있다는 것도 인정합니다. 하지만 방법을 생각해 내야 합니다. 진짜 현명한 방법을 말이죠."

절름발이 젊은이는 대답할 수 없었다. 작가의 부인도 그를 보고 미소를 지으며 덧붙였다.

"어디에나 모순은 있답니다."

젊은 작가의 부인은 품격 있는 여성으로서 멋스럽고 정중했다. 절름발이 젊은이는 자신이 궁지에 몰린 것 같았다.

"등재를 위해 결코 본심에 위배되는 글을 써서는 안 돼요. 하지만 너무 고집을 부려서도 안 돼죠. 그러면, 실패만이 남습니다."

젊은 작가가 말했다.

……

'디엔즈'가 그의 무릎 위로 올라왔다. '디엔즈'는 정말 멋진 비둘기였다. 사람의 마음을 읽을 줄 알아서 그가 기분이 울적하면 그의 옷 단추를 쪼아대며 구구구 하고 울었다. 그는 '디엔즈'를 그의 손바닥에 앉히고 천천히 깃털을 쓰다듬었다. 그리고 속으로 생각했다.

"괜찮아. 되돌아온 것뿐이야. 처음 있는 일도 아니고."

'디엔즈'는 여전히 불안한 듯 고개를 갸웃거리며 그의 표정을 관찰했다.

사실 젊은 작가는 정말 좋은 사람이었다. 거만하지도 않고 상냥하며 빛바랜 솜저고리를 입고 있었다. 작가의 아내도 좋은 여성이었다. 그 부부는 폭설을 무릅쓰고 그의 집에 와서 그가 성공할 수 있기를 진심으로 기도했던 적이 있다. 그는 오랫동안 그 부부를 보러 가지 않았다. 결코 그와 생각이 달라서가 아니었다. 세상에는 다양한 사람들이 있는 것처럼 세상의 이치와 관점은 다양하기 때문이었다. 어떤 관점이 절대적으로 옳을까? 누구도 판단할 수 없는 것이었다. 그로 인해 오랫동안 그들을 보러 가지 않았던 것이다.

절름발이 젊은이는 너무도 고집스러웠다. 한 점쟁이가 말하길 그의 손금에 나타난 사업 운은 아주 좋지만 그가 너무 고집스럽기 때문에, 결국에는 실패할 수밖에 없다고 했다. 정말 고집스러운 사람은 자신이 고집스럽다는 것과 절대로 고칠 수 없다는 것을 분명히 알고 있다. 그는 편지에 쓰인 대로 고칠 수 없다는 것을 알고 있었다. 그렇게 고친다면, 그에게는 게재되¹지 않는 것보다 더 괴로운 일이었다. 유일하게 '디엔즈'의 울음소리만이 그의 번뇌를 가라앉혀주었다.

그는 '디엔즈'를 날려 보냈다. '디엔즈'는 지붕 위에 앉아 머리를 숙이고 그를 보고 있었다. 비둘기는 거센 바람에 위험을 느껴서 날고 싶지 않았다. 하지만 그는 잊고 있었다. 그저 비둘기가 날갯짓을 하며 창공을 선회하는 모습을 보고 싶었다. 그래서 장대로 비둘기가 날도록 몰았던 것이다. '디엔즈'는 자신이 난다면 주인의 기분이 한결 좋아질 거라고 생각했을 것이다. 비둘기는 머뭇거리다가 창공을 향해 날아갔다. 그토록 높이, 그토록 멀리…… '디엔즈'는 날개를 활짝 펴고 비스듬하게 날아올랐다. 하지만 바람은 너무도 거셌다…….

3

라디오에서 시간 안내 방송이 나왔다.

열 시. 드디어 열 시가 되었다.

절름발이 젊은이는 다리에 통증을 느꼈다. 온몸이 땀으로 범벅이 되었다. 만약 시간 안내 방송을 듣지 못했다면, 그는 계속 걸어갈 수 있었을 것이다.

전설에 의하면 사람들은 열 시가 지나자 그의 외치는 소리를 듣지 못했다고 한다.

절름발이 젊은이는 드디어 열 시까지 걸었다고 생각했다. 거센 바람을 등지고 골목 벽 쪽에 쌓아놓은 수도 파이프 위에 앉았다. 그는 숨을 길게 내쉬고는 주머니에 손을 넣어 담배를 찾았다. 손에 만두가 잡혔지만 먹고 싶지 않았다. 배가 고팠지만 아무것도 먹고 싶지 않았다. 담배를 피우는 편이 나았다. 그의 마비된 다리 근육이 계속 떨렸다. 피곤하면 늘 이렇게 경련을 일으켰다. 그는 자신의 오그라든 다리를 주물렀다. 그는 네 시간 동안 쉬지 않고 걸었던 것이다. 숫자 십(十)은 행운의 숫자이다. '정성을 다하면 기적이 생긴다'는 말이 사실이라면, 지금 당장 일어나야 한다.

하지만 기적은 일어나지 않았다. 바람 소리 이외에는 아무것도 없었다. 진흙탕 같은 구름층 이외에는 아무것도 보이지 않았다. 달은 분명 먹구름 뒤에 숨었지만 어느 위치에 있는지는 알 수 없었다. '디엔즈'도 틀림없이 이 세상 어딘가에 있겠지만 구체적 장소는 알 수 없었다.

그는 '정성을 다하면 기적이 생긴다'는 희망을 품고 정말 진심을 다해 열 시까지 걸었다. 그래도 기적이 일어나지 않는다면 어떻게 하나? 그의 주머니에서 동전 하나가 잡혔다. 운을 점쳐 보기 위해 동전을 꺼냈다. 그리고 동전의 무게를 손대중해보았다.

뚜벅뚜벅 멀리서 발자국 소리가 들려왔다. 젊은 남녀 한 쌍이 걸어오고 있었다. 남자는 자신의 코트를 벗어 여자의 몸을 감싸주었고 여자는 남자의 단단한 가슴에 자신의 얼굴을 묻었다. 두 사람은 무언가를 소곤거리고 있었다.

"따뜻해?"

남자가 물었다.

여자는 좋아서 싱글벙글했다.

이 모습을 지켜보던 절름발이 젊은이는 애써 고개를 돌려 다른 일을 생각하려고 했다. 그는 비둘기의 눈과 소리, 그 깃털 하나하나를 떠올렸다. 아! 그리고 깃털처럼 새하얀 눈꽃이 떠올랐다.

눈꽃이 골목길 사이로 가볍게 날아오르고 가로등이 푸른빛으로 변하고 있었다. 그녀가 절름발이 젊은이를 부축하려고 하자 그가 거절했다.

"넘어져도 난 몰라요!"

그녀가 그를 향해 소리쳤다.

"여기서 더 이상 망가지지 않아!"

그는 화를 내며 말했고 그녀는 웃었다. 그들은 영화를 보러 가는 길이였다. 눈 내리는 저녁은 고요했다. 그녀는 뽀드득뽀드득 소리를 내며 눈 덮인 땅을 밟고 있었다. 그는 이처럼 아름답게 눈을 밟는 소리를 낼 수 없었다. 그는 절름발이였기에 그저 한쪽 다리를 끌면서 가는 게 전부였다. 내일 만약 동네 아이들이 그의 발자국을 보게 된다면 '이게 무슨 물건이 지나간 자국일까'라고 생각할 것이다. 아! 그는 영화관의 높은 계단도 오를 수가 없었다. 그날 〈늦은 봄〉이라는 영화를 봤다. 도달할 수만 있다면, 좀 늦은들 어떠하랴?

"시간이 벌써 이렇게 됐네. 가족들에게 뭐라고 말할 거야?"

"회사 일 때문에 늦었다고 할 거예요."

그는 그것이 훔쳐 온 봄이라고 생각했다.

그녀는 재빨리 다른 화제를 꺼냈다.

"도대체 언제 은막에서 당신의 이름을 볼 수 있는 거죠? 그러니까 당신의 소설을 원작으로 한 영화작품들 말이에요."

"그건 불가능할 거야."

"늘 그렇게 자기 자신을 믿지 않는군요!"

그는 아무 말이 없었다. 그녀의 말대로 자신을 그다지 믿지 않았다.

그녀는 하얀 눈꽃이 묻은 하늘색 스카프를 그의 목에 감아주었다.

"이게 뭔데?"

"괜찮아요. 보는 사람도 없잖아요."

새하얀 눈꽃이 불나방들처럼 가로등 주위를 날아다니고 있었다. 부드럽고 따뜻한 스카프는 그녀의 향기를 지니고 있었다.

발자국 소리가 멀어졌다. 셔츠가 땀에 다 젖어 몸에 붙을 지경이었다. 멀리서 젊은 남녀가 걸어오는 모습이 보였다. 절름발이 젊은이는 자신도 무슨 생각을 하고 있는지 몰라 동전을 꺼내어 공중을 향해 던졌다……

수많은 계단이 떠오르는 것 같았다. 높고 높은 계단들, 영화관의, 서점의, 음식점의 계단들……. 사람들이 성큼성큼 오르고 가뿐하게 내려오는 계단들. 뚜벅뚜벅! 그토록 쉽고 간단한 일인 것을. 그에게도 그런 건강했던 다리가 있었다.

가로등 불빛. 누군가 계단 모서리에 구두 밑에 묻은 진흙을 문지르고 털더니 문을 열었다. 문을 연 사람은 그녀였다. 그러나 그것은 환상일 뿐이었다. 예전에 그는 그녀의 집에 한 번 가본 적이 있었다. 하지만 집안으로 들어가지도, 집 계단을 오르지도 못했다. 문 앞 계단 밑에서 그 엄숙한 얼굴들만 바라보았을 뿐이었다. 그는 본래 신체 장애는 중요하지 않다고 생각했었다. 그의 여인이 '면역력'이 약해서 그는 환영받지 못했다. 그녀는 황급히 계단을 뛰어 내려와서 그와 이야기를 했다. 그녀를 탓할 수가 없었다. 그는 그녀가 그를 집 안으로 데리고 들어갈 수 없어서 괴로워하고 있다는 것을 느꼈다. 문틈으로 공포에 질린 얼굴들이 그를 지켜보고 있었다. 누구도 자신의 딸이 절름발이와 사랑에 빠지기를 원하지 않는 것처럼 어느 누가 자신의 딸이 암에 걸리기를 바라겠는가? 빨리 떠나는 것이 좋을 것이다. 그는 핑곗거리를 찾아서 사람들이 들리도록 큰 소리로 말했다.

"괜찮아. 바쁜 일이 있어서 지금 가봐야 돼."

그러나 그것은 오히려 두 사람이 서로 사랑하고 있음을 나타내는 것이었다. 그녀의 가족들도 이미 알고 있는 사실이었다. 그렇지 않다면 왜 그를 문전박대를 하겠는가? 하나의 고통스러운 증명을 통해 그는 처음으로 그녀 역시 그를 진심으로 사랑하고 있다는 것을 깨달았다.

당신은 운이 나쁘다는 것에 누구를 원망해야 할지 모른다. 당신은 손해를 입은 것에 대해 누구에게 복수를 해야 할지도 모른다. 당신은 때로는 몇몇 사람을 미워하기도 한다. 하지만 당신은 그들이 나쁜 사람이 아니라는 것도 잘 알고 있다. 당신은 늘 잔인하게 누군가에게 복수할 생각을 한다. 그러나 당신은 또한 알고 있다. 누구도 그러한 복수를 당해서는 안 된다고. 세상에는 이런 일들도 있다. 마치 알 수 없는 힘에 밀려 어두운 심연에 빠져버린 것 같은 느낌이다. 당신은 울부짖지만 적들을 찾을 수가 없다. 어쩌면 그 적은 바로 신체 장애일지도 모른다. 그러나 당신은 그것을 죽일 수도, 때릴 수도, 찌를 수도, 물어뜯을 수도 없다! 장애는 당신의 것이다. 당신이 지치지 않는다면 계속 그렇게 울부짖어도 좋다. 그러나 장애는 여전히 당신의 것이다.

바람 부는 저녁, 그는 먹구름이 잔뜩 낀 하늘 아래에 있었다.

이른 봄날의 저녁 날씨는 매우 쌀쌀했다.

절름발이 젊은이는 그곳에 앉아 우두커니 생각에 잠겨 있었다.

많은 일들에는 큰 노력이 따르기 마련이다. 예를 들어 운명이 그렇다.

우연한 원인이 그의 두 다리를 이렇게 만들었다. 감염도 좋다. 감기도 좋다. 유독 그에게만 닥친 일이었다. 그 우연한 생각 때문에 그는 찬바람이 사방에서 새어 들어오는 방에서 잠을 자려고 했다. 그의 어머니가 말렸지만 그는 말을 듣지 않았다. 당시 무슨 생각으로 그랬는지 모르겠다!

유성 하나가 어두운 하늘 끝으로 떨어졌다. 어디로 떨어졌는지는 모른다.

만약 그 유성이 밤길을 걸어가고 있는 어떤 사람에게 떨어졌다면? 그래서 그의 척추가 부러졌다면? 그 사람의 삶은 과연 어떻게 될까? 연이어 안 좋은 일들이 그를 기다리고 있을 것이다. 그는 방금 전에 날아오는 축구공을 피하기 위해 길에서 몇 초 동안 지체했기 때문에 그 떨어지는 유성에 척추가 부러졌다. 그리고 축구공을 찼던 아이는 그의 부모가 아직 돌아오지 않아서 그토록 늦은 시간까지 골목에서 공을 차고 있었다. 그 아이의 부모가 돌아오지 않은 이유는 병원에 응급환자가 많았기 때문이었다. 응급환자는 가스 중독이었다. 어떻게 중독되었을까? 그것은……

　이렇게 계속 소급 반추해간다면, 아마 원시인이 살던 시대로까지 거슬러 올라가게 될 것이다. 당신은 저 유성이 왜 하필 그날, 그 시간, 그곳에 떨어졌는지의 원인을 찾아야 한다. 우연! 그것이 무엇인지 당신도 확실히 알 수 없다. 그러나 받아들여야 한다……

　"그게 바로 사람들이 말하는 운명 내지는 숙명이지. 알겠나?"

　반신불수인 어느 나이 많은 대학생이 말했다.

　절름발이 젊은이의 다리가 불구가 되었을 때, 거의 마흔 살이 넘은 나이 많은 대학생과 한 병실에 입원해 있었다. 어느 날 젊은 여의사가 절름발이 젊은이에게 말했다.

　"인간은 자신의 운명을 스스로 개척해야 합니다."

　여의사가 떠나자 나이 많은 대학생이 천장을 보며 웃어댔다.

　"자네 생각에 인간이 자신의 운명을 개척할 수 있다고 보나?"

　절름발이 젊은이는 어떻게 대답해야 할지를 몰랐다.

　"불가능하지."

　나이 많은 대학생이 대답을 하고는 평정심을 되찾았다.

　"왜요?"

　"변증법에 부합되지 않거든."

　"변증법에 그것이 안 된다고 되어 있나요?"

절름발이 젊은이는 마음을 졸였다. 그때 그는 변증법이 좋은 단어라고 생각했다.

"인간이 자신의 운명을 완전히 지배하고 싶다면, 적어도 우주 만물의 규칙을 모두 알고 있어야 하네. 하지만 인간의 능력은 유한한 반면, 우주 만물은 무한한 거야. 유한이 어찌 무한을 인지할 수 있겠나?"

"조금씩 인지하다 보면, 언젠가는 그 차이가 줄어들지 않을까요?"

절름발이 젊은이는 자신의 모든 지식을 동원하여 나이 많은 대학생에게 반박하고 싶었다. 절름발이 젊은이는 여의사의 말이 사실이기를 바랐다.

"아! 우공이산(愚公移山)5). 물론 좋지."

나이 많은 대학생은 웃음을 꾹 참고 있었다.

"미적분을 배운 적이 있나? 그럼 '무한대'가 뭔지도 알겠군."

그는 고개를 저었다.

"변이 없는 것과 가선이 없는 것 중에 어느 것이 클까? 조금 알고 있는 무한과 많이 알고 있는 무한은 여전히 무한일 뿐이야. 어느 것이 작을까? 예를 들면……."

나이 많은 대학생이 예를 들어줄 생각이었으나 문득 생각이 나지 않는 것 같았다.

"변증법을 얘기해보세요. 전 변증법을 믿어요!"

절름발이 젊은이가 말했다. 절름발이 젊은이는 나이 많은 대학생이 고의로 자신의 학식을 뽐내고 있다는 생각이 들었다.

"사실 변증법을 믿으면 그것으로 족한 거야. 변증법에는 마지막 진리

---

5) 중국의 사자성어로 어떠한 어려움도 두려워하지 않고 꾸준히 노력하면 성공한다는 뜻.

란 없지. 다시 말해, 인간은 세상의 모순을 다 인식할 수 없다는 거야. 그 것은 결코 자네가 그것을 인식하지 못해서 그것이 자네를 해치지 않았 기 때문이 아니라 그것은 바로 우연, 숙명, 초인의 힘이라는 거야. 그것 은 때론 우리 인간의 힘으로는 도저히 손을 쓸 수 없을 정도로 만들어 버 리기도 하지……."

지금 절름발이 젊은이는 조금은 이해할 수 있을 것 같았다. 구태여 운 명을 받아들이지 않을 필요가 있을까? 받아들이지 않은들 또 무슨 소용 이 있을까? 그는 자신의 두 다리를 보며 잃어버린 비둘기를 떠올렸다. 지난 세월 동안 얼마나 많은 좋은 의사들을 찾아다녔던가! 그래도 그의 다리를 고칠 수 없었다.

그는 열흘 동안 '디엔즈'를 찾아다녔지만 찾을 수가 없었다. 초시공적 인 힘을 믿지 않지만, 그것의 영향력을 받고 있을 것이다. 물론 그것은 신 이 아니다. 우주에 전지전능한 신은 없다. 만약 신이 존재한다면, 마땅히 그를 가엾게 여겨 그의 다리를 낫게 해주었을 것이다. 당신은 운명에 따 를 수밖에 없고 스스로 살아갈 방법을 모색할 수밖에 없다.

그는 골목길 벽에 쌓여 있는 수도 파이프 더미 위에 앉아 하늘을 쳐다 보았다. 이제 조금은 알 것 같았다. 청소부 노인도 조용히 앉아 하늘을 바 라보는 것을 좋아했다. 노인은 말을 하지는 않았지만 틀림없이 이미 예 측하고 있었을 것이다. 노인은 운이 나쁜 일을 겪어도 좀처럼 말이 없는 사람이었다. 그저 이렇게 말할 뿐이었다.

"어떻게 되나 두고 보자."

어찌할까?

말만 하고 연습을 안 하면 거짓 재능일까?

하지만 너무 고집만 부릴 수도 없는 노릇이다.

되돌아온 원고에 쓰인 첨삭대로 고쳐볼까?

결국 고집 때문에 실패할까?

남자는 왼쪽 여자는 오른쪽. 그는 희미한 가로등 밑에서 왼손을 들어 올려 자신의 손금을 자세히 보았다. 확실히 손금에 사업 선이 깊고 길었다. 그러나 윗부분의 선에 있는 잔주름 때문에 사업 선이 가려지고 있었다.

"이 잔주름들이 고집이라는 걸 어떻게 알 수 있죠?"

그는 점쟁이에게 물었다.

"하늘의 뜻은 알 수 없어요. 하지만 당신에게 있어서 이건 고집입니다."

그는 당시에 아무렇지도 않은 듯 웃어 보였다. 그러나 점쟁이의 말이 늘 마음에 걸렸다.

그는 동전을 던지며 생각했다. 만약 동전의 '보리 이삭' 면이 나온다면 다시는 고집부리지 않고 원고를 수정할 것이다. 동전이 손바닥에 떨어지자 또 생각했다. 만약 동전의 '국장'이 나온다면 그것은 수정할 수 없는 것으로 내가 쓰고 싶은 내용을 써서 다음번에는 게재될 수 있을 것이다. 그는 손바닥을 폈다. 젠장! '보리 이삭'이었다.

거센 바람이 거리의 먼지와 종이, 대팻밥을 휩쓸고 지나갔다. 멀리서 내일 저녁 TV 프로그램을 안내하는 아나운서의 목소리가 들려왔다.

아니다. 삼세판으로 결정해야 한다. 그는 다시 동전을 던졌다. 늘 그랬다. 만약 삼세판에서 결정이 안 되면, 다섯 판, 아홉 판까지 갔던 것이다. 그는 기이한 생각들을 갖고 있었다. '십(十)'은 행운의 숫자로 만약 열 번 해서 안 되면, 그는 열두 번째를 믿었다. 십이(十二)는 더욱 완벽한 의미였다. 십이가 안 되면, 이십이 있었다. 십의 두 배인 이십이 안 되면 삼십이 있었다. 그리고 육십은 순조로운 의미이고 일백은 당연히 더욱 좋은 의미를 지닌 숫자였다. 동전이 그의 발 아래로 떨어졌다. 다시 생각할 틈도 없이 이미 떨어진 동전의 한쪽 면을 보았다. 보리 이삭이었다. 그는 동전을 계속해서 던졌다…….

그날 정말 귀신이 들렸던 모양이다.

담배 연기가 공중에서 활 모양을 그리며 먼 곳으로 사라졌다. 그는 담벼락에 기대어 멍하니 서서히 꺼지는 담뱃불을 보고 있었다.

동전의 '국장' 면을 먼저 말했다면, 더 좋았을 것을. '보리 이삭'을 나중에 말할 것을.

그는 힘겹게 다시 일어나 골목 모퉁이를 돌아 나갔다.

4

사람들은 약 열 시 반이 되었을 때, 절름발이 젊은이의 외치는 소리를 들었다고 했다. 어떤 사람은 모든 TV 프로그램이 종료된 후인 열 시 반이 훨씬 지난 시간이었다고 했다.

"구구구~!"

비둘기를 찾아 헤매는 소리를 어떤 이는 마을 서쪽에서 들었다고 했고, 어떤 이는 마을 동쪽에서 들었다고 했다.

무슨 '국장'이고 '보리 이삭'인가! 그는 늘 이렇게 생각했다. 방금 전 동전을 던질 때만 해도 그토록 두려웠으면서도 지금은 또 '다 그런 거지 뭐.'라고 생각했다. 청소부 노인의 말이 옳았다.

"자네 마음이 동쪽으로 끌린다면 서쪽을 생각하지 말게."

절름발이 젊은이가 어찌할 바를 모를 때마다 노인은 늘 이렇게 말해주었다.

절름발이 젊은이는 잃어버린 비둘기를 찾으러 가야 했다. 찾지 않으면 그의 마음이 더욱 괴로웠고 집으로 돌아와서도 잠을 이루지 못했다. '디엔즈'를 찾지 못한다면 그것은 좋은 징조가 아니었다. 다시 말해, 그가 간절히 바라던 일이 결국에 물거품이 되어버린다는 것을 의미했다.

그의 어머니는 생전에 그가 어릴 때부터 무척이나 고집스러웠다고 했다. 그의 성격이 고지식하고 솔직하다고 말하는 사람도 있었다. 너무 솔직하다는 것은 곧 어리석음의 존칭인 것이다. 하지만 어떤 사람은 창작 행위는 이처럼 엄숙하고 진지하고 작가의 주관적 견해가 들어가야 한다고 했다. 물론 그는 후자의 말을 좋아했다. 사실 그 스스로도 그다지 쉽지 않다는 것을 알고 있었다. 고집은 본성이 아니며 진지함 역시 그렇다. 그는 자신이 쓴 소설을 발표하고 싶었고 누구보다도 열심히 창작해낸 것이었다. 만약 그가 그토록 심한 모욕을 당하지 않았었다면 아마도 고집과 진지함 모두 버렸을 것이다.

사랑하던 여인이 떠난 그 다음 해 가을날 비가 내렸다.

절름발이 젊은이는 이른 아침에 원고 하나를 들고 젊은 작가의 집을 방문했다. 비 오는 날은 거리를 청소하지 않아도 되었기에 그에게는 휴일과 마찬가지였다.

"여전히 제가 말씀드린 대로 수정하지 않으셨네요."

젊은 작가는 그의 원고를 훑어보고는 말했다.

"아무래도 이렇게 쓰는 것이 진실하다고 생각했습니다."

"진실이라고요? 그저 진실 때문에 이렇게 쓰겠다는 겁니까?"

"제 생각엔······."

그는 말을 더듬었다.

"이 글 속에는 깊이 있게 사색할 만한 진실과 가치가 있어요······."

"진실이라! 어떠한 진실이고 어떠한 기법으로 썼는가에 따라 다르겠죠."

"저도 압니다······. 제가 쓴 소설에 예술성이 많이 부족하다는 것을요······."

"당신에게 중요한 것은 게재가 아닌가요?"

젊은 작가는 다급하게 말했다.

"그보다 가능한 한 빨리 사회의 인정을 받고 싶어요."

'그보다'가 의미하는 것이 무엇일까? 그는 깊이 생각할 겨를이 없었다. 젊은 작가와 그의 부인은 진지하게 절름발이 젊은이의 소설을 읽으며 자신들의 일처럼 진심을 다해 그의 성공을 빌어주었다. 절름발이 젊은이는 마음속 깊이 감동을 받았다. 창밖으로는 차가운 비가 더욱 거세게 내렸다. 젊은 작가의 집은 아늑했고 그는 그 속에서 따스한 인간미를 느꼈다.

젊은 작가의 집 벽에는 프로메테우스[6]의 수난이 그려져 있는 유화그림 한 장이 걸려 있었다. 책꽂이에는 책이 가득했고 진열장에는 작은 낙타 한 마리가 그려져 있는 깨진 도자기가 놓여 있었다. 젊은 작가는 소파에 앉아 등을 굽힌 채 그의 원고를 다시 읽고 있었다. 원고를 넘기며 빨간 펜으로 체크를 하고 있는 것 같았다. 작가의 아내가 절름발이 젊은이에

---

6) 그리스 종교에서 티탄족 출신의 최고 책략가이자 불의 신.

게 다리가 아프지는 않은지, 불편한 곳은 없는지를 물으며 작은 쿠션 하나를 그의 허리에 받쳐주었다. 그리고 그에게 담배 한 개비를 내밀었다. 절름발이 젊은이는 혼란스러움 속에서 담배를 받아 피웠다.

"요컨대 소설 속 주인공의 이러한 생각들이 진실하지 않다거나 잘못되었다고는 말할 수 없겠죠."

젊은 작가는 고개를 들고 말했다.

"제 생각에는 삶과 죽음에 관한 부분을 되도록이면 줄이는 것이 좋고 특히 죽음에 관한 부분은 모두 빼버리세요."

"하지만 소설 속 주인공들은 자살을 생각하지 않을 수가 없어요."

"선생님은 소설에서 낙관적 정신으로 승리를 쟁취하는 내용을 담으셔야 해요."

"하지만 그것은 모순이지 않나요?"

"제 말대로 하세요. 너무 진지하면, 아무 일도 이룰 수 없어요. 사실 선생님의 상황을 보면 대충 쓰셔도 괜찮아요."

무슨 상황을 본다는 것일까? 왜 그저 대충이면 된다는 것일까? 당시 절름발이 젊은이는 그 말에 대해 자세히 생각하지 않았다.

"우리가 상의했던 대로 그렇게 수정하시면 선생님의 글은 게재될 수 있어요. 제가 보장해 드릴게요!"

작가는 긍정적으로 말했다.

작가는 절름발이 젊은이를 버스 정류장까지 바래다주며 또 말했다.

"제 친구 한 명이 신문사에서 기자로 일하고 있는데, 선생님에 대해 말했더니 선생님에 관한 기사를 한 번 쓰고 싶다고 하네요. 그러니 어서 빨리 소설을 게재하세요. 자신에게 너무 높은 요구를 하지 마시고요."

절름발이 젊은이는 미래의 성공을 생각하니 어지러웠다. 집으로 돌아와서도 잠을 제대로 이루지 못했다. 창밖은 가을비가 하염없이 내리고 있었다. 반짝이는 빗방울이 마치 거문고 줄을 한 줄 한 줄 튕기듯 창밖의 가로등을 때리고 있었다.

절름발이 젊은이는 간행물에 찍힌 자신의 이름, 지인들이 그 간행물을 보고 난 후의 반응들, 기자들이 왔을 때 어떻게 얘기해야 하는지에 대해, 그리고 신문에 실린 그에 관한 기사 등을 상상해보았다.

"오! 바로 그 청소부 절름발이 친구가 아닌가?!"

그렇다! 사람들은 더 이상 그를 동정하지도 무시하지도 않을 것이다. 오히려 놀라며 감탄할 것이다. 또 그녀는 어떨까? 물론 첫 번째로 할 일은 그녀에게 원고 한 편을 부치는 것이었다. 만약 그녀가 있는 곳에서 게재된다면 더욱 좋을 것이다. 이 사실을 그녀에게 미리 알리지 않고 그녀가 직접 간행물을 사서 보도록 할 것이다. 그녀의 부모님, 친척, 친구들은 그녀가 그를 동정해서 사랑했다고 말하지 못할 것이다.

"조급해 하지 마세요. 당신은 좋은 글을 쓸 수 있어요. 그리고 사람들에게 보여주세요."

새하얀 비둘기들이 황량한 언덕 위의 창공을 날고 있었다. 그녀는 그의 옆에 앉아 있었다. 연들이 봄날의 하늘 위로 높이 떠 있었다.

"누구에게 보여 주라는 거야?"

"당신도 아시잖아요."

그렇다! 그는 알고 있었다.

"그 사람들은 그저 당신에 대해 잘 모를 뿐이에요."

그렇다! 그 점에 대해서는 그가 더 잘 알고 있었다. 그녀는 형부가 둘

이 있었는데, 한 명은 대학 부교수였고 다른 한 명은 유명 화가였다.

절름발이 젊은이는 잠을 자지 않고 일어나 불을 켰다. 다른 사람의 눈에 자신의 존재가 가치 있게 비쳐진다는 사실은 큰 힘이 솟는 일이었다. 그는 옷을 입고 책상 앞에 앉아 젊은 작가가 선물했던 원고지를 펼쳤다. 그것에 감동하여 손이 떨릴 지경이었다. 그는 좋은 담배 한 대를 피우고 싶어서 서랍 깊숙한 곳에서 담배를 찾고 있었다. 그 소리에 '디엔즈'가 깨어나 울었다. 그는 '디엔즈'를 침대 위로 날려 보내고 계속해서 원고지를 펼쳤다. 원고지 위로 떨어진 담뱃재를 입으로 불어 털어내었다. 작가와 상의한 대로 쓰자. 젊은 작가가 말했던 '육체는 불구이나 영혼은 불구가 아니다'라는 말을 기억했다. '디엔즈'는 무료한지 침대 위를 걷다가 다시 '작은 오두막집'으로 들어갔다. 비둘기는 어두운 밤을 인지하고 있었다.

절름발이 젊은이는 닷새 동안 저녁 내내 일만 자가량 되는 소설 한 편을 완성하여 다시 그 젊은 작가를 찾아갔다. 작가는 오른손으로 아래턱을 쥔 채로 한참 동안 생각하더니 드디어 입을 열었다.

"좋아요. 제게 맡기세요."

훗날 그 원고는 게재되었다. 그는 지금까지도 그것이 소설이라고 불리기를 원치 않았다. 지난 세월 동안 그저 그 한 편만 게재되었을 뿐이었다. 그것은 그의 인생에서 가장 큰 실패이자 가장 큰 모욕이었다.

"원고료를 벌고 싶었나 봐!"

어떤 사람이 말했다.

그는 아랑곳하지 않고 그것이 일종의 정상적인 질투라고 생각했다.

"듣자니 신문에 게재됐다면서요?"

"TV에도 출연할 거라면서요?"

소문이 퍼져나갔다. 그는 신문과 TV를 기다렸지만 기자들은 오지 않았고 이에 대해 젊은 작가에게 물어보고 싶었지만 조금 쑥스러웠다.

"제멋대로 지어냈겠지!"

이렇게 말하는 사람도 있었다.

소설의 많은 부분이 제멋대로 지어낸 것이었고 진실하지 않았기에 절름발이 젊은이의 마음은 흔들렸다.

"빌어먹을! 그 절름발이의 원고가 게재되다니. 다 거짓으로 꾸며낸 거겠지!"

"작품의 예술적 수준이 좀 떨어진다 해도 이해할 수 있지만, 게재하기 위해 글을 제멋대로 쓴 사람들을 난 제일 혐오해."

그는 허무한 나머지 사람들과 싸우고 싶지 않았다.

절름발이 젊은이는 갑자기 얼음 동굴 속으로 떨어진 것 같아서 정신을 차릴 수 있었다. 그는 자신이 높은 산꼭대기를 향해 오르고 있다고 생각했지만 사실은 어두운 심연 속으로 빠져 들어가고 있었다.

그는 처음으로 분명히 깨달았다. 모든 좋은 사람들의 마음속에는 장애인에 대한 뿌리 깊은 편견과 멸시를 갖고 있다. 정상인에게 요구하는 것처럼 장애인에게 요구할 수 없는 것인가? 사람들은 장애인은 필연적으로 영혼의 장애를 지니고 있다고 생각하는 것 같았다. 당신은 장애인과 어떤 진실함을 나눌 수 있겠는가? 이것은 장애인의 작품을 게재해준 것이 마치 그들에 대한 구제와도 같은 것으로 거리에서 노래를 파는 장애인 예술인이 노래를 못 불러도 예술적 미를 기대하지 않는 것과도 같은 것이었다. 그저 장애인을 도와주기 위해 인내심을 갖고 좋든 싫든 들어주는 것일 뿐이다. 그는 갑자기 젊은 작가가 했던 말이 떠올랐다.

"선생님에게 유리한 조건이 무엇인지를 보세요. 편집자들에게 이미 선생님에 대해 얘기해 놓았습니다."

맙소사! 설마 내 신체 장애를 '유리한 조건'으로 보아야 한단 말인가? 그제야 그는 소위 '그의 상황'이 무엇을 의미하는지 이해할 수 있었다. 팔과 다리가 정상인 사람이 엉터리로 글을 써내면 비난과 멸시를 받지만, 장애인이 제멋대로 글을 써내면 어째서 관용을 얻는 것일까?

아! 참으로 미묘하다! 본래 그는 엄청난 노력을 기울여 장애인을 차별하고 멸시하는 사람들의 마음에 쇼크를 주어 그들의 말이 사실이 아니라는 것을 증명하고 싶었다. 뜻밖에도 결과는 그들의 차별과 무시에 더욱 확실한 근거를 제공해준 셈이 되었다. 그렇다! 나는 절망적인 깊은 수렁 속으로 빠지고 있었다. 그녀가 내 글을 읽고 어떻게 생각할까? 그는 자신의 글이 게재되자마자 바로 그녀에게 부쳤다. 그의 게재된 소설은 그녀의 부모와 친척들이 그를 무시하지 않도록 만들어주었다.

심연! 더욱 깊은 수렁! 그는 매우 힘겹게 살아온 것이었다.

어쩌면 그가 좋은 사람들을 오해했던 것일지도 모른다. 그러나 그는 진정 모욕을 느꼈었다. 그러나 그를 모욕했던 사람은 다름 아닌 바로 그 자신이지 않았던가! 그것이 가장 견디기 힘들었고 그의 마음을 가장 크게 뒤흔들어 놓았다. 결국 다른 사람을 원망할 수 없는 노릇이었다. 당신이 장애인이기 때문에 사람들은 당신을 더욱 동정하고 관대하게 대해준다. 이 얼마나 좋은 일인가! 하지만 당신은 오히려 그것을 '유리한 조건'으로 생각했다. 또한 제멋대로 꾸며낸 글들을 게재하지 않았는가! 사람들이 당신을 무시해도 무슨 할 말이 있겠는가! 그는 눈이 시퍼렇게 멍이 들도록 자신의 뺨을 후려쳤다. 깊은 밤 그는 담배를 피우며 슬프게 울었다. 그를 보는 사람은 아무도 없었다. 하염없이 그렇게 울었다.

'디엔즈'는 자신의 '작은 오두막집'에서 조용히 자고 있었다. 비둘기는 배불리 먹고 잠이 들었다. 비둘기의 영혼과 마음은 맑고 평온했다. 영혼의 장애가 진정한 장애인 것을. 구태여 사람들의 차별과 무시를 원망할 필요가 있을까?

훗날 한 기자가 그를 찾아와서는 '신체는 불구이지만 의지는 불구가 아니다'라는 말을 늘어놓았다. 인간의 의지는 불구일 수 없다. 왜 '신체 불구'와 '의지 불구'를 함께 논하려고 할까? 장애인은 어렵다. 그 어려움은 종종 이와 같은 논리를 이해할 수 없는 것에 있었다. 때로는 사람들은 장애인들의 결함에 대해 언급하지 못하게 한다. 그리하여 마치 그들의 장애를 망각시킬 수 있는 것처럼 보이게 한다.

거리를 거닐고 있으면 어떤 이는 손가락질하며 장애인들의 결함을 말한다. 때문에 장애인들은 괴로워하며 분노하거나 목숨을 버리곤 한다. 하지만 때로는 사람들이 그들의 장애를 언급해주기를 원한다. '이 글은 어떤 장애인이 쓴 거죠?' 장애인이 쓴 것이 뭐 어떻단 말인가! 이것이 높이뛰기나 달리기도 아니고, 지능에 결함이 있는 것도 아닌데, 뭐가 그리 신선할까?! 장애인들은 이렇게 말할 것이다. '우리는 동정을 원하지 않아요.' 그렇다면 사람들에게 하소연을 하지 않는 편이 가장 좋을 것이다. 이제껏 나는 과연 무엇을 했는가! 그는 생각했다. 자신을 낮은 곳에 놓고 평지를 기고 있었으면서 마치 높은 산꼭대기를 향해 오르고 있었다고 생각했다. 그 평지도 역시 깊은 수렁일지도 모른다.

진실한 것이야말로 가치가 있고 평등한 대우를 받는 것이야말로 참된 의미가 있다!

5

그 운수 사나운 것! 제멋대로 꾸며낸 것! 먼 곳에 있는 그 여인이 보았다면 틀림없이 실망했을 것이다. 절름발이 젊은이는 그로 인해 몇 년 동안 후회를 했었다. 잃어버린 비둘기를 찾으러 나갔던 그날 저녁, 그는 후회해도 소용없다는 것을 알았지만 또다시 후회했다. 만약 그녀가 아직 읽지 않았다면 좋을 텐데. 그 간행물을 잃어버렸다면 좋을 텐데. 당신이 '우연'으로 도움을 청하고 싶을 때, 오히려 그것을 기대할 수 없다. 이미 일어난 일에 대해 당신은 '만약 그렇지 않았다면'이라고 기대할 수 없다. 그는 정말 후회하고 있었다. 왜냐하면 그 여인은 마음속 깊이 진심으로 그를 평등하게 대해주었기 때문이었다.

그녀는 비둘기의 눈에 입을 맞추고 비둘기와 큰 소리로 오랫동안 이야기 나누는 것을 좋아했다.

"이게 뭔지 아세요?"

비둘기를 가슴에 품고 왔던 그날, 그녀가 물었다.

"난 뭐가 비둘기이고 뭐가 까마귀인지 아직 분별할 수 없는 나이야."

그녀는 깔깔거리며 웃었다.

"울음소리를 듣고 맞춰 보세요. 닭이랍니다!"

그녀는 더욱 크게 웃었다.

"제 말은 이 비둘기의 이름이 뭐냐는 거예요. 이름이 '디엔즈'인데, 재미있죠? 정말 사람 같고 절름발이 같잖아요!"

그는 웃음을 멈추고 손가락으로 탁자를 쳤다.

그녀도 멍하니 서 있었다. 비둘기가 그녀의 품에서 빠져나와 창턱으로 날아올랐다. 거리에서 상인들의 고함치는 소리가 들려왔다. 가을 햇빛이 고요하게 비추었고 창밖에 낙엽들이 눈부시게 물들어 있었다.

"화났어요?"

그녀는 작은 소리로 물었다.

그는 다른 일을 생각하고 있었다. 어느 날인가 혼자 비틀거리며 길을 걸어가고 있을 때, 앞에서 떠들면서 걸어오는 아가씨들과 정면으로 마주친 적이 있었다. 아가씨들은 그의 곁을 지나갈 때 아무 소리도 내지 않다가 곁눈질로 그의 다리를 보고 있었다. 그의 뒷모습을 보고 그녀들은 아마 혀를 내밀었을 것이다.

"정말 화났어요?"

그녀는 당황하며 그를 쳐다보았다.

절름발이 젊은이는 잃어버린 비둘기를 생각하며 계속 걸었다. 다리가 아픈 것도 잊은 채 끝없는 길을 걸었다. 다리는 이미 다 마비되어 버렸을 것이다. 거센 바람을 맞으며 걷고 또 걸었다. 차가운 바람이 더욱 거세게 불어오자 그는 바람을 등지고 멈춰 섰다. 옷의 단추도 이미 떨어져 없었다. 이른 봄바람은 거셌고 저녁 날씨는 쌀쌀했다.

그 비둘기 이름은 '디엔즈'로 절름발이 젊은이는 그것이 결코 우연이 아닐 것이라고 생각했다. '디엔즈'는 절름발이 인간 같았다. '디엔즈'는 마치 운명의 계시와도 같은 바로 그 자신 같았다. '디엔즈'가 하늘에서 그의 곁으로 날아올 때마다 그는 늘 그것이 일종의 계시라고 생각했다. 그래서 마음속에서 알 수 없는 사랑과 희망이 솟아올랐다.

그는 고개를 들어 어두운 하늘을 바라보았다. 만약 지금 이 순간 '디엔즈'가 돌아온다면, 하얀 마차가 내려와 그를 싣고 과거로, 그녀의 곁으로, 그 평등하고 따뜻한 항구로 돌아갈 수 있도록 해준다면 그는 두 번다시 그런 엉터리 글을 쓰지 않을 것이며 그녀에게 또다시 실망도 주지않을 것이다.

하얀 마차가 하늘에서 내려와 나를 내 고향으로 데려가 주네……

이 노래는 그녀가 가르쳐 준 것이었다. 그때 그녀는 그의 곁에 있었다.
"너무 느려요. 너무 느리다니까요!"
그의 불구의 두 다리는 페달을 힘껏 밟고 있었고 그의 허리는 배의 힘으로 곧게 세울 수 있었다. 물이 그녀의 온몸에 튀었다.
"내가 보기에 당신 참 바보예요. 팔을 이용하면 될 것을."
작은 오리 배는 호수 위에서 갈지자를 그리며 나아갔다. 그는 숨이 가빠서 헉헉거렸다.

하얀 마차가 하늘에서 내려와 나를 내 고향으로 데려가 주오

그녀는 배의 앞부분에 앉아 작은 소리로 노래를 부르며 노를 만지작거렸다. 그녀는 노가 배의 키이며 그녀가 그 키를 잡고 있다고 했다.

요르단 강에서 나는 무언가를 보았네
나를 내 고향으로 데려가 주오……

배를 저어 가니 작은 섬이 하나 보였다.

그는 그의 다리가 불구가 되었을 때부터 늘 무인도에서 살고 싶었다. 로빈슨처럼 홀로 무인도에서 사는 것이었다. 오두막집도 필요 없이 동굴 하나면 족했다. 밭을 일구며 살 수 있고 어쨌든 섬에는 아무도 없을 것이다. 아무도 없다는 것이 가장 중요했다. 멸시도 차별도 없는 곳으로 그처럼 동정의 눈빛으로 그를 바라보는 사람도 없을 것이다. 만약 혼자 독립적인 생활을 할 수 없다면 죽을 것이다. 여자 역시 필요 없다. 바람 소리와 바닷소리를 벗 삼아 그 소리 속에서 조용히 여생을 보낼 것이다. 그는 로빈슨이 왜 그 당시 굳이 육지로 돌아오려고 했는지를 이해할 수 없었다.

천사들이 내려와 나를 내 고향으로 데려가 주네……

지금 이 순간 내게 정말 여자가 필요하다. 우습나? 웃고 싶은 사람은 웃어도 좋다. 당신의 마음속에 항구를 만들기 위해 또 다른 마음 하나가 있어야 한다. 모든 마음은 풍랑 속에서 떠다니는 한 척의 작은 배와도 같다. 그 작은 배는 정박할 항구가 필요하다. 행복은, 마음과 마음 사이의 작은 길이다. 또 다른 마음에서만 당신의 마음은 비로소 즐거움을 찾을 수 있다. 그렇지 않다면 당신이 실패했을 때, 어디로 가서 하소연할 것이며, 당신이 성공했을 때, 또한 누구와 함께 축배를 들 것인가?

무인도는 항구가 아니며 그곳엔 행복의 길도 없다.

"자네가 아무도 살지 않는 무인도로 가겠다고? 좋네."

청소부 노인이 말했다.

"아무도 없으니 그런 걱정거리도 없겠죠."

절름발이 젊은이가 말했다.

노인은 잠시 망설이다가 말을 이었다.

"역시 기쁜 일도 없을 거야. 아무 일도 일어나지 않을 테니. 죽은 거나 다름없지 않겠나?"

"죽으면 죽은 거죠!"

"거 참 간단하군. 헌데, 자네는 살아 있지 않나?"

그렇다! 아직 살아 있었다. 바람 소리, 바닷소리와 이야기를 나누고 싶을 정도로 살아 있었다. 사실은 마음이 무척 외롭다! 결코 아무 일도 일어나지 않고 기쁜 일도 없다면 고통은 여전히 존재할 것이다.

> 당신이 먼저 그곳으로 돌아갈 수 있다면
> 나를 내 고향으로 데려가 주오

그녀는 계속 노래를 불렀다.

> 친구들에게 나도 곧 간다고 전해주오
> 나를 내 고향으로 데려가 주오……

어떻게 추구할 것인가!

그는 있는 힘껏 노를 저었다. 태양은 산꼭대기에서 수면 아래로 가라앉았다. 모든 경물이 희미해져 아득히 멀어지고 공간은 광대하고 심오했다. 그는 조금 어지러움을 느꼈다. 아마 피곤해서일 것이고 아니면 다른 것 때문일 것이다. 눈을 감으니 세상에는 그녀의 노랫소리와 자신이 젓고 있는 배뿐이었다. 우주 천지에 유유히 자유롭게 떠가는 작은 배 한 척만 있었다. 그는 힘을 내어 배를 저었고 영원히 이렇게 계속 저어 갈 수 있다고 생각했다. 인생은 이처럼 자나 깨나 그리워하는 항구가 있는 것이다. 그렇다면 배를 저어 가자. 힘은 충분하니 많은 일을 하고 싶다.

> 그것은 바로 내가 가장 행복한 날이니
> 나를 내 고향으로 데려가 주오……

그는 눈을 감고 있는 힘을 다해 저었다. 그는 좋은 작품을 완성할 것이라고 믿었지만, 일 년, 이 년, 오 년, 십 년 동안 아직 좋은 작품을 완성하지 못했다. 어쨌든 목숨이 붙어 있는 한 언젠가는 해낼 것이다. 그는 그가 좋은 남편이 될 것이라고 생각했다. 그는 거리를 청소하고 글을 쓰는 것 외에 다른 일도 할 수 있었다. 요리도 의상 디자인도 무척 재미있을 것이다. 또한 성격도 좀 고쳐서 화를 내지 않을 것이다.

장난감으로 만든 방은 흰색, 항구는 파란색, 증기선은 붉은색, 증기선 위로 작은 손수건이 휘날린다. 그 작은 손수건은 채색 깃발, 증기선은 큰 바다를 향해 나아가고 있었다.

그는 나이가 들면 착한 노인이 될 것이다. 젊은 사람들에게 그렇게 모질게 대하지 않을 것이다. 만약 더 이상 좋은 글을 써낼 수 없다면, 그 청소부 노인처럼 그저 길 청소나 하며 살자. 두 노인, 다시 말해 그와 그녀는 함께 나란히 앉아 비둘기가 하늘 위를 날아다니는 모습을 바라보며 비둘기 소리를 들으며 비둘기를 그들 자신으로 여길 것이다.

"왜 그러세요?!"

너무 오래 페달을 밟은 나머지 그의 다리는 뚝뚝 소리가 났고 마비가 되어 구부릴 수 없을 정도가 되었다. 작은 배도 함께 떨고 있었다.

"제가 잊고 있었어요. 아프세요?"

그녀는 그의 다리를 주물러 주었다.

"괜찮아. 좀 쉬었다가 다시 밟으면 돼."

"됐어요. 거짓말쟁이! 팔에 힘이 있다면서요. 당신의 다리 상태를 잊고 있었어요."

"내 팔에 힘이 있다는 것만 기억하면 돼."

그는 작은 배 위에 누워 그녀가 자신의 다리를 주무르도록 내버려 두었다. 행복은 결코 무인도에 있지 않았다. 인간은 참으로 이상한 존재다. 당신이 무시를 받을 때는 미친 사람처럼 인간의 존엄을 주장하며 연민과 동정을 증오한다. 반면, 당신이 진정으로 평등하다고 느낄 때는 자신의 나약함과 타인의 필요성을 인정하고 싶어 한다. 그는 진실로 그녀를 필요로 했고 그 따뜻한 항구를 잃게 될까 봐 두려웠다.

그러나 결국 항구는 무너졌고 한낱 환영으로 사라져버렸다.

달은 한 척의 작은 배처럼 구름층 위를 유랑하며 거친 파도 같은 먹구름 사이를 자유롭게 항해하고 있었다.

밤이 깊어 불이 환하게 켜져 있는 집은 많지 않았다.

절름발이 젊은이는 구구하고 외쳤다. 늦게 잠든 사람들은 그의 소리를 들었다.

구부러진 나뭇가지들이 길가 담장 밖으로 뻗어 있었다.

다리에 또 통증이 느껴졌다. 길고 좁은 길이 보였다. 그는 지금 이 순간 잃어버린 비둘기가 돌아오기만을 간절히 바랐다. 갑자기 거무스름한 구름 사이로 마치 번개처럼, 다정한 마음처럼, 하얀 마차처럼 새하얀 그림자가 나타났다.

> 나는 때로는 즐겁고 때로는 슬프네
> 나를 내 고향으로 데려가 주오
> 하지만 내 영혼은 여전히 천당을 향하네
> 나를 내 고향으로 데려가 주오……

　그는 어디선가 그 노래를 들은 적이 있었다.
　그러나 '디엔즈'는 아직 돌아오지 않았다. 노랫소리는 마치 생생한 꿈과도 같았다. 그는 가로등이 없는 길을 걷고 있었다. 아마도 거센 바람에 전선이 떨어졌을 것이다. 이 어둡고 고요한 밤. 자살을 해도 괜찮겠지.
　그는 그의 두 다리가 불구가 되었을 때, 가장 먼저 생각했던 것이 자살이었다. 그 항구가 나타나기 전까지 그는 줄곧 죽음을 갈망해왔다.
　아! 이 고즈넉한 밤에 죽는다는 것은 얼마나 홀가분한 일일까! 그때 그는 죽음을 생각했다. 결코 작가나 기자들이 상상했던 것과는 달리 자신이 이 세상을 위해 더 이상 어떠한 공헌도 할 수 없으리라는 절망감 때문이었다. 아니다! 그는 적어도 영웅적 기질을 갖고 있지 못한 사람으로 죽기만을 원했다. 사실은 더 이상 아무것도 가질 수 없다고 생각했기 때문이었다. 무엇을 가질 수 없나? 그것이 무엇이었을까? 분명하지 않았다. 스무 살의 나이에 청춘의 문이 열리려는 순간 바로 닫혀버렸다. 그 신비롭고 행복했던 생활이 그에게 다가와 매혹적인 색채를 드러내는 순간, 그에게서 이내 곧 멀어져 갔다. 더 이상 그와는 인연이 없었던 것이다.

만약 자신이 사람이 아니었다면, 만약 인간 세상에 본래 행복한 생활이 존재하지 않았더라면 더 좋았을 것이다. 청춘의 문 앞에 다다랐을 때, 사람의 신분증을 가질 수 없었다. 그의 신분증에는 죄인의 이마에 찍는 인두 자국 같은 '장애'라는 글자가 찍혀 있었다. 그 문 안에서의 생활이 아름답고 눈부시더라도 당신은 문밖에 서서 그저 바라만 보다가 비켜설 수밖에 없다. 외로운 지붕 밑으로 가는 것이다.

차라리 인간 세상 이외의 곳으로 가는 편이 낫지 않을까? 사람도 귀신도 아닌 이 육체에서 벗어나는 편이 낫지 않을까? 결국 이렇게 되는 것이다. 아! 아무도 없으니, 이 고요한 밤에 자신에게 솔직해지자. 공헌이라고? 나 자신이 배제된 '행복한 생활'을 위해 열심히 공헌하기를 원하는 사람은 아무도 없을 것이다. 적어도 그는 그랬다.

그는 작은 새우처럼 수술대 위에 누워 있었다. 의사들은 그의 등 뒤에서 척추를 검사하고 있었다. 이번이 여덟 번째였다. 어쩌면 쉽게 제거할 수 있는 종양이지 않을까? 의사들은 그런 의심을 포기하고 싶지 않았다. 아니, 그런 희망을 버리고 싶지 않았다. 그는 약 선반 위에 있는 주사약, 알약, 물약 등의 약병을 보았다. 약 이름이 잘 보이지 않았다. 만약 쉽게 제거되지 않는 종양이라면, 수면제 한 병을 마시고 싶었다. 의사는 그의 허리에 요오드 팅크와 알코올을 발라주었다. 매우 차가웠다. 그는 죄인처럼 판결을 기다리고 있었다. 그는 많은 사람들이 왜 그토록 사형을 두려워하는지 이상했다. 그는 사형을 원할지언정, 무기징역은 거부하고 싶었다. 쉽게 제거할 수 있는 종양이기를 바랄 뿐이었다. 아니면, 차라리 암이든가! 약장의 유리문을 통해, 창밖의 푸른 나무와 먼 산이 보였다.

푸른빛, 녹색 빛, 회색 빛, 검푸른 빛의 먼 산. 그는 저 산 들판 위에서 뛰어놀던 적이 있었다. 비가 갠 이후의 산길은 미끄러워서 어머니는 여동생의 손을 잡고 조심스럽게 그의 뒤를 따라 걸었다. 그는 두 사람 보다 앞서 걸었다.

"이쪽으로 오세요. 여긴 안 미끄러워요!"

그는 앞에서 길을 열어주었다. 미끄러지는 게 무섭지 않았다. 다리뿐만 아니라 온몸에 힘이 넘쳤기에 사뿐히 뛰어다니며 진짜 사나이처럼 매우 쉽게 산을 올랐다.

"여기에요! 여기에 큰 버섯이 있어요."

그는 소리쳤다. 당시 여동생은 겨우 다섯 살이었다.

"내가 할래, 내가 할래."

여동생이 소리치며 말했다.

그는 여동생을 안고 버섯을 캐러 산비탈을 걸었다. 그는 어머니의 자랑스러운 아들이자 여동생이 의지할 수 있는 든든한 오빠였다. 그 이후는? 미래는?

그는 바늘이 연골을 찌르는 소리와 의사의 목소리를 들었다.

"좋아요. 움직이지 말아요!"

그는 꼼짝하지 않고 온몸이 긴장된 상태로 쉽게 제거할 수 있는 종양이기를 하나님께 기도했다. 그는 먼 산 위에 우뚝 솟은 산봉우리를 보며 마음속으로 소원을 빌었다. 만약 다리가 완치된다면 가장 먼저 하고 싶은 일이 바로 저 산꼭대기를 단숨에 뛰어 오르는 것이었다. 어머니를 부축하고 여동생의 손을 잡고 함께 오르는 것이었다.

"만약 종양이라면 쉽게 제거할 수 있어요. 장애인이 되지는 않을 겁니다."

그는 젊은 여의사의 말과 표정이 자꾸 떠올랐다. 여의사는 그를 위로하고 싶었거나 그에게 다른 준비를 하라는 암시를 주고 싶었던 것이다. 다른 준비? 당연히 죽음이었다!

"숨을 내쉬세요. 숨을 들이쉬세요. 숨을 참으세요……."

그의 배와 목을 눌렀다.

"척추 속은 막힘 없이 잘 통해요. 문제 없을 거예요."

의사가 말했다.

"확실한 건 종양이 아니라는 겁니다."

드디어 그 무서운 소리가 들렸다.

"다시 말하면, 척추 자체의 원인입니다."

무기징역으로 선고되었다. 하나님은 당신을 보호해주지 않기로 결심했다.

무더운 저녁, 같은 병실에 있던 환자들은 병원 마당으로 나갔다. 나이든 대학생도 휠체어를 타고 함께 바둑 둘 사람을 찾으러 나가고 없었다. 그 혼자 병상에 누워 더위를 피해 시원한 바람을 쐬러 나와 있는 사람들의 떠드는 소리를 듣고 있었다. 한 아이가 노래를 불렀다.

"푸른 하늘 은하수 하얀 쪽배에 계수나무 한 나무 토끼 한 마리……"

그는 침대에서 일어나 창문 밖을 바라보았다. 흔들리는 나무 그림자, 휘영청 밝은 달빛, 마치 신화극 속의 무대배경과도 같았다. "…… 휘날려라. 휘날려라. 하늘 향해 휘날려라……." 마치 연극이 끝나고 난 뒤에 흐르는 천사의 노랫소리와도 같았다.

그는 지금껏 인간 세상이 이토록 아름답고 평화로우며 따뜻하고 안락했었다는 사실을 느껴본 적이 없었다. 그러나 동시에 너무도 어둡고 절망적이었다. 그는 귀신의 혼처럼 인간 세상을 정탐하고 있었다. 부러워할 뿐만 아니라 질투를 하고 있었다. 그는 일어나 정원으로 나가고 싶었으나 두 다리가 계속 떨렸다. 침대와 벽을 붙잡고 필사적으로 예전처럼 걷고 싶었다. 그러나 문 쪽에서 넘어져버렸다. 그대로 땅바닥에 누워 숨을 헐떡였다. 그는 증오하며 천장에 '죽음', '암', '청산가리', 'D.D.V.' 글자를 새겼다. 진심을 다한다면, 하나님이 죽음의 신을 보내어 나를 데리고 갈 것이다! 벽에 전원 콘센트가 있었다. 천장이 높지 않아 손에 닿을 수 있을 것 같았다. 예전부터 담요 밑에 전선줄을 숨겨놓았다. 침대 쪽으로 다가갔다…….

그의 집 근처에 청소부 노인이 살고 있었다. 훗날 그는 바로 이 노인과 함께 거리를 청소하며 매우 깊은 우정을 쌓았다. 노인의 한 팔은 불구였고 허리도 제대로 펼 수 없는 몸이었다. 노인은 과거에 거리에서 담배를 팔았었다. 담배를 안 피우는 사람들도 그의 담배 노점을 지나갈 때면 어김없이 담배 한 갑을 사곤 했다. 그러나 사람들이 아이들을 놀라게 할 때엔 어떻게 했던가? '팔 병신이 왔다!' 혹은 '말 안 들으면, 너를 저 팔 병신에게 보내줄 테다! 팔 병신 노인이 마침 어린아이를 원한다고 하니까!'

그는 침대에서 일어나 그 노인이 아직 삶을 살아가고 있는 것이 이상했다. 또다시 창밖에서 피리 소리와 아이들의 동요 소리가 들렸다.

중학교 체육시간에 제자리 넓이뛰기 시험을 본 적이 있었다. 당시 그 자신도 그렇게 멀리 뛸 수 있으리라고는 상상도 못했다.

"와, 정말 대단하다!"

여학생들은 서로 소곤거리며 몰래 그를 훔쳐보았고 남학생들은 그의 넓은 어깨를 부러워했다. 며칠 동안 계속 좋은 일이 일어날 것만 같았다. 그런 어렴풋한 기억을 병이 나기 전까지 여러 해 동안 계속 갖고 있었다.

대리석 바닥에는 온통 달빛이 자욱했고 둥근 태양의 하얀 반점이 뒤엉켜 흔들거렸다. 나뭇잎 그림자, 그의 희미한 그림자. 내일은 어찌 될까? 내일도 이 땅에는 온통 달빛으로 자욱할 것이고 창밖에서도 노랫소리가 울려 퍼질 것이다. 다만, 그의 그림자만 사라질 것이다. 그의 시체는 다른 곳에 있을 것이다. 그림자는 늘 있는 것으로 그저 영혼의 존재만은 알 수 없을 따름이다. 눈앞에 바퀴벌레 한 마리가 기어가고 있었지만 죽이지 않았다. 그는 어쩌면 하나님에 의해 무의식적으로 죽였을지도 모른다고 생각했다. 아무 생각 없이 죽인다면 한 생명에게 무슨 짓을 하게 되는 것일까!

그는 침대 쪽으로 기어와서 전선줄을 꺼내어 끝쪽 부분의 비닐을 물어뜯어냈다. 그리고 젊은 여의사의 말을 떠올렸다. '때로는 죽는 게 사는 것보다 훨씬 간단한 일이죠.' 그녀의 말이 옳았다. 그는 침대에서 일어나 벽을 잡고 천천히 걸어가 드라이버를 전원 콘센트 안에 넣었다.

우연, 그는 우연은 참 기이한 것이라고 여겼다!

그는 살아 있었다. 자신의 움직이는 그림자를 향해 휘파람을 불고 있었다. 쓴웃음처럼 그 그림자는 여전히 크고 바르게 움직이고 있었다. 어떤 사람은 여의사가 사람을 자극해서 더욱 분발하게 만든다고 생각할 것이다. 사실은 전혀 상관없는 일이었다. 물론 여의사에게 감사해야 한다. 그러나 그때 그는 죽지 않았다. 순전히 우연 때문이었다. 그는 실수로 드라이버로 지선과 화선을 동시에 건드렸다. 병실 안은 순식간에 아무엇도 보이지 않았다. 간호사들은 놀라 소리쳤고 그는 재빨리 병상으로 되돌아왔다. 그 전선 줄은 문 쪽에 버려졌다. 그 다음 날, 전선줄은 위생사들에 의해 칭칭 감겨 버려졌다. 다리를 움직이지 못했기에 목을 맬수도, 건물 밖으로 뛰어내릴 수도 없었다. 그 그림자는 지금도 움직이며 비둘기를 찾아가고 있었다.

그는 퇴원 후에 죽음의 신을 찾아간 적이 있었다. 아니다! 먼저 일자리를 찾으러 갔었다.

초라한 지식청년 하방(下放)[7] 사무실, 노동부가 있는 낡고 어두운 작은 건물, 구위원회의 중국식 대저택.

지식청년 하방 사무실 주임은 절름발이 젊은이를 도와주고 싶어도 힘이 미치지 않는 듯이 한숨을 내쉬며 꺼질 듯 말 듯한 난로 속 석탄을 찌르고만 있었다. 노동부 과장 앞에 있는 테이블 위에 유리판이 있었는데, 그가 늘 그 속에서 무엇을 찾는지는 알 수 없었다. 사실 차가운 녹색 빛만 있었다. 대머리 상임위원은 계속 손톱만 깎고 있었다. 아마 그 손톱깎기를 무척 아끼는 것 같았다.

절름발이 젊은이는 이 일들을 회상하고 싶지 않았다. 설령 많은 세월이 흘렀다 해도 그 일들을 떠올리기만 하면 바로 주먹으로 멀쩡한 얼굴들을 때려서 비뚤게 만들어 버리고 싶다는 사악한 생각이 들기 때문이었다.

절름발이 젊은이의 어머니는 미소를 띤 얼굴이었지만, 눈에는 눈물이 가득 고여 있었다. 절름발이 젊은이는 사무실 계단 밑에 쭈그리고 앉아

---

7) 중국 문화대혁명 시기 지식인들이 사상개조를 위해 농촌이나 광산 등지로 노동하러 가는 일.

있었다. 그 높고도 높은 계단을 오를 수 없었기에 그저 어머니가 허리를 굽히고 그들에게 사정하는 모습과 대머리 상임위원의 손톱 깎는 모습, 그의 움직이는 구두만 보였다. 대머리 상임위원은 밖으로 나와 절름발이 젊은이의 어깨를 두드리며 말했다.

"왜 그런가, 젊은이! 이렇게 나약해서야."

절름발이 젊은이는 하마터면 그에게 한바탕 욕을 퍼부을 뻔했다. 어머니는 그저 이렇게만 말했다.

"우리 아들이 다리를 다쳤지만 상체는 그래도 괜찮으니 일을 할 수 있답니다."

대머리 상임위원도 그저 이 한마디만 할 뿐이었다.

"좀 기다려 보시라니까요."

"기다리다가 나까지 대머리가 되라고요?"

절름발이 젊은이가 말했다.

어머니는 황급히 사람들에게 사과를 했다. 그 당시 어머니는 살아계셨다.

칼이나 총으로 말을 하는 것들이 피를 흘리는지 좀 봐야겠다!

아! 그 일에 대해 생각하지 말자. 생각하지 말자. 이 세상은 무감각은 아니더라도 냉정함은 필요하다.

"그 사람들은 다 좋은 사람들이네. 인간이란 본래 좋은 사람이 되기를 원하기 때문이지."

훗날 절름발이 젊은이가 자주 청소부 노인과 그 일에 대해 얘기할 때, 노인은 이렇게 말하곤 했다. 노인의 말이 어쩌면 옳을 것이다. 세상은 본래 칼과 총에 의해 혼란스러워지고 어리석음에 의해 광분하며 또한 광분에 의해 어리석어지는 것이다.

그는 결국 일자리를 찾지 못했고, 매우 오랫동안 일을 하지 못했다. 어느 가을날 밤, 그는 지옥에서 나와 인간 세상으로 나아가듯 목발을 짚고 집을 나섰다. 목발은 가면이었고 비틀거리는 두 다리는 일종의 주석이었다. 그는 거리를 지나가는 사람들이 그를 주시하며 몰래 그에 대해 소곤거리고 있다는 것을 느꼈다. 또한 사람들이 그를 볼 가치가 없기에 일상에 대해 이야기하고 있을 거라고도 생각했다. 남자들은 날듯이 자전거에 올랐고 여자들은 사과나무에 대해 진지하게 이야기를 했으며 아이들은 꽥꽥거리고 우는 장난감 새끼 오리를 끌고 지나가고 있었다.

그는 자신이 처음부터 태어나지 않았던 것처럼, 모든 만물이 존재하지 않았던 것처럼, 가벼운 연기를 타고 아무 소리 없이 사라지기를 희망했다. 머지않아 곧 그날이 올 것이다. 그는 외지고 조용한 길로 들어갔다. 마땅히 외진 곳을 찾아야 했다. 사람들에 의해 밀쳐 넘어져 엉망진창이 되는 모습을 보여줄 수 없다. 그는 빠르게 지나가는 버스를 보고 있었다. 무거운 바퀴에는 정교한 무늬가 있었다. 길 위에 빨간색 두 줄이 찍혔을 때, 그는 일자리마저 없었기에 고민거리도 없었다. 하지만 그 빨간색 두 줄은 정말 보기 싫은 것이었다.

땅에 나동그라져 온몸이 흙과 피로 뒤범벅이 되어 마치 바보 같았다. 얼굴은 비뚤어지고 눈은 튀어나온 상태로 역시 바보 같았다. 사람들에 의해 들대에 실려 한쪽으로 버려져 거적으로 덮어졌다. 사람들에 의해 아무 곳에나 놓이는 쓸모없는 인간이었다. 아니다! 이토록 멀쩡한 상태로는 죽을 수 없었다. 죽으려고 하는데 존엄을 잃을까 봐 두려웠다. 그는 길가의 우체통에 기대어 자신을 미치게 했던 일들을 애써 생각하고 있었다. 이렇게 살아봤자 무슨 존엄을 유지할 수 있을까? 문학적 시각에서 보면, 오히려 팔 한쪽이 불편한 청소부 노인이 칭찬받을 만한 사람이었다. (그 당시, 절름발이 젊은이는 아직 청소 일을 하지 않았고 노인과도 그다지 친하지 않았다.) 그러나 어느 누가 늘 그렇게 문학적 시각으로만 사람을 평가하겠는가? 사람들의 생활에 대한 요구는 현실성에 치중한다.

절름발이 젊은이는 서른의 나이에 부모의 보살핌에 의지해야 하는 어느 맹인을 떠올렸다. 또한 그때 그 대머리 상임위원과 사십이 넘은 나이든 대학생도 떠올렸다. 그 나이 든 대학생은 의료 사고로 반신불수가 되어 병원에서 이십 년 동안 입원해 있었다. 그의 애인은 이미 다른 사람과 결혼했는데, 가끔씩 그를 보러 왔다. 그녀가 떠나고 나면, 그는 저녁 내내 아무 말 없이 자기 자신과 바둑을 두었다.

인간은 왜 꼭 굳세게 살아가야 할까? 굳셈을 위해서일까 아니면 살기 위해서일까? 아니면 자신이 다른 사람보다 고통과 시련을 더 잘 이겨낼 수 있다는 것을 증명하기 위해서일까? 고통을 잘 이겨내는 것이 미덕이기 때문일까? 아니면 산다는 것 자체가 훌륭한 일이기 때문일까? 아니면 이 세상에 고통이 있다는 것을 증명해줄 사람이 필요한데, 만약 그런 사람이 없다면, 세상이 완벽하게 보이지 않기 때문에서일까? 아! 인내 아니면 굳셈이며, 이 굳셈은 미덕인 셈이다. 그러나 사람들은 이런 미덕을 칭송하는 동시에 생활의 현실성을 따르게 된다. 사람들은 당연한 듯 일상생활의 것들을 추구하게 되지만, 장애인은 비인간적인 생활을 이겨내기에 순수한 '미덕'이라고 여긴다. 이는 하늘만큼 우스운 희극이다!

절름발이 젊은이는 죽음의 신을 찾으러 갔다. 거리는 조용했다. 깨진 담벼락 위를 비추는 석양의 노을은 눈이 부실 정도로 붉었다. 그가 깨진 담벼락 주위를 배회하고 있을 때, 갑자기 누군가를 부르는 소리가 들렸다. '오빠!' 소리가 나는 쪽으로 고개를 돌렸다. 낮은 지붕의 작은 창문으로 화목한 가족이 보였다. 서너 살 정도 되어 보이는 여자아이가 열서너 살 되어 보이는 남자아이의 어깨 위에서 목마를 타고 있었다. 그 여자아이는 소리를 지르며 "오빠, 빨리 내려줘. 어지럽단 말이야!"라고 외쳤다. 남자아이는 여자아이를 목에 태우고 방 안을 빙글빙글 돌고 있었다. 여자아이의 웃음소리가 절름발이 젊은이의 마음을 쥐어뜯었다.

절름발이 젊은이는 가냘픈 팔로 그의 머리를 감싸며 '오빠! 내려놓지 마!'라고 말하던 여동생, 얼굴에 혈색이 하나도 없는 어머니가 간청하듯이 그를 바라보고 있었던 일을 떠올렸다. 예전에 어머니는 늘 다른 사람에게 자신의 아들을 자랑하고 싶어 하셨다. 그의 이런 미친 생각들은 온몸에 힘이 풀리게 했다. 여동생은 여전히 어렸고 어머니는 서서히 쇠약해져 갔다. 더 이상 어머니의 마음에 그토록 무서운 그늘이 지게 할 수 없었고 여동생의 어린 영혼에 그토록 큰 충격을 줄 수는 없었다.

그때 그는 죽지 못했다. '우연' 때문이 아니었다. 이 세상에 당신을 필요로 하는 사람이 있다면, 당신은 죽음의 신이 오지 못하도록 할 것이다. 이성 때문인지 아니면 감성 때문인지 분명히 말할 수가 없다. 아마도 죽음의 신의 최초의 적은 감성이었을 것이다. 세상에 가장 견고한 것은 감성인 것이다. 물론 굳게 맹세한 사랑을 가리키는 것은 아니다.

그때 그는 죽지 않았다. 결코 죽기 싫어서가 아니라 자신에게 좀 기다려보자고 타일렀던 것이다. 여동생이 다 자라고 어머니가 돌아가실 때까지……

그 여인이 그의 인생에 다가왔을 때까지 그랬다.

그녀가 왔을 때, 그는 비로소 서서히 죽음의 신으로부터 냉정해졌다. 그저 그렇게 된 것이었다. 당신이 당신을 간절히 원하는 사람을 위해 살아간다면, 당신의 삶은 고결해질 것이다. 그 고결함으로 당신은 작은 위안을 얻게 될 것이다. 동시에 당신은 표면적인 낙관적 정신과 굳센 의지를 실천할 수 있지만, 마음속 깊이 숨겨져 있는 고통, 번민, 원망, 분노로부터 벗어날 수 없다. 즉, 죽음의 신이 당신의 마음을 좀먹고 있는 것이다. 다만, 당신이 저 아름다운 인생도 당신의 것이며 당신과 다른 사람이 평등하다고 느낄 때, 비로소 당신의 마음속에서 진정한 희망이 솟아오를 것이다.

'사는 게 죽는 것보다 더 어려워요. 당신이 겁쟁이인지 아니면 사나이인지 지켜보겠어요.' 아니다. 이것은 화를 낼 일이 아니다. 참는다고 다 낙관적일 수 없듯이 화를 낸다고 해서 강해질 수 있는 것이 아니다. 만약 마음속에 사막과 메마른 우물만 있다면, 화를 내거나 참는 것은 오히려 열등하고 아둔한 영혼을 만드는 길이다. 긍정은 긍정적인 기초가 있기 때문이다. 절망은 절망적인 처지가 있기 때문이다.

그는 예전에 운이 좋았던 때도 있었다. 굳셈과 긍정은 동일하다는 것을 알고 있다. 죽음은 극복하는 것이 아니라 망각하는 것이다.

마차가 하늘에서 내려와 나를 내 고향으로 데려가네
마차가 하늘에서 내려와 나를 내 고향으로 데려가네……

6

　문손잡이가 움직이더니 병실 문이 열렸다. 절름발이 젊은이는 먼저 활짝 핀 해당화 한 송이를 보았고 그 다음에 그녀를 보았다. 그녀의 볼은 차가운 바람에 발갛게 상기되어 있었고, 목에는 연푸른 빛의 얇은 스카프를 두르고 있었다.

　병원에 또다시 입원했을 때의 어느 봄날 저녁이었다.

　그녀는 살금살금 들어와 그의 침대 앞으로 다가갔다.

　"누굴 찾으세요?"

　"바로 당신이요."

　그녀는 웃으며 해당화 한 송이를 들고 말했다.

　"쉿! 훔쳐온 거예요. 밖에 꽃들이 활짝 피었거든요."

　"하지만, 전…… 처음 뵙는 것 같은데요……."

　"당신이 쓴 시를 읽어 본 적이 있어요. 거의 다 외울 수 있을 정도죠."

　"제가 쓴 시를 어디서 구하셨죠?"

　"다른 사람에게서요."

　"그 사람이 누구죠?"

　"당신도 저도 아는 사람이요. 시가 너무 슬퍼요. 그렇지 않은 것도 있지만요."

　그녀는 끊임없이 꽃향기를 맡고 있었다.

　"꽃을 어디에 꽂을까요?"

　같은 병실에 있던 환자들이 그와 그녀를 유심히 지켜보고 있었다. 트럼프를 치는 사람은 여전히 트럼프를 치고 있었고, 책을 읽는 사람은 여전히 책을 읽고 있었다. 그러나 다들 작은 소리로 이야기했고 눈빛은 그와 그녀 쪽을 향하고 있었다. 그는 조금 당황해서 어쩔 줄을 몰랐다. 주위 사람들이 어떻게 생각할까? 간호사들은 소곤거리며 입을 삐죽거리고 웃을 것이다. 그 순간 그의 머릿속에서 무수한 개념과 기준이 떠올랐다. 그러나 이 모두는 다른 사람들의 머릿속에서 만들어진 것이 아닌가!

"꽃병이 있나요? 찻잔도 좋아요."

그녀는 꽃을 들고 있었다.

"아니요. 필요 없어요."

그는 우물쭈물했다.

"네??"

그녀는 놀랐는지 멍하니 그를 쳐다보았다.

"당신에게 주려고 꺾은 거예요. 밖에 꽃들이 활짝 피었거든요!"

그녀는 다른 것을 강조하며 말했다.

"전…… 꽃을 싫어해요. 게다가 꽃을 데도 없고요……."

그 시절은 사랑과 영웅이 대립되는 시대였다. 여전히 영웅과 굳셈, 굳셈과 금욕을 동등한 가치로 취급한 시대였다. 그리고 사랑을 부끄럽게 여기는 영웅만이 숭배를 받았던 시대였다. 인간은 자신의 현실적 장애를 깨달았을 때, 더욱 영웅이 되고 싶어 한다. 자존심을 지키기 위해 다른 한편으로 일종의 방패를 찾기 위해서이다. 이 방패는 매우 유용해서 많은 것을, 심지어 인간의 감정까지도 막을 수 있다.

그녀는 해당화를 책가방에 쑤셔 넣었다.

그날 그녀는 말을 많이 하지 않았다.

그는 어떠했나? 그의 본심은? 줄곧 해당화를 생각하고 있었다.

그는 그녀가 또 와주기를 바랬다. 그러나 당시 그에게 물었다면 그는 부인했을 것이다. 그는 그녀가 다시 와주기만을 기다렸다. 처음에는 그 자신조차도 몰랐다.

해당화는 다시 피겠지?

그는 힘겹게 걸으며 주위에 새까만 나뭇가지들을 보고 있었다.

그는 자신의 운명이 나쁘다고만은 여기지 않았다. '하나님도 공평해야 한다.' 그는 혼자 중얼거렸다. 살면서 운이 좋을 때도 있는데 사람들은 늘 자신의 운이 좋았던 때를 잊어버린다. 그는 자신이 예전에 운이 무척 좋았었다고 생각했다.

그는 원래 메마른 우물 속에 빠졌었다. 그때 갑자기 우물 입구에서 사람 소리가 들렸다. 그들은 하마터면 그를 지나칠 뻔 했고, 그는 우물 바닥의 영웅이 될 뻔 했다. 몇 가지 개념 때문에 자신의 가슴을 짓눌러 죽일 뻔했다. 진정 그의 운이 좋을 차례였다. 그녀는 며칠이 지나자 다시 왔다.

그가 서서히 죽음의 신에 무뎌질 때, 그는 비로소 '영웅'이 말한 인정해서는 안 될 일을 인정했다. 그 해당화에 대해 또 얘기를 하자면, 훗날 그녀는 그 일로 인해 거의 울 뻔했었다고 한다.

"어렵게 훔쳐온 거예요. 정원에 사람이 늘 지키고 있어서……."

그녀가 말했다. 정말 우스웠다. 분명 아침부터 저녁까지 죽음의 신에게 구원을 간청했던 그가 마치 연기를 하듯이 '영웅'을 모방할 줄이야! 아! 누구도 누구를 모방하지 말자. 사람들은 그녀처럼 그렇게 자신의 소망대로 살아간다.

그녀는 그의 작은 방 창문 앞에 서서 작은 소리로 콧노래를 불렀다. 하늘 위로 비둘기들이 날고 있었다. 비둘기 소리가 마치 전자 오르간 소리

같았다. 그녀가 부르는 노랫소리는 매우 아름다웠다. 그녀의 노래는 야
생화, 나무 그루터기, 푸른 잔디 위의 송아지, 여름날의 자작나무, 하얀
나무줄기를 떠올리게 했다.

그는 침대 위에 누워 그녀의 뒷모습을 보며 그녀가 어떤 표정을 짓고
있을지를 상상했다. 그리고 그녀가 영원히 행복하길 빌었다. 그는 시를
쓴 적이 있었는데, 결말 부분의 두 문장은 이러했다. '작은 창문을 살포
시 열어 봄의 경치를 감상하네, 인간 세상의 저녁 빛에 매혹되네.' 병원
에 입원했을 당시에 쓴 것이었다. 훗날 그 시를 발견한 그녀는 한참 동
안 아무 말 없이 만년필로 내 손등 위에 마구 낙서를 했다. 인간 세상, 인
간 세상, 인간 세상……

"왜 그렇게 생각하죠?"

그녀가 물었다.

"그냥 막 쓴 거야."

그가 말했다.

지금 그녀의 뒷모습을 보며 그녀가 그 시가 내포하는 진정한 의미를
영원히 이해할 수 없기를 바랐다.

그가 힘겹게 몸을 옮기는데, 침대가 삐걱거리며 요란한 소리를 냈다.

창가 앞에 서 있던 그녀가 몸을 돌리려 말했다.

"도와드릴까요?"

"아니야. 계속 불러."

"저 노래 잘해요?"

그녀의 얼굴이 조금 붉어졌다.

그는 문득 그녀의 행복을 위해 자신이 해야 할 일이 무엇인가를 생각

했다.

비둘기 소리가 멀어졌다가 다시 가까워졌다. 하늘은 바다 같고 비둘기는 새하얀 돛단배 같다. 어릴 적 집 근처에 초등학교가 하나 있었다. 창밖의 아침 햇살이 그의 눈을 비추면 풍금 소리와 아이들의 노랫소리가 들려왔다. 그는 조용히 누워 눈을 뜬 채로 듣곤 했다. 세상은 그토록 맑고 평화로우며 기이하고 신비로웠다. 그는 자신이 마치 어린 시절로 되돌아간 것 같았다.

그는 지금까지도 그때의 순수했던 느낌을 기억하고 있었다. 그것은 죽음의 신과 동일한 것이 아니었다.

그는 가로등이 환하게 켜져 있는 큰 길을 걸었다. 반짝이는 길은 마치 강물처럼 길 양쪽의 경물을 비추었다. 살수차가 막 지나갔다. 길가에 모든 상점들은 이미 문을 닫았는데, 한 사진관 쇼윈도에만 불이 켜져 있었다. 희미한 불빛 아래 면사포를 쓴 한 신부가 서 있었다. 절름발이 젊은이는 이곳이 왠지 낯설지 않았지만 정확히 어디인지는 알 수가 없었다. 사진관 쇼윈도 안에 있는 신랑은 검은색 양복을 입고 있었는데, 표정이 매우 엄숙하여 마치 장례식에 참석하는 사람 같았다.

"우리 두 사람 중 과연 누가 먼저 죽을까요?"

"그때 가봐야 알겠지."

"정말 나빠요. 솔직하게 말해주세요."

"그럼 내가 먼저 죽는 편이 낫겠어."

"어머! 나 혼자만 남겨 두고요?!"

"그러니까 그때 가봐야 안다니까."

"왜요?"

"이성적으로 생각하면, 당신이 먼저 죽는 게 낫겠지."

"뭐라고요?"

"아이고, 살살 꼬집어. 꼬집고 싶거든 허벅지를 꼬집든가, 팔은 제발 꼬집지 마. 죽는 것도 사는 것과 마찬가지로 좋은 거야."

"다시 한 번 말해 봐요!"

"그러니까 내가 남는다면 앞으로 살아갈 날들에 대처할 능력이 당신보다 더 강하다는 거지."

그녀는 한참 동안 아무 말도 하지 않고 서 있었다.

"그럼…… 당신이 먼저 죽을 수 있잖아요."

"좋아. 기꺼이 그러지."

"그러지 마세요. 차라리 함께 죽는 게 낫겠어요. 동시에요."

"오! 그럼 운이 따라야 겠군."

그녀는 갑자기 크게 웃기 시작했다.

"우리가 무슨 얘기를 하고 있는지 모르겠네요."

절름발이 젊은이는 사진관 쇼윈도를 지나 계속 앞으로 걸어갔다.

고요한 길 위로 절뚝거리는 발자국 소리가 들렸다.

그는 주머니에서 동전을 만지작거리다가 꺼내어 또 위로 던졌다. 동전이 평평한 길 위로 굴러떨어졌다. '보리 이삭이기를…….' 그는 속으로 빌었다. 가까이 가서 보니, 정말 '보리 이삭'이었다. 하지만 아깝게도 동전을 던지기 전에 미리 맞추지 못했다. 그는 늘 동전을 던졌다. 판단하기 어려운 일이 생기면, 동전 던지기를 생각했다. 어느 날인가 '디엔즈'가 병이 나서 아무것도 먹지 못한 적이 있었다. 청소부 노인은 '디엔즈'를 수의사에게 데려가 진찰을 받게 했다. '디엔즈'에게 약을 먹이고 노인과 그는 '디엔즈' 곁에 앉아 있었다. 또 무엇을 할 수 있을까? 할 만한 것들은 다 해보았다. 그는 또 연거푸 동전을 던졌다.

"아저씨는 안 믿으시죠?"

"왜 안 믿겠나?"

노인이 말했다.

"안 믿으시잖아요. 늘 그렇게 동전을 버리시면서. 안 믿으시잖아요. 전 믿어요. 전 안 버릴 거예요."

이 길은 어째서 이처럼 낯설지 않을까? 그리고 저 큰 굴뚝. 아! 그는 떠올렸다. 이 근처에 그와 그녀가 늘 함께 놀러 왔던 입장료를 받지 않던 황폐한 작은 공원이 하나 있다는 사실을. 이 공원에는 사람들에게 뭔가를 알려주기 위해 동으로 만든 큰 벽시계가 반년 동안 흙 속에 묻혀 있었다. 마치 일부러 그곳에 서 있는 것처럼.

"어제 밤에 꿈을 꿨어요."

"나는 꿈을 열 번이나 꿨어."

"꿈에서 무엇을 보았나요?"

"난 늘 꿈속에서 꿈을 꾸는 걸."

"진실을 말하세요!"

"음, 꿈속에서 당신과 어느 작은 공원을 거닐었지. 길 양쪽엔⋯⋯."

그는 길 양쪽의 가로수를 가리키며 말했다.

"이건 무슨 나무지?"

그녀는 고개를 돌려 나무를 보며 말했다.

"몰라요."

"길 양쪽은 '몰라요'. 잔털이 많은 꽃들이 바람에 나부끼어 우리 두 사

람의 얼굴을 가렸지. 그리고 당신이 어젯밤에 꿈을 꿨다고 말했고 나는
꿈을 열 번이나 꿨다고 말했지."

"제멋대로 꾸며낸 거죠?"

그는 정말 꾸며낸 것이 아니라 지금 이 순간이 꿈을 꾸는 것 같았다.

"꿈속에서 당신 주머니에 담배 한 갑이 들어 있었어요."

그는 재빨리 주머니를 만졌다.

그녀는 담배를 빼앗아 쓰레기통에 버렸다.

"겨우 한 대만 폈는데!"

"당신이 다 필 때까지 기다릴 수 없어요."

공원 오솔길 끝에는 동으로 만든 커다란 벽시계 하나가 놓여 있었고
시계 근처에 한 노인이 눈을 멀뚱멀뚱 뜨고 무언가를 보고 있었다.

그녀는 작게 웃었다.

"보세요. 저 할아버지가 뭘 보고 있는지."

노인이 보고 있는 곳에는 알록달록한 것으로 가득 차 있었는데, 서로
바짝 붙어 있는 한 쌍의 연인이었다.

그는 재빨리 할 말을 찾았다.

"꿈속에서 뭘 봤지?"

그는 그와 그녀 사이에 넘을 수 없는 선이 있으며 그것을 넘으면 재앙
이라는 것을 본능적으로 예감했다.

"오! 꿈에 당신이 죽었어요."

"그럴 리가."

"하지만 또다시 살아났죠."

"내겐 그렇게 큰 복이 없다는 걸 잘 알아."

"당신이 어떻게 살아났는지 맞춰보세요."

"우리 집에 홍등을 전해줄 사람은 없어."

그녀는 또 한 번 크게 웃었다.

그는 그녀가 아이처럼 미치광이처럼 마음껏 웃을 수 있게 해주고 싶었다. 하지만 이번에 그녀는 억울한 듯 바로 웃음을 멈췄다.

"내가 어떻게 살아났지?"

"말해주지 않을 거예요."

"왜?"

"당신은 진지하지 않으니까요."

어떤 이유에서인지 언제부터인지는 모르지만, 그는 늘 그녀 앞에서 '흐트러진 모습'이고 싶었다. '진지한 태도'를 필요로 하는 곳은 너무도 많았다. '진지한 태도'는 가면이다.

어른의 키만큼이나 큰 낡은 벽시계의 아랫부분이 흙 속에 비스듬히 박혀 있었고, 몸체는 녹이 슬어 빛깔이 파랗게 변해 있었다. 그 노인은 떠났고 그와 그녀는 마주 잡은 손을 흔들며 노래를 불렀다.

그녀는 벽시계의 다른 쪽에 서서 그에게 물었다.

"〈백설공주〉를 읽은 적이 있어요?"

"여자 주인공이 살얼음을 남자아이의 눈에 넣어서 남자아이가 얼음으로 변했다는 그 이야기 말이야?

"그런 이야기도 있어요?"

그녀는 벽시계 뒤에서 몸을 돌리더니 이상한 듯 그를 보았다.

"계속 말해보세요."

"남자아이가 얼음으로 변하자 가족들은 그를 몰라보게 되지. 그 후 남자아이의 어릴 적 친구인 한 꼬마 아가씨가 남자아이를 찾게 되는데, 자신의 눈물로 남자아이의 눈 안에 있는 살얼음을 녹여주지. 어때? 꼬마 친구, 재미있나?"

그녀는 한참 동안 아무 말이 없었다.

그녀는 늘 동화 이야기에 빠져 있었다. 항상 그에게 〈빨간 모자〉, 〈피노키오〉, 〈일곱 빛깔의 꽃〉 등을 흥미롭게 들려주었는데, 그에게는 늘 신선했고, 그녀도 누군가에게 처음으로 이야기해주는 것 같았다. 그녀의 이야기할 때의 모습은 마치 어린아이 같았다. 그가 글을 쓸 수 있도록 격려해주는 그녀의 강인한 모습과는 완전히 상반된 모습이었다. 그녀의 출렁이는 머리카락은 석양의 노을에 황금 빛깔로 물들었고, 그녀의 눈동자 빛은 더욱 깊어져 갔다.

공원 뒤쪽은 온통 고요한 푸른 잔디밭이었다. 공원 숲 속에서는 누군가 나팔과 호른을 불고 있었는데, 소리가 끊겼다 이어졌다 했다. 그 소리는 산골짜기와 들판을 떠오르게 했다. 그녀의 눈빛은 다른 세계에서 자유롭게 여행하는 것 같았다.

한참이 지난 후에야 그녀는 다시 현실로 돌아왔다.

"또 다른 이야기의 〈백설공주〉를 들려주고 싶어요. 백설공주와 일곱 난쟁이에 대해 알고 있죠? 백설공주가 죽자 왕자가 나타나 그녀에게 키스를 하죠. 그리고 그녀는 다시 살아나죠."

"물론 알고 있어. 나쁜 마녀가 독이 든 사과를 가지고 와서……."

그는 문득 깨달았다. 그녀가 무슨 꿈을 꾸었는지, 자신이 어떻게 살아났는지를 알게 되었다. 갑자기 마음이 무거워지다가 다시 홀가분해졌다.

그들은 조용히 앞으로 걸어가고 있었다. 그는 언젠가 눈앞에 펼쳐진 경치를 본 적이 있는 것 같았다. 어느 여름날, 이러한 바람과 이러한 석양 노을이었고, 저 멀리 보이는 옛 궁전 처마 끝에도 비둘기 몇 마리가 앉아 있었다. 하지만 이 작은 공원에 온 것이 분명 오늘이 처음이었다. 그저 이것이 전생의 일이 아니라 다음 생애의 일이기를 바랄 뿐이었다. 만약 다음 생애가 있다면 좋을 것이다. 그는 반드시 그녀를 다시 찾을 것이다. 이번 생애에서는 이룰 수 없는 일이고 모두가 한낱 꿈일 뿐이다. 모두가 일어나서는 안 될 일이었다. 다른 사람에게 부담이 되어선 안 된다. 그녀의 일을 더 이상 미루면 안 된다. 그로 인해 그녀 가정의 평화를 깨트릴 수는 없었다. 살아서도 안 되고 죽어서도 안 되는 노릇이었다.

그들은 야초가 무성한 공원 언덕 위에 앉아 서서히 지고 있는 석양을 바라보고 있었다. 그들은 아무 말도 하지 않았다. 여인은 그가 무슨 생각을 하고 있는지 알 수 없었다. 그는 만약 자신이 소설가가 된다면, 영웅이 된다면, 어쩌면 그녀의 부모님이 동의를 할지도 모른다는 생각이 들었다.

그것은 정말 훌륭한 생각이었지만, 지금 생각해보면, 웃을 수도 울 수도 없는 노릇이었다. 그러나 지금까지도 당시의 그런 생각이 부끄럽지 않다고 여겨왔다. 사랑을 위해 영웅이 되고 싶다는 동기가 인간 본연의 순수함이기 때문이었다.

차가운 바람이 더욱 거세지자 구름층이 갈라져 흩어졌다. 밤하늘엔 별들이 가득했다.

비극인 것은 지금까지 글을 많이 써왔지만, 그다지 잘된 것이 없었고 게재되지도 못했다는 것이다. 우스운 것은 당시 그가 설령 소설가가 된다 해도, 영웅이 될지라도, 그녀의 부모님은 동의하지 않을 거라는 사실을 몰랐다는 것이다. 이는 훗날 그녀가 그에게 알려준 것이었다. 그녀의 부모님은 권력 있는 자들에게 아부하는 사람들은 아니었지만, 조금은 독단적이었다.

하지만 그는 마치 마음속의 결말을 위한 듯 계속 글을 써나갔다.

그 후 그는 늘 꿈속에서 유리로 된 높은 벽을 보았다. 그와 그녀는 유리벽을 사이로 양쪽에 서 있었고 서로 볼 수는 있을지언정 만질 수는 없었다. 서로가 상대방을 보며 애타게 외쳐보지만 소리가 들리지 않았다. 벽은 높고 미끄러워서 오를 수도 부숴버릴 수도 없었다. 그녀는 그에게 앞을 가리키며 뛰자고 신호를 보냈다. 입구를 찾으려 했으나 찾을 수 없었고 벽의 끝이 보이지 않았다. 그는 순간 주먹으로 벽을 내리쳤다.

책상 모서리를 친 것이었다. 꿈에서 깨어났다. 창문에 비친 나무 그림자가 가볍게 흔들렸고, 달빛이 커튼 사이로 들어와 방 안을 하얀 빛으로 비추었다. 그는 천장을 보며 다음 생애에는 건강한 몸을 가질 수 있기를 기도했다.

쓰고, 또 쓰고……. 글쓰기에만 전념한 나머지 현실로부터 점점 멀어져 상상의 세계로 빠져 들어갔다.

그의 꿈속에서는 여전히 넓고 깊은 수렁이 보였다. 그녀는 수렁 반대쪽에서 그에게 건너오라고 손짓을 했지만 그는 건너갈 수 없었다. 그녀도 건너올 수 없었다. 그는 수렁 속에서 도시 하나를 발견했다. 그 안에는 촌락마다 옅은 푸른빛의 밥 짓는 연기가 피어오르는 온통 아름다운 집들이 있었다. 그들은 또다시 수렁이 좁아진 곳까지 뛰었다. 그녀는 웃으며 그가 있는 쪽으로 뛰었는데, 하나님, 맙소사! 진흙 늪에 빠져버린 것이었다. 그리고 사라져버렸다.

그는 크게 소리치며 잠에서 깨어났다. 하늘의 별을 보며 조용히 그녀를 위해 기도했다. 가장 반짝이는 별을 보고 백까지 세며 눈을 깜박거리지 않았다. '하나님 지켜주세요'라고 다시 세 번 말했다.

쓰고, 쓰고, 또 쓰고! 마음을 닫아버린 채 잘 쓸 수 있을까! 그저 현실의 시간을 채우기 위한 것이리라. 어쩌면 소위 말하는 '다음 생애를 위한 은덕을 쌓기 위해서'일 것이다. 때로는 인간에게도 신화가 필요하다. 숨을 쉬는 것처럼 아무렇지 않게 미래를 믿는 것이다.

사방은 높은 빌딩으로 둘러싸여 있었고 창문마다 사람들이 머리를 하나씩 내밀고 얼굴마다 비웃음을 띠고 있었다. 그는 꿈속에서 그녀의 집을 찾으러 갔는데, 도저히 찾을 수 없었다. 어느 누구도 그녀의 집을 가르쳐주지 않았다. 건물마다 입구에 호기심에 찬 사람들이 목을 길게 빼고 그를 보고 있거나 그늘에 숨어서 그를 주시하고 있었다. 그는 자신이 발가벗고 걸어가고 있다는 것을 알았다. 불구인 두 다리는 몹시 추해서 걸어가는 모습도 우스꽝스러웠다. 그는 필사적으로 도망가려고 했으나 주위는 사람들로 빽빽하게 에워싸였다. 사람들은 마치 축제를 즐기듯이 신나게 웃으며 노래 부르고 옷자락을 흔들며 비단과 꽃다발을 흔들었다. 기뻐하는 군중들은 원형 경기장처럼, 그를 에워싸고 있었다. 그는 도망갈 곳도 숨을 곳도 찾지 못했다. 그때 갑자기 군중 속에서 누군가 외쳐 댔다.

"바로 저 자요! 저 자가 한 여인의 청춘을 망쳤소!"

사람들은 일제히 아래를 내려다보며 그를 노려보았다. 또 다른 목소리가 들렸다.

"그 여인은 그저 저 자를 동정했을 뿐인데, 저 자는 그 여인의 동정을 이용하려고 했어요."

엄숙한 목소리가 들려왔다.

"한 가련한 여인이 청춘을 잃었어요. 또 다른 여인이 희생되어선 안 돼요!"

그리고 한 노인의 목소리가 들렸다.

"교활한 녀석! 착한 여자를 속이다니. 다들 널 불쌍히 여겼거늘, 네가 이처럼 교활하다면, 누가 다시 널 동정하겠느냐?"

목에 호루라기를 찬 경기장 심판으로 보이는 사람이 군중들을 뒤로 밀며 말했다.

"다들 안심하세요. 어쨌든 저 자와 그 아가씨는 이루어질 수 없어요. 절대로 결국에는 이루어질 수 없을 거예요."

사람들은 뒤로 물러서며 크게 웃어댔다. 마치 서로에게 수수께끼의 답을 전해주듯이 옆 사람의 귀에 대고 소곤거렸다. 그에게만 알려주지 않았다. 그는 자신이 한 마리의 개로 변하고 있음을 느꼈다. 꿈에서 깨어났다. 다행히 꿈이었다. 하지만 꿈인 것만은 아니었다.

사람들의 무서운 말로부터 벗어나는 길은 너무도 어려웠다. 현실로부터 벗어나기 어려운 것처럼 말이다. 만약 당신이 그녀를 떠난다면, 사람들은 당신을 좋은 사람이라고 말할 것이다. 행복을 추구하는 것은 인간의 본성이다. 사람들의 말을 두려워하는 것은 인간이 선천적으로 지니고 태어난 약점이기 때문이다. 행복을 추구하는 것을 포기한다면, 사람들의 말로부터 자유로워질 수 있다. 그러나 마음속에 인내만 남을 뿐이다. 만약 당신이 그 고통을 감내할 수 있다면, 사람들은 당신을 진정한 사내라고 칭찬할 것이다. 그러나 이 진정한 사나이라는 타이틀은 사람들의 혀를 무서워해서 얻어진 것이지 결코 사랑을 얻고 싶지 않아서 얻어진 것은 아니다.

밤하늘엔 별이 가득했다.

그는 별이 가득한 하늘 아래를 걷고 있었다.

끝이 보이지 않는 하늘은 마치 넓고 아득한 바다와도 같다.

발 아래의 지구도 떠다니는 한 척의 배와 같다. 몇십억 개의 노를 저어가며, 몇십억 개의 목소리가 뱃사공의 선창을 따라 흥얼거린다. 이 망망한 바다 위에서 노를 저으며, 무한한 공간 속을 나아간다. 행복을 지향하며 인간은 그렇게 천만 년을 걸어왔다. 인간은 살면서 행복을 꿈꾼다. 이는 어쩌면 우주의 비극이며 고통의 원인일 것이다. 행복을 추구하는 과정은 고통으로 가득하다. 그것이 싫다면, 행복을 추구하지 마라. 인내하고 억압하며 그럭저럭 되는 대로 살아라. 수많은 방패로 자신의 마음을 봉쇄하라. 그 또한 싫다면 죽을힘을 다해 이 무거운 노를 힘껏 저어라. 당신은 둘 중에 하나를 선택해야 한다. 그것은 당신이 살아 있기 때문이다. 행복의 피안세계는 어렴풋하지만 한 쌍의 노를 저어가는 것이 낫다. 그렇지 않다면, 그저 외부로부터의 압력을 참고 견뎌내야 하고 이보다 더한 기쁨은 없기 때문이다. 저어라. 흔들어라. 나아가라. 당신이 살아 있기 때문에. 그러나 억압된 자아의 힘을 모두 이 무거운 '노'에 쓸 필요가 있을까! 구석에 웅크리고 앉아 입술을 깨문 채 울며 힘을 허비해왔다. 노를 저어라, 흔들어라. 비록 행복의 피안세계에 도달할 수는 없을지언정, 적어도 자유의 기쁨을 누릴 것이니.

자존심은 배의 '노'이고, 열등감은 '노' 끝에 첫 번째로 부딪친 거센 파도이다.

이어서 두 번째, 세 번째, 네 번째……. 그가 힘을 내어 배를 저어갈 때, 그 악몽은 거의 현실로 변해갔다.

그들은 늘 함께 있었다. 여인은 보통 저녁에 그의 집으로 왔다. 작은 스탠드 불빛은 어두웠지만 아늑했다. 청소부 노인은 그녀가 오면 그녀가 불편해할까 봐 오래 머물지 않았다.

"더 있다 가세요."

그녀가 말했다. 노인은 고개를 저으며 웃었다. 그녀가 원하지 않는다는 것을 알아차렸기에 노인은 그녀를 탓하지 않았다.

"할아버지가 언짢으셨을까요?"

노인이 떠나자 그녀는 당황하며 그에게 물었다.

"아닐 거야."

그가 말했다.

그녀는 여전히 마음을 놓지 못했다. 그녀는 노인의 멀어지는 발자국 소리를 말없이 듣고 있었고 눈빛도 흐려졌다. 그들은 노인의 처지를 들은 적이 있었다. 시간이 한참 흘러서야 그들은 다른 이야기로 화제를 돌렸다. 그녀는 그와 함께 회사 일, 세상일 등에 대한 많은 이야기를 나누며 웃고 떠들며 시간을 보냈다.

되도록 미래의 일을 생각하지 않았다. 그들의 사랑은 진실했고 그 결과에 대해 생각하지 않았다. 생각해도 잘 몰랐다. 운명은 당신이 생각한 대로 배려해주지 않을 것이기 때문이다.

가장 행복한 시간은 그녀가 야근을 하다가 퇴근할 때였다. 그 다음 날이 주간 근무이기 때문에 그녀는 그의 집에서 정오부터 종일 머물 수가 있었다. 그녀는 웃으며 이야기하다가 연달아 하품을 했다.

"정말 피곤해요. 집에 가서 좀 자야겠어요."

그녀는 이렇게 말해도 여전히 늦은 시간까지 그와 함께 했다. 그가 그녀를 버스 정류장까지 배웅해주는 길에서, 가족들에게 변명할 '초과근무'라는 또 다른 거짓말을 지어냈다. 그들은 이처럼 행복한 날들을 보냈다.

따사로운 햇살이 백양나무 가지 사이를 관통하고 오솔길에 길게 늘어진 나무 그림자는 짧아지고 있었다. 그들은 걷다가 쉬었고 다시 쉬다가 걸었다.

그녀는 갑자기 그의 귀에 작은 소리로 말했다.

"흥, 아직도 만족하지 않나요?"

"뭐라고?"

"난!"

그녀는 쑥스러워하며 웃었다.

"누가 만족하지 않는다는 거지?"

정말 어리석었다. 아마도 그 순간 어떻게 대답해야 할지를 몰랐기 때문이었을 것이다. 그녀는 계속 웃었다.

"그럼 늘 저와 싸울 건가요?"

"싸움이 뭐지?"

그는 조급했다. 그녀는 더욱 의기양양해하며 웃었다. 그들은 때로는 말다툼을 했는데, 소설 속 인물이 마땅히 어떻게 해야 하는지에 대해 서로 얼굴을 붉히면서까지 논쟁을 벌였다. 소위 쓸데없는 걱정이었다.

"그렇게 조급해하지 말고 스스로 만족해하면 되는 거예요."

그녀는 여전히 농담을 하고 있었다.

그는 오히려 진지했다. 그는 자신의 소설이 완성될 수 없을까 봐 두려웠다. 자신이 아무런 능력도 없는 사람이기에 그녀의 사랑을 얻을 자격이 없다고 생각했다. 만약 그녀가 사랑하는 사람이 그가 아니라 그와 비슷한 상황의 사람이었다면, 그도 속으로 그녀를 안타까워했을 것이다.

"어쩌면 난 아무것도 완성할 수 없을 지도 몰라."

그는 한숨을 쉬며 말했다.

"그렇게 생각하지 마세요. 글을 쓸 수 있다면, 그것으로 이미 족한 거예요, 당신이 했던 말을 늘 잊어버리는군요."

그녀는 갑자기 아무 말이 없었고, 그의 말 속에 또 다른 의미가 있다는 것을 느꼈다.

"지쳤어요!"

그녀가 그를 보며 말했다.

"뭐가 지쳤다는 거지?"

그는 그녀가 다소 불안해 보였다.

"모른 척 하지 마세요. 당신 말 속에 있는 또 다른 의미를 말해볼까요?"

그는 더 이상 논쟁하지 않았다. 그녀가 그를 사랑하는 이유가 그가 장래 성공할 수 있고 좋은 글을 써내리라는 확신 때문이 아니라는 것을 잘 알고 있었다. 그러나 그는 억울했다. 그 말 속에 또 다른 의미는 없었다. 그저 자신이 아무것도 할 수 없다는 게 두려웠고 그녀에게 미안한 마음이 들었다. 그는 더 이상 할 말을 잃었다. 가져서는 안 되는 생각이었다. 자신의 마음을 확실히 파악할 수 없었다. 그는 그녀 앞에서는 경건한 신자이자 천진한 아이가 되었다.

그녀는 그가 난감해하는 모습을 보고는 웃었다. 그리고 그도 따라 웃었다.

이러한 날들이 지나갔다.

어느 날인가 그도 똑같이 그녀에게 물었다.

"당신은?"

"제가 뭘요?"

"만족한가?"

"만족이 뭐죠? 오라……. 만족 못해요!"

"……."

"당신도 여자였다면 좋았을 것을."

"뭐라고?"

"당신이 우리 집에서 살면 우리 두 사람은 늘 함께할 수 있지 않겠어요?"

비둘기는 석양 속을 날고 있었다. 석양은 마치 투명한 붉은색 필름 같았고 어릴 적 초롱불을 만들기 위해 종이를 오려서 유리에 붙여 놓은 것 같았다.

그들은 예전에 이런 문제들에 대해 이야기해본 적이 없었다. 그들의 사랑이 어떠한 반대에 부딪히게 될 것을 알고 있었다. 그녀는 또한 효녀이기도 했다.

그들은 결혼 정년기에 접어든 것이 정말 두려웠다. 그녀는 나약했다. 그는 그녀가 부모를 거역할 수 없다는 것을 알았고 그녀 자신도 그럴 수 없다는 것을 알았다. 그녀의 부모는 연세가 많아 고혈압과 심장병을 앓고 있었다. 그는 그녀의 부모가 참 좋은 노인들이라는 것을 알고 있었다. 그녀가 그와 만나고 있을 때, 처음에는 그녀의 부모는 자신들의 딸을 위해 진실하게 한 장애인에게 관심을 갖고 기뻐한 적이 있었다. 만약 그 후에 예상 밖의 발전이 없었다면 두 노인도 그를 돕고 싶어했을 것이다. 두 노인에게는 뜻밖의 일이었다. 그들은 딸이 장애인과 접촉하지 못하도록 좀 더 일찍 막지 못했던 것을 후회하고 있을 것이다. 그는 항상 자신에게 그들을 미워하지 말자고 다짐했다.

> 마차가 하늘에서 내려와 나를 내 고향으로 데려가 주오
> 마차가 하늘에서 내려와 나를 내 고향으로 데려가 주오……

그는 어두운 밤에 잃어버린 비둘기를 찾으러 이 노래를 부르며 걸어갔다.

그것은 멸시받는 사람의 영혼의 노래였다.

한밤중에 그가 부르는 이 노랫소리 때문에 잠에서 깨어난 사람들도 있었다.

가장 무서운 것은 당신 뒤에서 당신을 절름발이라고 놀리는 사람이 아니라 다른 것이다. 그와 그녀가 함께 걸어가고 있을 때, 늘 이상한 눈빛과 마주치곤 했다. 그 눈빛들은 자신들과 비슷한 부분을 찾을 때까지 그와 그녀의 얼굴을 훑고 있었다. 그와 그녀가 형제자매이거나 친척이라고 생각되면, 그 눈빛은 비로소 안심했다. 그렇지 않다면, 매우 의심스러운 눈빛을 보낸다. 사람들이 사랑에 관한 농담을 하고 있을 때, 그는 안심할 수 있었다. 사람들은 결코 그의 사랑을 농담하지 않을 것이고 자

연스럽게 그를 잊을 것이기 때문이다. 이것이야말로 무서운 것이다. 그는 그에 대해 농담을 하는 사람이 있기를 바랐다. 그것은 그들의 사랑에 대한 인정을 의미하기도 했다. 그러나 어떤 사람들이 뒤에서 그들에 대해 이러쿵저러쿵 지껄이는 것이 기이한 소문을 퍼트리고 있는 것 같았다. 남몰래 이야기하는 기이한 소문은 비정상을 의미했다. 이렇게 뒤에서 귀에 대고 소곤거리며 이리저리 이야기하는 것은 그들의 사랑을 훔쳐온 것처럼, 코미디처럼, 기형적인 것처럼 비정상으로 변화시켰다. 정상적인 여론은 없었다. 어떤 이야기이든 말하는 사람이 많아지면, 그것은 곧 진리처럼 되어버렸다.

편견! 본래 멋진 사랑이 고통스러운 소용돌이로 변해가는 것이다. 소용돌이는 직접 당신의 작은 배를 전복시키지 않고 당신의 항구를 파괴하지 않을 것이다. 소용돌이는 법에 저항할 용기는 없지만, 작은 배 주위에 소용돌이를 만들어 배가 고통 속에서 저절로 침몰하게 할 수 있다. 사랑이란 마땅히 행복한 것이기에 사람들은 그것을 추구한다. 그러나 사랑이 난폭한 편견에 짓눌려 변형될 때, 고통의 파도가 밀려온다. 연약한 배의 방향키를 지나치게 질책해서는 안 된다. 누가 그토록 영원히 계속되는 시련을 참기를 원하겠는가?

또다시 야초로 무성한 언덕이었다. 가랑비가 부슬부슬 내렸다. 물방울이 풀잎 위를 구르고 있었다.

"세상에는 좋은 사람이 많아요."

그녀가 말했다.

"물론이지."

"제 말은 세상에는 좋은 여자가 많다는 거예요."

"많겠지. 하지만 그게 나와 무슨 상관이지?"

그 말을 듣고 그녀는 그에게 입맞춤을 했다. 그러나 표정은 괴로워 보였다.

"하지만……."

"하지만 뭐야?"

"아니에요. 저도 모르겠어요."

눈부시게 빛나는 햇살. 들쑥날쑥한 지붕의 검은 그림자가 아스팔트 위를 비치고 있었다. 가끔씩 눈앞에서 눈부신 양산들이 지나갔다. 한 할머니가 나무 그늘 아래서 아이스크림을 팔고 있었다. 두 사람은 아이스크림을 많이 먹었지만 그 맛을 알 수가 없었다.

"당신은 좋은 여자를 만날 거예요."

"난 이미 만났는 걸."

"아니에요."

"내가 그렇다면 그런 거야."

"사실 난 아주 나쁜 사람이에요."

"그것도 내가 그렇다면 그런 거야."

"당신이 아무리 그래도 소용없어요."

소용이 없었다. 법도 소용이 없었다. 무엇이 이 편견에 저항할 수 있는지, 이 편견을 죽일 수 있는지 정말 알 수 없었다.

산은 정말 높았다. 산꼭대기는 온통 새하얀 구름으로 환했다.

"당신과 함께 산을 오르고 싶어요. 저 산꼭대기엔 집이 한 채 있어요."

"나중에 다른 사람과 함께 가. 남쪽에도 산이 많잖아."

산꼭대기에 구름들이 점점 몰려오더니 서서히 회색으로 다시 검은색으로 변했다. 비가 올 것 같았다. 산은 정말 높았다.

"틀림없이 좋은 여자를 만날 거예요. 당신은……."

"그래? 만난들 뭐하겠어."

"그러지 말아요. 전 나쁜 사람이에요. 전 당신이 사랑할 만한 여자가 못 돼요."

그녀는 울면서 그녀 부모의 병에 대해 말했다.

그는 히틀러도 병을 앓고 있었는데, 만약 사람들이 그에게 전 세계를 정복하지 못하도록 했다면, 그는 병들어 죽었을 것이라고 말하고 싶었지만 아무 말도 할 수 없었다. 그것은 너무 지나친 것이었다. 그는 또 다음과 같이 말하고 싶었다. 어떤 사람이 "당신의 머리를 내게 주지 않는다면, 나는 심장병에 걸릴 거예요."라고 한다면, 당신은 어떻게 할 것인가? 당신은 머리를 그에게 줄 것인가 아니면 그를 그냥 죽게 할 것인가? 그는 아무 말도 하지 않았다. 무슨 말도 소용이 없었다. 그는 산꼭대기의 구름을 보았다. 구름의 형태가 점점 변하고 있었다.

"다시 돌아올게요."

그는 그렇게 되기만을 기도했다.

"하나만 허락해주세요. 좋은 여자를 만나면, 저를 잊는다고요."

"그럴 일은 없을 거야."

그녀는 눈썹을 찌푸리며 울기 시작했다. 눈에 눈물이 고인 채 그의 손을 잡았다.

"알겠죠?"

"그럴게."

"날 놀리는군요."

"아니면 당신이 날 놀리는 건가?"

"정말이에요. 알겠죠?"

"정말이야. 당신은 내게 시집올 의무가 없어. 나도 역시 다른 사람을 강제로 내게 머물도록 강요할 수 없고. 나는 조립이 필요한 찻주전자가 아니야. 난 사람이야! 사람이란 말이야!! 내가 얻고 싶은 것을 사람들에게 허락받아야 하나? 다른 사람이 허락하는 것은 미안하지만 그게 좋은 지 나쁜지 잘 모르겠어!!"

그는 그녀를 놀라게 했다. 동시에 그녀가 놀라 당황해하는 얼굴도 그를 놀라게 했다.

지금 그녀가 떠난 지 이미 여러 해가 지났고, 그녀는 결국 돌아오지 않았다.

편견아, 혼자 나팔 불고 북을 쳐라!

한밤중에 깨어난 사람들은 모두 그의 노래를 들었다. 하늘에서 내려 온 마차가 그를 데리고 고향으로 돌아간다는 내용이었다.

여인이 그에게 남겨준 비둘기마저 잃어버렸다. 그는 잃어버린 비둘기를 찾으러 가야 했다. 마을 사람들은 그녀가 주고 간 비둘기가 착한 비둘기라는 것을 알고 있었다.

그는 먼저 편견으로 하여금 활개를 치도록 내버려두자고 생각했다. 이것이 결코 끝은 아닐 것이다! 더 지켜보자! 아직 끝은 아닐 것이다! 하지만 어떻게 끝이 아닐까…….

7

깊은 밤 그는 성벽 쪽으로 걸어갔다.

옛 성벽의 하늘 위로 하나의 달과 수많은 별들이 걸려 있었다. 달 주위에 커다란 달무리가 생겨서인지 달이 작아 보였다. 먼 곳에 바로 그 산이 있었다. 산꼭대기 위로 지금도 어김 없이 비둘기가 날아다니는 바로 그 산이었다.

바람이 점점 약해졌다.

어디선가 아이의 울음소리가 들려왔다. 밤은 고요했다. 불이 켜져 있는 어느 작은 창문에 어머니의 그림자가 흔들렸다.

모든 별이 불빛이 환한 작은 섬이다.

오직 절름발이 젊은이만이 영원히 닿을 수 없는 배였다.

그는 문득 한 가지 일을 떠올렸다. 여동생은 이제 다 자랐고 어머니도 이미 이 세상 사람이 아니다. 만약 지금 그가 죽는다면 여동생은 인내할 수 있으며 어머니도 슬퍼하지 않을 것이다. 밤은 깊고 고요했다. 그는 이제 막 깨달았다. 때가 온 것이었다.

그는 그의 비둘기를 찾으러 가고 있었다. 왜 일까? 살아 있기 때문이다. 살아 있다는 것은 소원이 있는 것으로 비둘기를 찾는 것이다. 찾지 않으면 마음이 괴로웠다. 하지만 왜 꼭 살아야 할까? 이토록 어렵고 이토록 괴롭고 이토록 힘겹고 이토록 지쳐 있으면서 왜 꼭 살아가야만 할까?

그리고 '디엔즈'는 왜 날아야 할까? '디엔즈'와 그는 마치 노래 가사 같았다.

작은 비둘기가 틀렸네
북쪽으로 가야 하는데 남쪽으로 날아가네
보리밭을 바다로 여기네
바다를 하늘로 여기고 저녁을 아침으로 여기네
비둘기가 틀렸네
비둘기가 정말 틀렸네……

정말 틀렸다! 그는 모든 언어를 진실한 것으로 여겼었다.

'장애는 중요하지 않아요. 중요한 건 당신이 어떻게 대처하느냐이죠.'라는 말을 믿었다. '정성을 다해 사람들을 위해 청소 일을 한다면, 사람들은 똑같이 당신을 존중할 거예요.'라는 말을 그는 진실로 여겨왔다. '장애인과 정상인은 평등해요. 사랑할 권리가 있죠.' 이 말에 그는 감동한 적이 있었다. 그러나 현실은 어떠한가?

어느 날인가 그가 청소부 노인에게 소리쳤다. 그는 가슴이 답답해서 못 견딜 지경이었다. 그가 괴로워할 때, 노인은 눈치를 채고 오랫동안 그의 곁에 있어주었다.

"그렇게 생각하지 말게. 사람들이 그렇게 말하는 건 자네를 속이기 위한 것은 아닐 걸세."

그리고 노인은 하늘을 바라보며 끊임없이 차를 마셨다. 기력이 쇠진한 눈빛 속에는 이미 수많은 지난 일들이 숨겨져 있었다. 틀림없이 유쾌한 일은 아닐 것이다. 노인이 뜻하는 것은 희망과 비슷한 것이지만 현실은 늘 희망의 뒤에 놓여 있었다.

물론 이 세상에는 그를 진심으로 걱정해주는 사람이 많다. 예를 들어 젊은 작가와 그의 부인이었다. 그들을 안 만난 지 꽤 오래 되었다. 그들은 틀림없이 그를 오만하다고 생각할 것이다. 사실 그는 그저 평등을 갈망한 것뿐이었다. 선의의 관용이 악독한 욕설보다 더 견디기 힘들었다. 그는 가끔씩 속으로 외쳤다. '오너라. 오너라!' 악의적인 멸시가 그를 향해 오기를 원했다. 그리하여 당신은 또 저항할 수 있다. 만약 한번에 너그러워진다면, 당신은 저항할 권리조차 잃게 된다. 그리고 무엇을 용서한단 말인가? 그가 무슨 죄를 지었을까? 그가 한 것이 아무것도 없는데 이미 용서를 받았다. 그는 아직 아무것도 쓰지 않았는데 엉터리로 엮어낼 수 있도록 이미 허락되었다. 그가 장애인이기 때문이었다.

언젠가 어떤 일 때문에 항상 그를 찾아오던 아가씨가 있었다.

"우리 회사에 동료 하나가 몹시 무료하고 한가한지 당신과 연애를 하냐고 묻더군요. 난 그저 장애인을 만나러 간다고 했죠."

그렇다. 이 얼마나 설득력 있는 반박인가. '괴로울 정도로 한가한' 사람들은 틀림없이 바로 말문이 막혀버렸을 것이다.

또 한 번은 평상시 그에게 관심을 보이던 한 할머니가 그의 방에서 그녀를 만난 적이 있었다. 저녁에 할머니가 다시 오더니 그에게 말했다.

"그 아가씨 참 괜찮아. 자네에게 이처럼 잘해주니 말이야. 그 아가씨는 결혼 상대자가 있나? 마침 내가 아는 젊은이가 자꾸 소개해달라고 해서, 그 젊은이도 꽤 괜찮거든. 지금 석사과정을 밟고 있지."

할머니의 말은 오랫동안 그의 심장을 도려내었다. 질투가 아니라 또 다른 것, 일종의 미묘한 논리를 느꼈기 때문이었다. 그는 그저 보살핌을 받을 대상이지 사랑을 얻을 수 있는 대상이 아니었다. 여인의 그에 대한 행위는 여인이 좋은 사람이라는 것을 충분히 증명해주었다. 하지만 그도 좋은 사람이지만 그 여인에 대한 사랑을 생각할 수는 없었다. 그렇지 않다면, 자신이 나쁜 사람임을 증명하는 것이었다. 절름발이 젊은이에게 중매 얘기를 꺼낸 사람도 있었다. 더욱 절묘하게도 그는 결혼 상대자를 소개받을 때 거절할 권리조차 없었다. '뭐라고요? 당신도 거절할 줄 아세요?'라는 말을 들을 것이 뻔했기 때문이었다. 물론 당신은 동의한다고 말할 필요도 없다. 그것은 '왜 당신은 동의하죠? 상대방이 당신을 마음에 들어 할지를 먼저 봐야죠.'라는 말을 들을 것이 뻔하다.

그는 마치 서둘러 처리해야 할 수박처럼 진열대 위에 놓여 있었다. 팔리면 본전이 남는 셈이었다. 그러나 그는 기필코 '싫다'고 말했다. 그녀 이외의 어느 누구도 받아들일 수 없었다. 그의 마음속에는 단 한 사람만이 있었다. 중매자의 말이 채 끝나기도 전에, 그는 "싫습니다."라고 말했다. 중매자의 놀란 눈은 마치 귀신을 보고 있는 것 같았다. 사랑하는데 사랑한다고 말할 수 없고 사랑하지 않기에 사랑하지 않는다고 말할 수 없는 걸까? 물론 누구도 그가 말해선 안 된다고 하지 않았다. 그는 싫다고 말했다. 얻은 것은 무엇일까? 비웃음이었다. 아! 사랑을 가장 잘 아는 사람조차도 그에게 충고를 해줄 뿐이었다.

"현실적으로 생각하세요. 어떡해서든 여자를 찾아보세요. 앞으로 당신의 생활을 보살펴줄 수 있는 사람이면 돼요."

사랑은? 줄곧 사람들에 의해 찬양받던 그 사랑은 다 어디로 갔을까? 가격을 얘기하고 자신이 지불할 수 있으면, 상대방도 허락해서 거래가 성립되는 것일까? 아니면, 그와 상관없이 여자가 원하면 감격해서 눈물을 흘려야 할까? 또 어떤 사람이 그에게 충고했다.

"사지가 멀쩡한 사람도 진정한 사랑을 얻기 어려워요."

그러나 결과와 권리는 다르다. 장애가 있다고 해서 결코 정신이나 인격이 고귀하지 않다는 것을 의미하지는 않는다.

그는 자신도 모르는 사이에 이미 성벽 쪽의 공터에 앉아 있었다. 두다리의 근육은 계속 경련을 일으켰다. 쑤시고 아팠다. 온몸이 땀으로 젖어 있었다.

지금 새벽 두 시쯤 됐을 것이다. 전설에 의하면 두세 시경에 절름발이 젊은이는 잃어버린 비둘기의 이름을 외치지 않았고 마차 노래도 부르지 않았다고 한다.

검은 성벽 위로 마른 야초만이 흔들렸고 달은 그의 그림자를 움푹 패어 울퉁불퉁한 공터 위로 비추었다. 그는 정신을 다른 곳에 두고 동전을 만지작거렸다. 그저 이것을 위해서였을까! 왜 이토록 힘겹게 살아가야 하는 걸까? 무시와 편견에 상반되는 것을 증명하기 위해서일까? 저항하자! 그럴 수 없다면, 그저 이렇게 죽는 것은 내가 바라는 것이 아닐 것이다.

그 후 그는 또 악몽을 꾸었다. 꿈속에서 로마식 원형경기장이 보였다. 그는 원형경기장 중앙에 서 있었는데, 이번에는 개가 아니라 맹렬한 투우의 모습이었다. 사방은 온통 사람들, 빨간 비단 천, 칼빛으로 가득했다. 그는 두 개의 뿔, 뜨거운 핏줄기, 하나의 생명에 의지하여 절규하며 앞으로 돌진하였다.

그는 이 꿈을 청소부 노인에게 들려주었다. 노인은 듣고 난 후에 무척 놀란 모습으로 그를 쳐다보았다. 그리고 천천히 고개를 무릎까지 떨어뜨렸다. 그는 여태껏 노인이 이렇게 당황하고 두려워하는 모습을 본 적이 없었다.

"말해보아라."

노인은 마음을 가라앉히고 말했다.

"모든 사람을 미워하느냐?"

그는 가슴이 철렁 내려앉았고 누군가에게 마음을 들킨 기분이었다. 그러나 그는 부정했다.

"아니요."

속으로 두려웠고 다시 입을 열었다.

"모든 사람을 미워하는 건 아니에요."

노인은 그의 말을 믿지 않았다.

"그럼, 뭘 미워하나?"

그는 계속 반박하고 싶었지만 노인이 그의 말을 가로막았다.

"소용없어. 내가 하는 말을 잘 들게. 미워하면 미워할수록 자네는 더 망가질 거야. 다른 사람들이 잘 지내면 자넨 속으로 그들을 미워하겠지."

그는 아무 말도 못하고 표정이 굳어졌다.

"때로는 모든 사람이 자네처럼 장애인이 되었으면 하는 바람이겠지."

그는 머리만 쓰다듬었다.

"자넨 모든 사람을 미워하고 있어. 아마 나도 미워할 걸."

"아니에요! 제 양심을 걸고 절대 아니에요!"

그는 재빨리 소리쳤다.

"왜? 내가 자네와 같은 처지라서? 역시 장애인이라서 그건가?"

노인은 웃었다.

그는 한숨을 쉬고 또다시 고개를 떨어뜨렸다.

"만약 다른 사람들도 장애인이라면 자네는 그들을 동정하겠지. 그리고 그들의 병이 낫기를 바랄 테고. 자네가 내 팔이 완치되기를 바라는 것처럼, 내가 자네의 다리가 완치되기를 바라는 것처럼 말이야. 그러면 구태여 그들이 잘못되기를 바랄 필요가 있겠나?"

"진심으로 바라는 건 아니에요."

그의 목소리는 작았다. 그는 노인을 바라보았다.

"하지만 자네는 늘 그렇게 생각하고 있어. 그래야 통쾌하고. 자네가 늘 그렇다면, 틀림없이 이상하게 변해버릴 걸세. 사람들이 자네를 두려워할 테고. 나쁜 사람으로 볼 거라네."

"사람들이 저를 어떻게 여기건 상관없어요. 전 이런 사람이에요!"

그가 소리쳤다.

"그렇다면 자네는 더욱 무시를 받을 걸세!"

노인도 목소리를 높였다.

"그들이 어떻게 무시하건 전 상관없어요!"

"그렇다면 자네는 왜 그토록 소리를 지르나? 자네는 사람들이 자네를 무시할까 봐 두려워하지 않았나?"

석양도 두려운지 담벼락에 걸린 채 떨고 있었다.

'디엔즈'도 놀라서 멍하니 노인과 절름발이 젊은이를 바라보며 누구에게로 날아가야 할지를 몰랐다.

"사람들이 뭐라 말하든 정말 개의치 않는다면, 난 안심이네."

노인은 목소리를 낮췄다.

"신경 쓰지 말게나. 어떠한 악담들도 신경 쓸 필요가 없지."

노인의 목소리는 한결 부드러워졌다. 노인은 미안한 듯 조용히 말했다.

"어떤 일들은 정말 신경 쓸 필요가 없어. 하지만 자네 스스로 잘 생각해야 하네. 방금 전의 그런 행동은 인내라고 할 수 없네."

절름발이 젊은이는 '디엔즈'를 쓰다듬으며 아무 말도 하지 않았다.

"내게 아들이 없으니 자네를 내 아들로 여기겠네. 자네 어머니도 생전에 내게 부탁했었지."

그는 감히 노인을 쳐다볼 수 없었다. 울음이 터질까 봐 겁이 났다.

"한 가지만 묻겠네. 사실대로 말해봐. 그 아가씨에게서 꽤 오랫동안 편지가 안 왔지?"

그는 고개를 끄덕였다.

"요 몇 년 사이 자네는 또 죽을 생각을 했었고?"

그는 대답을 하지 않았다.

"자네의 죽은 모습을 그녀에게 보여주고 싶었겠지!"

그는 또 한 번 가슴이 철렁 내려앉았다. 자신조차도 이토록 분명하게 알지 못했다. 노인의 말이 옳았고 그의 정곡을 찔렀다.

두 사람은 서로 오랫동안 말이 없었다. 날이 저물어 별이 뜰 때까지 노인은 잠자코 하늘만 바라보고 있었다. 어둠 속에서 노인의 눈이 반짝였다. 달빛이 두 사람을 비추어주었다.

"난 다 이해하네. 하지만, 자네는 모를 걸세. 그 아가씨의 마음이 자네보다 더 괴롭다는 사실을. 그 아가씨의 상황이 자네보다 더 어려워. 양쪽에서 당기잖아. 자네는? 그럴 필요가 없지. 그 아가씨야말로 누구보다도 고통스러울 걸세……."

"하지만 아저씨도 그녀가 강한 여성이라고 하셨잖아요."

"조금은 그래. 하지만 그 아가씨에게 쉬운 일은 아니지. 자네는 그 병 때문이지만, 그 아가씨는 뭐 때문일까? 아마 자네에게 잘 대해줬기 때문일 걸세. 그렇다면 그 아가씨는 뭘 미워해야 하지? 게다가 자네는 죽음으로 그 아가씨를 괴롭히려고 했어. 그런 생각을 떠올렸지.”

절름발이 젊은이는 비둘기를 만지며 아무 말이 없었다. 머릿속이 복잡했다.

“이것은 인내라고 할 수 없네. 다른 사람을 괴롭힌다면, 인내할 줄 알아도 자신에게 난폭해지지! 무슨 일을 하든지 사람들이 자네를 무시하지 못하도록 해야 해! 그것이야말로……..”

다시 말해, 그것이야말로 진정한 사내인 것이다. 반항과 저항인 것이다.

그는 성벽 쪽의 공터에 한참 동안 앉아 있었다. 달은 성벽에 붙어버렸다.

멸시와 편견에 저항하는 방법은 다른 것이 아니라 당신 스스로 존엄성을 지키는 것이다. 인간의 존엄성은 과일처럼 붉고 싱싱하면 값이 오르고 흠이 생기면 값이 떨어지는 것이 아니다. 장애인의 창작은 관용이 필요 없다. 비록 두 다리의 모습은 흉측하다 해도 장애인의 사랑은 값을 매길 수 없는 것이다.

절름발이 젊은이는 그녀가 보고 싶었다. 지금까지 단 하루도 그녀를 그리워하지 않은 날이 없었다. 다른 사람의 감정이 어떻든 그의 마음속에는 그녀 단 한 사람뿐이었다. 사랑이란 똑같이 주고받는 것이 아니다. 그는 그녀가 잘 지내고 있는지 알 수 없었다. 다만 그녀가 그를 잊지 않을 것이라는 사실을 믿을 뿐이었다. 어느 날인가 그녀가 그의 곁으로 다시 돌아올 것이라고 믿었다.

그 영가(靈歌)[8] 속 가사처럼 '하지만 내 마음은 여전히 천당을 그리워 하네……'

그는 연거푸 동전을 던졌다. '국장'도 나왔고 '보리 이삭'도 나왔다. 그는 이제 더 이상 그것에 의미를 두지 않기로 했다. '국장'인들 어떻고 '보리 이삭'인들 어떠랴! 어쨌든 계속 앞으로 나아가야 했다. 잃어버린 비둘기를 찾으러 가야 했다. 노인이 뜻하는 것은 동쪽을 생각하면 서쪽을 생각하지 말라는 것이었다.

그는 주머니에서 만두를 꺼내어 먹었다. 그는 계속 먼 길을 걸어가야 했다.

"비둘기가 틀렸다."

사실 무엇이 틀렸고 무엇이 옳은가? 한 장애인이 이 세상에 나온 것이 어쩌면 틀린 것인지도 모른다. 그러나 이미 나온 것이기에 옳다 그름을 논할 필요는 없다. 나왔으면 이 불구의 두 다리로 세상을 성큼성큼 내디뎌야 한다. 가자. 마음이 이끄는 대로 가자. 그것이 옳은 것이다. 비둘기는 별을 이슬로 여겼다. 비둘기가 틀렸다. 아마도 비둘기가 찾는 것은 별일 것이다. 사람들은 늘 비둘기에게 이슬을 찾도록 한다. 늘 절름발이 젊은이에게 말하는 사람이 있었다.

"뭐가 아쉬워서 이러나?"

때로는 그의 글이 너무 고집스럽다고 하고 때로는 그가 사랑에 대해 너무 진지하다고 한다. 무엇 때문일까? 만약 자신을 괴롭히는 일이라면, 그는 그렇게 하지 않았을 것이다. 그저 그렇게 고집스럽고 진지해야 비로소 기쁘고 자랑스러운 것을…….

---

8) 미국의 흑인들이 부르는 일종의 종교적인 성가(聖歌)

당신의 마음을 비둘기의 집으로 여겨라. 비둘기가 틀렸다. 사실은 비둘기는 틀리지 않았다. 당신이 무엇을 집으로 여기든 무엇이 당신의 집이든 당신의 마음이 진실이라면…….

절름발이 젊은이는 옷에 붙은 만두 부스러기를 털어내고 일어났다. 성벽으로 검은 그림자가 커지더니 그에게로 다가왔다. 그는 오래된 아치형 성벽을 걸어나갔다.

성벽 일대의 주민들은 그가 또 비둘기 이름을 외치는 소리를 들었다고 했다.

마치 그 영가에 나오는 가사처럼 '내 마음은 천당을 그리워하네…….'

8

달빛이 거리를 하얗게 비추었다. 굽이진 골목, 높고 낮은 지붕들. 달빛은 먼 곳으로 뻗어나갔다.

작은 마을을 뒤로 하고 눈앞에 펼쳐진 길은 여전히 아득했다. 종착지도 목적지도 없었다. 온통 길뿐이었고 그는 계속 걸었다. 그저 불구인 두 다리에 의지한 채 절뚝거리며 힘겹게 걸어갔다. 한 마리 비둘기를 위해 걸어야 했다. 설령 찾지 못한다 해도 가야 했다. 찾는 일조차 하지 않는다면, 그의 마음은 무척 아플 것이다.

그는 구구구 하고 큰 소리로 외쳤다. 사람들은 그의 소리를 잊을 수 없었다.

가까운 곳은 온통 수풀로 뒤덮여 있었고, 먼 곳에는 그 산이 있었다. 발 아래는 작은 오솔길이며 머리 위는 끝없는 하늘이었다. 사방이 바람 한

점 없이 고요했다. 오직 별, 달, 오솔길만 조금 밝았다. 오솔길은 마치 우주로 통하는 길 같았다. 뒤를 돌아봐도 오솔길은 우주에서부터 뻗어 나온 것 같았다. 당신은 바로 이 끝없는 공간 속을 거닐고 있는 것이다.

인간은 왜 이 세상에 왔을까?

천만 년 동안, 인류는 이처럼 살아왔고 또 어디로 가야 하나? 허리와 등이 굽어지도록 양손에 핏줄이 서도록 걸었으며, 등유에 두 눈이 멀 정도로 걸어왔다. 태어나서 죽을 때까지 평생을 쉬지 않고 걸어왔다. 도대체 무엇을 위해서일까? 이것을 발명했다 저것을 발명했다 모두 무엇을 위해서일까? 이 모두가 고통에서 벗어나 행복의 길로 나아가기 위함인가? 그러나 나침반을 발명했을지언정 눈앞에 길은 결코 줄어들지 않았다. 인간이 달에 착륙할 수 있었을지언정 인류가 직면하고 있는 미지의 세계를 축소시킬 수는 없었다. 지금도 예측할 수 없는 재앙이 당신을 위협하고 있다. 아직도 고칠 수 없는 병으로 인한 고통, 차별, 편견……. 이들이 당신을 괴롭히고 압박해오고 있다. 인간에게 고통은 영원히 사라지지 않을 것이다. 아무런 걱정도 없는 날이 있을 수 있나? 고통이 좀 더 줄어들 수 있을까? 기쁨이 좀 더 커질 수 있을까? 사실 기쁨과 고통은 단지 느낌의 차이일 뿐인 것. 현대인이 별장을 얻은 기쁨이 원시인이 짐승의 가죽을 얻은 기쁨보다 더 큰 것일까? 현대인이 승진할 기회를 잃은 고통이 원시인이 짐승 뼈 하나를 잃은 고통보다 더 작은 것일까?

아! 인류는 죽기 살기로 앞으로 나아가지만 거의 제자리에서 맴돌고 있는 것이다. 고통은 여전히 크고 기쁨은 여전히 작은데, 왜 그토록 고생하며 계속 살아가야 할까? 기쁨은 늘 당신 앞에서 당신을 유혹하고 고통은 당신 곁에서 당신을 지배하고 있는데, 왜 꼭 살아가야만 할까?

그의 다리는 이미 힘이 빠져버렸다. 몹시 피곤했다. 당신은 도대체 뭘 해야 하는지를 모른다. 왜 좋은 일을 했는지도 모른다. 언제 충분히 쉴 수 있는지도 모른다. 당신은 곧 피곤하다고 느낄 것이다.

그는 또다시 길가에 앉아 하늘을 바라보았다.

저곳은 천당이다. 이 조용한 밤, 죽는다면 얼마나 좋을까!

사랑하는 여인이 떠난 지 여러 해가 지났다. 소설은 여전히 게재가 되지 않았다. 그가 소설을 쓴지도 몇 년이 흘렀을까! 그동안 연습했던 원고지만 해도 튼튼한 관 하나를 만들 정도였다. 그리고 설령 소설이 게재된들 또 어떻겠는가! 고통이 줄어들까? 아! 어머니는 모르실 거다. 여동생도 이제 다 자랐다. '디엔즈'도 떠나가 버렸다. 정말 아무것도 남지 않았다. 아무 걱정도 없다. 이 고즈넉한 밤, 죽는다는 것은 얼마나 홀가분하고 흐뭇한 일일까!

그는 영웅이 아니다. 태어나서부터 지금껏 그랬다. 유일하게 발표된 소설 덕분에 독자들의 편지를 받기도 했다. 편지에는 그에 대한 격려로 영웅에 대한 언급이 여러 번 있었다. 그 스스로도 잘 알고 있었다. 죽음의 신은 그에게 작은 신발을 줄 것이다. 예전에 그는 여러 번 죽음의 신에게 말했다. '조급해하지 마세요. 제가 다시 해보죠.' 지금은 마치 모든 것을 해본 것 같았다. 이처럼 힘겹게 살아갈 필요가 없는 것을.

그는 길 위에 누워 두 손을 머리 뒤에 대고 하늘을 바라보았다. 그는 또 죽음을 생각했다. 누군가에게 보여주기 위해서가 아니었다. 다른 사람에게 피해를 주지 않기 위해서였다. 그는 몹시 지쳐 있었다. 태양이 떠오를 때, 착한 사람들이 그의 육체를 태워준다면 푸른 연기로 변하여 천지우주로 흩어질 것이다.

그는 엎드려 땅을 기며 조용히 신음했다. '아! 정말 힘겹다.' 온몸이 쑤셔왔다. 잔디는 이미 초록색으로 변해 있었다. 그는 잔디에 얼굴을 대고 저 하늘 가득한 총총한 별들도 이 지구처럼 돌고 있을 거라고 생각했다. 어쩌면 이것은 제 무게를 못 이기고 굴러떨어지는 돌을 산꼭대기로 다시 밀어 올리던 시지프스의 바윗돌일 것이다. 그는 시지프스는 위대한 신화로서 인간의 삶 역시 떨어지는 바윗돌을 산꼭대기를 향해 힘겹게 밀어 올려야 하는 쉼 없는 작업이라고 여겼다.

"사람이 죽은 후에는 어떻게 되나요? 죽은 후에는 어떤 모습인가요?"

"죽은 후라고? 아무것도 남지 않겠지."

어릴 적 어머니는 늘 이렇게 말씀하셨다.

"무엇이, 무엇이, 다 없어지나요?"

아이들의 생각은 명확하게 설명할 수 없다. 어른이 되어서야 알게 되었다. 절대적인 멈춤은 없다라는 것을. 정말 천당이 있다면, 그곳 역시 바쁠 것이다. 똑같이 피곤할 것이다. 하지만 이처럼 잔혹하지는 않겠지. 적어도 영혼의 안식처와 평화로운 천당은 남아 있겠지. 몹시 지쳐버렸다! 아! 만약 그런 천당이 있다면, 생각할 필요도, 기대할 필요도, 걸을 필요도, 외칠 필요도 없을 것이다. 영원히 평화롭기에 내 영혼도 그곳에서 편안히 쉴 수 있을 것이다. 그는 그곳을 상상하고 나니 갑자기 마음이 홀가분해졌고 일종의 보상을 얻은 느낌이었다.

평화로운 천당! 조만간 갈 수 있겠구나. 그리고 반드시 가야 한다. 죽음의 신은 약속을 소중히 여길 것이고 그 누구도 잊지 않고 방문할 것이다. 당신이 모든 기력을 소진했을 때, 죽음의 신은 당신을 도와줄 것이다. '운명은 당신이 이겨낼 수 없는 고통은 주지 않는다.'는 뜻이다.

또 무엇이 두려운가? 무엇이 급한가? 죽음의 신은 아직 오지 않았다. 이것은 당신이 아직 기력이 남아 있음을 의미한다. 왜 당신의 기력을 쓰지 않나? 한가로움은 인내와 같다. 한가롭다는 게 더욱 고통스럽다. 당신은 고통 때문에 죽고 싶다. 죽고 싶어서 한가로울 필요가 있을까? 역시 한가롭기 때문에 더욱 고통스러울까? 당신은 운이 나빠서 죽고 싶다. 하지만 한가로움은 당신에게 행운을 줄 수 있을까?

죽은 자는 모든 기력을 소진했기 때문이다. 살아 있는 자는 기력을 낭비하더라도 인간 세상을 운수 좋게 변화시킬 수는 없을까? 세상이 운이 나쁜 것은 아마도 사람들이 기력을 낼 수 없기 때문일 것이다. 헛수고? 그러나 당신은 적어도 그 무거운 '노'의 끝에서 운명에 저항하는 기쁨을 느낄 수 있으리라. 마음대로 사는 사람보다 평안을 찾을 것이며 한가롭거나 인내하는 것보다 훨씬 자부심을 느낄 것이다. 그리고 자유가 있다. 자유란, 단순히 얻고 싶은 것을 얻을 수 있는 것을 의미하지는 않는다. 당신은 '디엔즈'를 찾고 싶지만 찾지 못했다. 그러나 당신은 찾으러 갈 수 있다. 또다시 떠날 수 있다. 이것이 바로 자유이다!

그는 몸을 돌려 일어나 앉았다. 갑자기 새로운 것을 발견한 것처럼 가슴이 확 트이면서 심장 박동이 빨라졌다. '헛수고'는 어쩌면 공헌일지도 모른다!

사실 그의 이러한 발견은 새로운 것이 아니다. 당신이 막다른 골목을 가고 있다고 하자. 당신의 공헌은 사람들에게 그것이 막다른 골목이었다는 사실을 증명해주는 데 있다. 사람들이 우주가 무한하다는 것을 모르던 시절, 저 아득히 머나먼 하늘 끝까지 날아올라 행복을 찾아오기를 다 함께 바랐었다. 인간이 달에 착륙해서 상아(嫦娥)[9]를 발견하지 못한 것 또한 헛수고였다. 그리하여 인간은 행복은 저 하늘 끝에 있는 것이 아니라 우리 마음속에 있다는 사실을 깨닫게 되었다.

사람들은 고통이 없는 곳이 있다고 생각했다. 그리고 그곳을 찾으러 바다 끝으로 가서 고통에서 벗어나고자 했다. 사람들은 미지의 세계가 영원히 예상치 못한 고통을 가져온다는 사실을 알게 되자, 오히려 더 이상 당황해하지 않았다. 고통에서 벗어날 수 없다는 것을 알게 되자 더욱 침착해졌다. 실망과 고통에 대한 저항 자체가 본래 인생이라는 것을 알게 되자 드디어 거기서 벗어날 수 있었다.

운명과의 저항 속에서 기쁨을 얻었다. 기쁨에는 여러 종류가 있지 않을까? 산다는 것이 뭐 별다른 일일까? 인간은 결국 무엇을 얻을까? 하나의 과정만 얻을 뿐이다! 그 과정 속에서 탄식만 하는 사람은 고통이 더욱 커진다. 최선을 다해 사는 사람은 가장 자유롭게 가장 자부심 있게 가장 큰 기쁨으로 삶을 누릴 것이다.

그는 천천히 담배를 피우며 동전을 내려놓았다. 더 이상 동전을 던지고 싶지 않았다. 던져봤자 소용없는 일이었다. 사람들은 자기 자신만을 믿을 뿐이다.

절름발이 젊은이는 그저 멍하니 앉아 있었다.

전설에 의하면 그는 어떤 묘한 소리를 들었다고 한다. 그것은 바람 소리가 아니라 고요함 속에서 흘러나오는 아주 고운 소리였다고 한다. 어둠 속에서 그 소리는 그에게 말했다. 그는 듣고 있었다.

---

9) 중국 고대 전설상의 선녀로 서왕모(西王母)의 불사약을 훔쳐 달아나 달 속으로 들어갔다고 한다.

전설에 의하면 그는 마을 밖 오솔길 위에 돌로 시를 적었는데, 모두 모래 바람에 묻혀버렸다고 한다.

> 뭐가 그리 급할까 천당으로 가는 길에 미래가 없이
> 저주와 두려움에 떨지 마라
> 나팔꽃이 처음 피는 계절 장례식 나팔은 이미 불고 있었네
> ……
> 가자 자부심을 갖고 절뚝거리는 발자국으로
> 기쁨을 써 내려가네.
> 심장이 뛸 때마다 그것은 모두 이정표
> 또한 무성한 씨를 맺을 야초들
> 숨을 쉴 때마다 그것은 망망대해 그리고 부러진 돛대
> 몸이 떨릴 때마다 그것은 크고 작은 산들
> 그리고 산골짜기에서의 잃어버린 외침
> ……
> 가자 살아 있기에 가자
> 가자 자신에게 귓속말을 하며 우스갯소리도 해보자
> 가자 마음의 노래를 부르며 두 눈을 감고

만약 '디엔즈'가 돌아와 하얀 마차로 그를 싣고 과거로 되돌아가준다면, 그녀의 곁으로 되돌아가 준다면, 그 따뜻하고 평등한 항구로 되돌아가준다면…….

그는 또다시 여정에 올랐다.

길은 산으로 통했다.

벌써 여명이 밝아왔다. 산허리에 살고 있는 사람들은 그의 웃음소리를 들었다고 했다. 그래서 모두들 그가 드디어 '디엔즈'를 찾은 것으로 여겼다.

그는 혼자 웃었다. 서둘러 죽으려 했던 것이 정말 우스웠다. 두부를 늦게 사러 갔다고 해서 두부가 다 팔려 살 수 없는 것도 아닌 것을. 조기를 일찍 사러 갔다고 해서 더 많이 살 수 있는 것도 아닌 것을. 죽음은 어차피 누구나가 한 번은 맞이하는 것을. 누구에게나 동등하게 찾아오는 것이다. 어릴 적 유치원 선생님이 사과를 나눠주실 때면, 그는 늘 아껴두었다가 마지막에 먹었다. 그 기억이 갑자기 떠올라 웃음이 나왔다. 죽음의 신을 신선한 조기와 비교한 것이 그를 계속 웃게 했다.

산허리에 사는 사람들은 그의 웃음소리를 들었는데, 그 이유를 모르겠다고 했다.

그래도 죽음의 신에게 너무 야박하게 굴어선 안 되었다. 당신의 기력이 모두 소진했을 때 당신을 도와주러 올 것이다. 죽음의 신도 유용한 존재인 것이다.

그는 살면서 좀 바쁘게 일을 해야 한다고 생각했다. 생명은 유한하기에 지체할 수 없는 것이지 않나! 그렇지 않다면, 어떠한 기쁨도 얻을 수 없다. 아무것도 잘할 수 없어서 우울할 것이다. 쓸모없는 인간의 마음은 비뚤어져 있다. 죽은 조기처럼. 그는 또 웃기 시작했다.

산허리에 기차역이 하나 있었다. 기차역 근처에 이십사 시간 영업을 하는 작은 음식점이 하나 있었다. 그곳에서 숙직을 하고 있던 할머니가 알려주었다. 그날 새벽 세 시경에 아무튼 네 시가 안 되어 절름발이 젊은이가 그 음식점으로 와서는 오십 전짜리 호떡을 하나 사서 먹었다고 했다. 그는 자신이 집에서 나올 때 경황이 없어서 동전만 들고 나왔단다.

운명은 예측할 수 없는 것으로 예측할 수 있어도 당신은 믿지 않는다. 차라리 그 동전으로 호떡을 사먹고 다시 기력을 되찾는 게 훨씬 나을 지 모른다.

할머니는 절름발이 젊은이가 자신과 이야기를 나누는 중에도 계속 비둘기에 대해 물었다고 했다.

"비둘기라고?"

할머니는 고개를 갸우뚱거렸다.

"어떤 비둘기 말인가?"

"꼬리와 정수리가 검은색인 비둘기예요."

그는 손짓으로 설명했다.

"'디엔즈'? 바로 그 '디엔즈'라고?"

"네."

"그 비둘기가 바로 자네 건가?"

"잃어버렸어요. 벌써 열흘이 지났는 걸요."

"아직 안 돌아왔나?"

그는 고개를 저었지만 일말의 희망을 품고 다시 물었다.

"혹시 못 보셨나요?"

"응, 못 봤어."

할머니는 그에게 따뜻한 물 한 잔을 주었다. 그는 따뜻한 물과 함께 호떡을 먹었다.

역에 도착하는 기차는 없었다. 음식점은 쥐 죽은 듯이 조용했다.

검은 고양이 한 마리가 의자 위로 뛰어오르더니 할머니를 향해 울었다.

"난 고양이를 기른다네."

할머니는 마치 아이를 안아주듯이 고양이를 품에 안고 쓰다듬었다.

"이 녀석은 늘 날 따라다녀. 내가 가는 곳이면 어디든지 따라온다네. 어느 날인가 이 녀석이 갑자기 내 집으로 뛰어 들어왔는데, 그땐 피골이 상접할 정도로 아주 작고 말랐었지. 그날은 거센 비바람이 부는 날이었어. 이 녀석이 비를 피하려고 내 집 처마 밑으로 숨어 들어왔던 거야. 참 가여웠는데 어느새 이만큼 자랐지 뭔가……."

"할머니, 비둘기가 저 산 위로 날아갔을까요?"

"뭐라고?"

할머니는 순간 멍해졌다.

"'디엔즈'가 저 산 위로 날아가는 걸 보셨죠?"

"아니, 난 모른다네. 어쩌면……."

"고맙습니다."

절름발이 젊은이는 할머니에게 인사를 하고는 컵과 그릇을 탁자 위에 올려놓았다.

"'디엔즈'를 찾으러 가야 해요."

"산에 오를 건가?"

"네."

"그 몸으로 괜찮겠나?"

"괜찮을 거예요."

그는 음식점을 나왔다.

할머니는 창문으로 그가 절뚝거리며 산을 오르는 모습을 지켜보았다고 했다.

9

그는 계속 걸었다. 걷다가 발목이 접질렸다. 아예 기어가기 시작했다. 사방은 온통 어두운 골짜기로 머리 위로는 우뚝 솟은 산봉우리뿐이었다. 골짜기에 차가운 바람이 휙휙 소리를 내며 지나갔다. 산꼭대기가 너무 높은 탓에 다가갈수록 두렵게 느껴졌다.

산 아래를 내려다보지 말자. 뛰어내리고 싶을 테니까. 산꼭대기도 올려다보지 말자. 산이 너무 높아 위축될 테니까. 그저 발 아래의 길만 생각하자.

그는 천천히 기기 시작했다. 서두르지 않았다.

신은 당신에게 비둘기가 어디에 있는지를 알려주지 않는다. 또한 당신이 노력하면 찾을 수 있다는 것도 보장해주지 않는다.

신은 당신에게 길을 제시해주지 않는다.

신은 알고 있다. 길을 제시해주지 않아도 당신은 그 길을 찾아갈 수 있다는 것을.

쉼 없이 찾아가는 것! 그것이 바로 신이 당신에게 부여해준 길이다.

신은 무엇일까? 사실 신은 다름 아닌 바로 나 자신의 정신이다!

사람들은 산허리에서 또다시 그의 노랫소리가 들려왔다고 했다.

만약 당신이 먼저 그곳으로 돌아간다면

나를 내 고향으로 데려가 주오
친구들에게 나도 곧 돌아간다고 전해주오
나를 내 고향으로 데려가 주오……

비탈진 산길은 울퉁불퉁 미끄러웠다. 그는 비둘기를 생각했다. 비둘기의 깃털은 너무도 새하얗고 부드러웠다. 그는 산을 오를 때, 숨이 가빴지만 마음은 오히려 평화로웠다. 그는 청소부 노인의 말을 떠올렸다. 절름발이 젊은이는 아무도 미워하지 않았다. 그저 길 하나에 의지해서 가야만 했다.

그는 그가 사랑했던 여인을 떠올렸다. 그녀의 길은 그보다 더 험난할 것이다. 그는 '디엔즈'를 찾으면 그녀에게 걱정하지 말라는 편지를 쓰고 싶었다. 난 그녀를 행복하게 해줄 수 없어. 그녀의 마음을 늘 불안하게 만들까? 그는 '안심해. 넌 무슨 일이든 잘할 수 있어!'라고 생각했다. 요즈음 다른 사람에게서 그녀 부모의 주치의에 대해 들은 적이 있었다. 그는 그 의사의 주소를 물어본 후에 그녀의 부모에게 안부 편지를 보내고 싶었다. 죄는 지은 대로 가고 공은 닦은 대로 가지 않는가? 이렇게 오랜 세월이 흘렀건만 또 무슨 덕을 쌓으라는 걸까? 마음이 편안하면 그것이 바로 좋은 결과일 것이다.

나의 죄를 깨끗이 씻어다오
나를 내 고향으로 데려가 주오
그날이 내가 가장 행복한 날이니
나를 내 고향으로 데려가 주오……

그는 앞으로 거리 청소뿐만 아니라 글도 잘 쓰고 싶었다. 마음이 가는 대로 장애인을 위해 쓸 것이다. 스스로가 수렁을 만드는 것이야말로 '장애'이자 '죄악'이다. 그 수렁에서 빠져나와야 한다. 그리고 멸시와 편견을 저주해서도 안 된다. 사람들에게 장애인의 존엄에 대해 인식시켜야 하며, 장애인 스스로도 자기 가치에 대해 더욱 인지하고 있어야 할 것이다.

그의 마음은 깊은 수렁에서 빠져나오고 있었다.

그는 어느새 산의 가장 높은 곳을 오르고 있었다.

그는 다리가 후들거리고 아팠다. 후루루~! 비둘기를 부르는 소리를 냈다. 그 소리는 골짜기에서 울리다가 산바람을 타고 아주 멀리 전해졌다고 한다.

전설에 의하면 그 소리는 몹시 시끄러워서 마을 사람들을 놀라게 했다고 한다. 사람들은 서로에게 물으며 산꼭대기를 바라보았다고 한다. 청소부 노인이 사람들에게 알려주었다.

"그 아이가 저 산을 오르고 있어요. 틀림없이 그 아이예요."

전설에 의하면 절름발이 젊은이는 산 위에서 청소부 노인을 보았다고 한다. 그는 노인이 했던 말 중에 단 한마디만을 믿지 않았다. '무슨 일이든 마음속에 담아두지 말고 너무 진지하게 생각하지 말아라.' 바로 이 말을 믿지 않았다. 삶을 살아가는 한 진지하게 열심히 살아야 한다.

　　내 영혼은 아직도 천당을 그리워하네

절름발이 젊은이는 가끔씩 숲 속에 앉아 쉬었다.

이제 며칠이 지나면 나무는 온통 푸른 녹색 빛으로 물들 것이다. 나뭇
가지 위로 아름답게 울어대는 새들이 있었다. 더 이상 지금처럼 이렇게
외롭지는 않을 것이다. 여름은 어떨까? 산속에 생명들이 움트기 시작할
것이다. 숲 속에는 총총한 별들처럼 버섯들이 있었다. 이 세상은 참 멋진
곳이다! 가을은 오색찬란한 낙엽과 싱싱한 과일로 가득하고 겨울은 새
하얗게 눈 덮인 굴뚝으로 밥 짓는 연기가 피어오를 것이다. 그는 그의 어
머니를 떠올렸다. 어머니는 천당에 있을 것이다. 그는 자신이 깊은 수렁
에서 빠져나오고 있다는 것을 어머니에게 알려주고 싶었다. 현실 생활
은 살아 있는 사람의 것이다. 한 발 한 발 천천히 나아가자.

전설에 의하면 절름발이 젊은이는 아주 높은 곳에 올랐다고 한다. 바
위에 앉아 하염없이 땅을 쳐다보고 마을을 보며 저 먼 남쪽 바닷가를 바
라보았다고 한다. 예전에 사랑하던 여인의 편지에는 바다 소리, 하늘 빛
깔, 모래사장 위의 작은 꽃게와 예쁜 불가사리에 대한 이야기가 있었다.
그는 바다를 본 적이 없었기 때문에 바다를 상상해낼 수가 없었다. 그녀
는 한 번은 용왕님을 만날 뻔했다고 말한 적이 있었다. '틀림없이 당신
이 날 위해 기도해줘서 파도가 나를 육지로 데려다주었을 거예요.' 타는
듯 붉은 면화, 높고 높은 야자수, 맑고 신선한 바닷바람이 온몸을 상쾌하
게 했다. '정말 온 세상을 포옹하고 싶다!' 그는 바위 위에 한참 동안 앉
아 있었다고 한다.

사람은 저마다 자기만의 세계를 걸어간다. 그의 세계는 바로 여기다!
고개를 들면 그의 세계는 하늘, 달, 그리고 별이고 고개를 숙이면 그의
세계는 땅, 숲, 그리고 초원이 된다. 눈을 감으면 그의 세계는 쿵쿵거리
는 심장 박동 소리이다. 다시 눈을 뜨면 그의 세계는 울퉁불퉁한 비탈진

산길이다. 그는 힘겹게 일어나 다시 걸었다. 또다시 앞으로 나아갔다.

　친구들에게 전해주오
　나도 곧 간다고
　나를 내 고향으로 데려가 주오

　그는 천천히 산을 기어올랐다. 마음은 무척 평안했다.
　그의 뒤로는 삐뚤어진 발자국 두 줄과 구부러진 몸의 흔적이 있었다. 이것은 그가 힘과 용기가 있어서 이 산꼭대기를 오를 수 있다는 것을 증명해주었다. 사람에겐 저마다 주어진 운명의 길이 있다. 하나님은 본래 불공평하기 때문에 당신에게 매우 험한 길을 주셨다. 하나님은 당신이 시련을 헤쳐나갈 수 있을 거라고 믿고 있다.
　그는 자부심, 심지어 오만함을 느꼈다.
　그는 목청을 가다듬고 한바탕 크게 외쳤다.
　여명이 밝아올 무렵, 사람들은 그 소리가 산꼭대기에서 들려오는 소리라는 것을 알았다.
　그리고 웃음소리, 숨 쉬는 소리, 노랫소리가 들렸다.

　마차가 하늘에서 내려와
　나를 내 고향으로 데려가 주오
　마차가 하늘에서 내려와
　나를 내 고향으로 데려가 주오……

전설에 의하면 절름발이 젊은이는 드디어 산꼭대기에 올랐다고 한다. 산꼭대기에 서서 하늘의 수많은 별들과 가까워졌고 땅 위의 무수한 불빛을 바라보았다고 한다.

바로 그때, 절름발이 젊은이는 잃어버린 비둘기 '디엔즈'를 찾았다. 하지만 비둘기는 그가 자신을 바라보고 있는 것을 알자 더 멀고 더 높은 산꼭대기로 훨훨 날아가 버렸다……

10

하늘이 다시 어두워지자 비둘기들이 산꼭대기로 날아들기 시작했다. 몇십 마리, 몇백 마리, 아니 더 많을 것이다. 비둘기들은 마치 새하얀 종이꽃들과 기쁨에 겨운 천사들 같았다. 비둘기 소리는 부드럽고 생기가 있으며 은은했다. 그리고 날이 밝자 산꼭대기, 산골짜기, 그리고 마을 곳곳의 하늘 위로 날아다녔다.

청소부 노인과 아이들은 골목 계단 위에 앉아 있었다.

"이제 알겠느냐?"

노인의 목소리에는 힘이 없었다. 그는 너무 늙어버렸다.

아이들은 우두커니 산꼭대기를 바라보았다.

모든 전설은 수많은 사람들의 말을 모아 놓은 것이기에 정확하지 않다.

산꼭대기의 전설에 관한 유래로는 적어도 두 가지가 전해진다. 그중에 하나는 산꼭대기에는 비둘기들을 기르며 살고 있는 한 절름발이 노인이 있는데, 그는 자주 산에서 내려와 원고를 부친다고 한다. 그 원고는 자신이 기르고 있는 비둘기 수만큼이나 많단다. 그는 늘 원고를 머나먼 남쪽으로 부치는데, 원고가 게재되어 젊은 시절의 친구를 만날 수 있기를 간절히 바라고 있단다.

또 다른 유래는 산꼭대기에 살고 있는 사람이 절름발이 노인이 아니라 한 아가씨라는 것이다. 그녀는 남쪽에서 왔는데, 여전히 젊고 아름답다고 한다. 그녀는 인간 세상을 평화롭게 만들기 위해 수십 마리의 비둘기를 기르고 있단다. 그리고 여명이 밝아오면, 그녀는 비둘기들이 날 수 있도록 놓아주곤 하는데, 그 비둘기 속에 '디엔즈'가 있다고 한다. 바로 그 검은색 꼬리와 검은색 정수리를 가진 비둘기가 말이다……

역자 해설

사철생 소설과 시지프스 신화

그는 잔디에 얼굴을 대고 저 하늘 가득한 총총한 별들도 이 지구처럼 돌고 있을 거라고 생각했다. 어쩌면 이것은 제 무게를 못 이기고 굴러떨어지는 돌을 산꼭대기로 다시 밀어 올리던 시지프스의 바윗돌일 것이다. 그는 시지프스는 위대한 신화로서 인간의 삶 역시 떨어지는 바윗돌을 산꼭대기를 향해 힘겹게 밀어 올려야 하는 쉼 없는 작업이라고 여겼다.

- 〈산꼭대기의 전설〉 중에서

사철생 소설은 '시지프스 신화'를 연상케 한다. 시지프스는 비극적 운명의 화신으로 인류 수난자의 형상이다. 시지프스는 신들을 기만한 죄로 커다란 바윗돌을 산꼭대기로 밀어 올리는 형벌을 받게 되는데, 돌을 산꼭대기 정상에 올리면 다시 밑으로 굴러떨어져, 그것은 처음부터 다시 밀어 올려야 하는 아주 무익하고 희망 없는 가장 끔찍한 형벌이었다. 올리면 굴러떨어지는 바윗돌은 허무와 절망으로부터 일어서서 다시 시작하는 우리 인간의 숙명을 상징한다.

프랑스 실존주의 사상가 알베르 카뮈(Albert Camus)는 시지프스를 운명에 맞서 싸우는 '깨어있는 인간 정신'을 상징하는 인물로 묘사하였다. 알베르 카뮈는 1942년 현대인의 삶의 원형이라고 할 수 있는 그의 사상을 집약한 《시지프스 신화》(The Myth of Sisyphus)를 발표했다. 이 시지프스가 주는 현대적 의미는 인간의 존재론적인 고통, 인간 능력의 한계, 인간은 고독을 피할 수는 없으며 이를 극복하기 위해서는 삶에 대한 의지와 희망을 가져야 한다는 것이다. 이러한 의지와 희망은 가치 있는 것으로서 에리히 프롬(Erich Fromm)의 말처럼 '희망이란 인간존재의 어떤 상태'인 까닭이다. 그리하여 시지프스는 다양한 현실 조건 속에서 분투하고 역경을 초월하여 이상을 실현해가는 인간 정신을 표상하는 영원한 형상으로 재탄생하게 되었다.

고통이 없으면 세계가 존재할 수 없다는 사철생의 정신은 부조리한 현실이 바로 인간이 살아가는 현실이라는 알베르 카뮈 사상의 토대와 맥을 함께한다. 카뮈는 삶의 부조리와 불합리 속에서 참다운 인간의 가치를 찾기에 의미를 둔다. 사철생의 작가의식은 카뮈의 '부조리의 철학'처럼 인생이 무의미하다고 해서 절망하거나 체념하는 것이 아니라 오히려 불모의 땅에 의미를 부여하는 희망과 연결된다. 사철생의 소설 또한 이와 같은 '시지프스 신화'가 주는 부조리한 현실과의 힘겨운 정신적 싸움의 과정 속에서 얻는 기쁨과 희망의 의미가 가장 잘 함축되어 있다고 보인다.

사철생은 '과정론적' 이상주의자이다. 그의 소설은 '과정'이 '결과'보다 중요한 것이며, 대안의 제시와 해결 방안보다 문제를 인식하고 고민함에 더 많은 가치를 부여하고 있다. 〈현 위의 인생〉에서, 오로지 눈을 떠서 세상을 한번 보겠다는 목적으로 삼현금 천 번째 줄이 끊어지기를 기다렸던 늙은 맹인 악사는 드디어 현의 천 번째 줄을 끊은 날, 자신이 오십 년 동안 간직해온 처방문이 그저 하나의 백지장이었음을 알게 된다. 그 꿈이 한낱 거품이었음을 발견한 순간 절망에 빠지지만, 사실은 허구의 목적을 좇아 살아왔던 과정 과정마다의 애환 그 자체 속에 삶의 참다운 의미와 가치가 담겨 있음을 깨닫는다. 결국 늙은 맹인 악사는 처방문을 그의 제자인 어린 맹인 악사의 삼현금 울림통에 넣어주며, 그의 스승이 자신에게 주었던 똑같은 허구적 꿈을 전수하게 된다.

　　"기억하여라. 사람의 생명은 바로 이 현과 같아서 팽팽하게 조여져 있을 때에만 잘 켤 수 있는 거란다. 제대로 켤 수 있다면 그것으로 족한 게다."

　　그렇다. 본래 삶에는 목적이 없는 것임을 의미했다.

- 〈현 위의 인생〉 중에서

허구와 거짓 속에서 과정의 아름다움을 추구하는 늙은 맹인은 사철생의 인생관을 반영한다. '허구 속에서의 이상 추구'가 바로 '과정(허구)' 속에서 영원한 '생명의식'을 추구하고자 하는 사철생의 문학관이 집약된 말이라고 할 수 있다. 사철생 소설에서 이상 추구란 인간의 한계 초월을 갈망하는 데에서 기인한 이상적 경계이다. 다시 말해 현실적 고통 속에서 끊임없이 꿈과 이상을 추구한다는 것은 그것을 꼭 실현하겠다는 결과의 의지가 아니라 그럼에도 불구하고 갈망하겠다는 삶에 대한 사랑이며 쉼 없는 '생명의식'의 발로이다. 그러므로 끊임없는 도전 이후 비록 돌아오는 것이 '空의 결과'일지언정 삶의 목표에 대한 열정이 소진하지 않는 까닭은 '과정 자체의 소중함'에서 비롯되는 것이다.

〈원죄〉에서 주인공 아저씨는 목 아랫부분은 전혀 움직일 수 없는 반신불수 장애인으로 온종일 작은 방 안에 누워 거울과 창문을 통해 세상과 소통할 수 있을 뿐이다. 아저씨가 들려주는 모호하고 신비로운 신화를 둘러싼 수많은 대화를 통해 작가는 과학적이든 비과학적이든 인간은 진실된 믿음을 갖고 삶을 살아가야 한다는 희망의 메시지를 전하고 있다. 중요한 것은 그것이 한낱 꿈이나 신화로 끝난다는 결말의 허무에 있는 것이 아니라 꿈, 전설, 신화 세계에서라도 이룰 수 있다는 과정 자체에 있다. 이러한 장치는 허구이면서도 허구가 아닌 듯한 경지로 독자를 끌고 감으로써, 꿈, 전설, 신화라는 허구적 공간 속에서 '현실 초월적 삶을 추구'하고자 하는 작가의 의도와 부합한다.

> "인간에게 의지할 신화조차 없다면, 살아갈 수가 없는 거란다. 그것으로 끝나는 것이란다." …… "우리는 자신이 믿고 있는 것이 진실하다고 여기지만, 사실은 한낱 신화에 불과한 것이란다. 그것이 모두 신화라는 것을 알았을 때, 더 이상 진실하다고 믿지 않게 되지. 하지만 네가 삶을 살아가는 한 어느 것 하나는 진실하다고 믿는 것이 있어야 해. 동시에 그 또한 신화에 불과하다는 것도 알아야 한단다."
>
> – 〈원죄〉 중에서

전설에 의하면 절름발이 젊은이는 드디어 산꼭대기에 올랐다고 한다. 산꼭대기에 서서 하늘의 수많은 별들과 가까워졌고 땅 위의 무수한 불빛을 바라보았다고 한다.

　바로 그때, 절름발이 젊은이는 잃어버린 비둘기 '디엔즈'를 찾았다. 하지만 비둘기는 그가 자신을 바라보고 있는 것을 알자 더 멀고 더 높은 산꼭대기로 훨훨 날아가 버렸다…….

- 〈산꼭대기의 전설〉 중에서

〈산꼭대기의 전설〉에서 작가 지망생 절름발이 젊은이는 세상의 질서와 편견으로 더 이상 삶에 대한 의욕과 자존심이 유지되기 어려운 상황에서, 차라리 죽는 것이 낫겠다는 충동에 휩싸인다. 주인공은 사랑했던 여인이 주고 간 비둘기를 찾기 위해 끝이 보이지 않는, 종착지도 없는 길을 그저 불구가 된 두 다리에 의지하여 비틀거리며 힘겹게 나아갈 뿐이다. 결말 부분에서 주인공은 드디어 산꼭대기에 올라 그의 비둘기를 되찾게 되나, 비둘기는 더 멀고 더 높은 산꼭대기로 훨훨 날아가 버린다. 여기서 비둘기는 '잃어버린 자아', 즉 '날 수 있는 자아'를 찾아 떠난다는 의미를 지니고 있으며, 산꼭대기는 정신적이고도 창조적인 또 다른 높은 목표이자 작가가 추구하는 초월적 가치를 지닌 이상향을 상징한다.

　그리하여 작가는 이 세상에서의 고통은 운명과 싸우는 과정 속에서, 얻어지는 '기쁨'과 '자랑스러움'의 계기가 될 수도 있다는 사실을 깨닫게 된다. 〈현 위의 인생〉에서 나타나는 결말의 비극성도 이러한 좋은 일례이다. 늙은 맹인은 자신을 지금까지 살아갈 수 있게 이끌어준 처방문이 원래는 거짓(空의 결과)이었다는 사실을 알게 되자 죽음을 생각한다. 그러나 그는 과거에 그토록 바쁘고 활기차게 산을 넘고 현을 켜며, 마음을 조이며 지내왔던 날들이 오히려 가장 아름답고 행복했던 순간이었음을 깨닫는다. 그리고 늙은 맹인과 어린 맹인은 또다시 방랑의 길을 떠난다. 늙은 맹인은 산다는 것은 가시적 목표 달성에 의해 증명되는 것이 아니라 스스로 자신의 가치를 온전히 하는 과정에 의미가 있는 것임을 깨닫게 된다. 결국 늙은 맹인의 삶에 대한 애착과 열정을 통해, 그 이면에 존재하는 해피엔딩 이상의 진실성과 현실 초월의 강인한 생명력을 읽어낼 수 있다.

〈원죄〉에서 거울을 통해 세상과 소통을 하고 있는 주인공 스 아저씨는, '나'와 등장인물들과 함께 거울을 통해 본 기이하고 신비로운 하얀 건물을 찾기 위해 길을 나선다. 그러나 그 하얀 건물에 다가갈수록 그것은 점점 더 멀어진다는 사실을 알게 된다. 그곳은 볼 수는 있을지언정, 영원히 도달할 수 없는 세계였던 것이다. 이에 좌절한 주인공은 병이 나고 세상으로부터 마음의 문을 닫아버리며, 더 이상 신화를 창조하지 않게 된다. 그러나 주인공은 다시 일어나 새로운 또 다른 신화를 창조해내고, 비눗방울을 불며 자신의 병이 완치될 수 있기를, 이 세상에 자신처럼 병으로 고통받는 사람이 더 이상 생기지 않기를 바라는 희망과 신념을 품게 된다. 이 작품은 장애인인 주인공의 내적 변화를 통하여 비극을 어느 정도 승화시키고 있다고 볼 수 있다.

이러한 비극적이고 모호한 불완전한 결말의 기저에는 작가의 삶에 대한 태도가 내재하고 있다. 끝 모를 어둠의 곤경 속에서, 죽음의 유혹에도 불구하고 사람들이 힘겨운 삶의 여정을 계속해나가는 것은 어떤 이유에서일까? 작가는 죽음이란 어차피 누구나가 언젠가는 맞이할 수밖에 없는 필연인 이상, 인간이 그 죽음에 이르는 과정으로서의 영위하는 삶은 바로 그 '과정 자체가 목적'이 될 수 있으리라는 깨달음이었다. 작가는 오직 작품으로서만 자신의 지향을 성취시킬 수밖에 없는 존재이지만, 그럼에도 불구하고 시지프스적 작가에게 중요한 것은, 얼마만큼 자신의 목표를 달성했느냐는 결론보다는 오히려 자신의 지향을 위해 얼마만큼 자기 자신을 거기에 던져 넣었는가의 과정이 더 중요하기 때문이다. 시지프스에게 중요한 것은 과연 이 바위를 산 정상에 올려놓을 수 있는가이기보다 얼마만큼 성실하고 열심히 그 바위를 올리고 있는가이기 때문이다. 그리고 더 나아가 그 바위가 다시 떨어지고 말더라도 또 다시 올리고자 하는 용기와 힘인 까닭이다.

사철생 소설의 종교적 초월과 승화

'하나님'이라는 단어는 사철생 작품에서 단순한 감탄의 표시가 아닌 그 이상의 의미를 지니고 있다. 사철생이 의식적이든 무의식적이든 여러 차례 하나님을 언급한 이유는 무엇이었을까? 일반적으로 하나님은 인간과 세상을 주재하는 신비롭고 강인한 힘을 연상하게 한다. 다시 말해, 숙명적인 힘을 상징하는 최고의 화신이다. 그렇다면 사철생이 소설 속에서 말하는 하나님도 이러한 운명적 · 숙명적 의미를 지니고 있다고 볼 수 있다. 사철생 소설은 몽환적 정서의 회고적 구성을 취하는 작품이 많다. 이런 회고성은 소설을 시작할 때 줄거리가 시작되는 특정 시간, 즉 이미 지나가버린 시간을 언급하는 방식으로 서술되고 있다.

내가 당신에게 들려주려는 이 사람과 이 이야기들이 실제 있었던 것이라면 이미 몇십 년 전의 일일 것이다. 내가 이렇게 말하는 이유는 당시 나는 너무 어렸었고 지금 내 기억 속에 있는 그들의 모습 또한 모호하기 때문이다. 만일 내 할머니가 살아계셨다면 이렇게 말씀하셨을 것이다. "이 세상에 그런 사람이 어디에 있니?" 혹은 "그런 이야기를 어디서 들었어? 전혀 상상도 못할 일이야."

- 〈원죄〉 중에서

이것은 작가가 의식적이든 무의식적이든 자신의 기억을 강요해낸 심리적 산물이다. 아들러가 말한 인간의 최초의 기억이 정신생활 속에 깊이 관여한다는 각도에서 볼 때, 사람은 유년기에 겪은 숱한 상황 속에서 한 가지 특별한 것을 골라내어 기억하며 그것은 그 사람의 중요한 관심이 그 사건에 집중되어 있다고 추정할 수 있다. 아들러에 의하면 이러한 관심이야말로 그 사람의 삶의 스타일에 관한 어떤 결론을 도출해내는 열쇠라는 것이다. 모든 심적 표현 속에서 가장 계시적인 것은 개인의 기억이다. 인간의 기억은 그의 주변, 즉 그 자신의 모든 한계나 모든 상황을 생각나게 한다. 우연한 기억이란 없는 것이다.

사철생 소설의 서술 방식은 회고라는 거의 전형화되고 규격화된 모습들이다. 이는 사철생의 영혼 깊은 곳에 '기억의 중첩'이 존재하고 있었기 때문일 것이다. 이러한 기억의 중첩이 그로 하여금 자꾸 고뇌하게 만들고 마치 어떤 외재적인 힘에 의해 쫓겨 다니며 압박당하고 있었던 것이다. 그리하여 작가는 도무지 벗어날 수 없는 '기억의 거미줄' 속에 갇히게 되었을 것이다. 그렇다면 이렇게 만든 그 신비롭고 강력한 힘은 도대체 무엇일까? 사철생 소설은 이러한 의문에 대해 명확한 해답을 제시하고 있는데, 그것은 바로 그의 '신체 장애'이다. 신체 장애와 그로 인한 심리적 우울함이 작가의 기억을 가득 채우고 있었다. 어쩌면 그의 기억 자체가 이러한 불행한 일들의 산물이었는지도 모른다.

그러나 작가는 이러한 회고를 통해 어째서 이런 일이 발생했을까? 왜 이런 식이어야 했을까? 꼬리에 꼬리를 무는 질문이 한없이 계속된다. 그 계속되는 질문들에 대해 언젠가는 더 이상 물을 것이 없어질 때까지 질문을 던지다 보면, 필연적으로 숙명의식을 도출해낼 수 있다. 그리하여 기억이란, 사철생에게 숙명으로 나아가고 초월할 수 있게 도와주는 심리적 방편이 되었다. 좀 더 정확하게 말하자면, '장애'가 곧 작가 자신의 기억에 강요한 육체적·현실적 동기였다면, '숙명'이란 곧 그에게 심리적·잠재적인 동기였다. 사철생의 숙명의식은 바로 기억에서 비롯된 것이다.

그렇다면, 사철생 소설에서 숙명이란 그저 일반적 의미의 의식적 성향을 뜻하는 것일까? 또한 사철생의 숙명의식에는 구체적으로 어떠한 독특한 의미가 담겨 있을까? 하나님이나 숙명에 대한 종교적 인식은 일반적으로 자신의 역량 이상의 대상과 대면하거나, 도저히 혼자 해결할 수 없는 곤경에 빠져 자신의 연약함이나 미비함을 깨닫게 되면서 비로소 신비로운 존재에 대해 어렴풋하게 인지하게 되는 과정을 통해 형성된다. 때문에 숙명의식은 자신이 약자라는 사실을 자각한 사람들의 것이기 쉽고, 현실 생활 속에서 육체적 또는 정신적 피해자들은 더욱 그러하다.

사철생이 문화대혁명 시기 중노동 이후 갑작스런 하반신 마비라는 커다란 충격을 받게 되었을 때, 더구나 사고 후 그 충격을 자꾸 되풀이하면서 비록 그것이 순전히 우연한 사고였다고 생각했을지라도 이러한 우연한 일로 인해 영원히 바꿀 수 없는 일이 발생했다는 점을 인식하게 되면서부터 그는 이러한 우연성에 대해 의구심을 품게 된다. 우연한 결과라도 한 인간에게 있어서는 결국 필연적이고 살아 있는 동안 우연한 일들이 가득하다고 한다면, 인간의 삶은 결국 '우연적인 필연' 혹은 '필연적인 우연'일 것이다. 때문에 사철생은 자신의 경험을 되돌아보면서 생명의 의미와 그 가치에 대해 사색하기 시작하였다. 세상 만물은 초월적인 무형의 외재적 힘에 의해 조종당한다. 이것이 바로 숙명인 것이다. 인간은 그가 살아 있는 동안 자신의 삶을 몇 번이나 다른 색으로 채색할 수 있지만, 생명의 본질과 그 최종 귀착점은 '마치 평온하지 않은 거친 파도 위를 표류하듯이 어디서 와서 또 어디로 흘러가는지 누가 누구인지는 아무래도 상관없는 듯' 삶 자체의 허무가 아닌 인간이 삶과 생명에 대해 느끼는 허무이다.

소진하지 않는 삶에 대한 애착, 꿈과 이상을 향한 열정도 계속되는 현실적 장애와 고통 앞에서는 주저하지 않을 수 없다. 아무리 결과보다 과정의 소중함 자체를 중시하는 인간이라도, 연속적 시련에 처한 인간은 자포자기의 궁지에 몰리게 되고, 심지어는 극단적 상황에까지 이르게 된다. 이러한 상황에서 종교는 연약한 인간을 구원하는 강인한 힘으로 기능한다. 다시 말해 종교는 더 이상 삶에 희망이 없는 자들에게 새로운 생명을 부여하여 재생할 수 있는 장으로 작용한다.

사철생 소설에서 신체 장애와 현실적 한계로 인해 발생하는 고통을 극복하는 기제로서 종교적 의미를 부여할 수 있는 작품에는 초논리적인 '예지적 직관' 혹은 '신비적 직관'이라는 '불가지론'이 설정되어 있다. 말하자면, 초시공적 존재로서의 생명의식이다. 사철생은 그의 소설에 등장하는 우주 생명의 본질을 인간의 경험으로는 인식할 수 없다는 이론인 '불가지론'에 착안하여, 인간 운명의 진정한 의미를 탐색하고 있다. 불가지론은 사철생 소설이 인간 운명에 대해 정의한 또다른 결론이다. 만약 우연성이 인간 운명에 대한 해답이라면 불가지성은 인간의 운명을 주재하는 초월적 존재 앞에서 인간이 할 수 있는 것은 아무것도 없다는 것을 의미한다. 마치 '한 마리 나비의 날갯짓'이 엄청난 태풍을 일으킨 최초의 필연적 원인일 수 있는 것처럼, 운명은 모든 것이 정해진 대로 진행되며 누구도 예측하기 어렵다는 것이다

> 그 비둘기 이름은 '디엔즈'로 절름발이 젊은이는 그것이 결코 우연이 아닐 것이라고 생각했다. '디엔즈'는 마치 절름발이 인간 같았다. 마치 운명의 계시와도 같은 바로 자기 자신 같았다. '디엔즈'가 하늘에서 그의 곁으로 날아올 때마다 그는 늘 그것이 일종의 계시라고 생각했다.
>
> — 〈산꼭대기의 전설〉 중에서

그렇다면 자신의 현실적 상황은 결국 피할 수 없는 운명이라는 사철생의 결론이 과연 타당한 것일까? 그러나 확실한 것은 그것을 운명이라고 결론지었을 때 작가는 마음이 한결 가벼워질 수 있었다는 것이다. 운명이란 자신의 내부에서 결정지어지는 것이 아니고 자신의 외부에서부터 닥쳐오는 어떤 불가사의한 힘이기 때문에, 그는 더 이상 절망과 자기비하에 빠지지 않고 운명을 자신 밖에 존재하는 외재적 물질로 타자화시킬 수 있었다. 물론 그의 소설에는 장애의식이 늘 무거운 색조를 띠고

있으나 꿈과 이상을 향한 작가의 뜨거운 갈망이 육체적 부자유에 의해 더욱 절실한 종교적 구원으로서의 성격을 띠게 되었던 것이다. 그의 소설에는 사물과 자연, 그리고 평범하고 불행한 인간들의 삶 속에서 포착되는 경이로운 생명의 숨결과 약동이 느껴진다. 여기에서 그가 궁극적으로 지향하고 있는 것은 현실 초월적인 생명의식의 추구와 절대적인 종교성으로의 승화에서 기인하는 것임을 알 수 있다.

〈나의 춤〉에서 주인공들은 지단공원에서 시공을 초월한 초자연적인 생명의 춤을 체험한다. 이를 통해, 표면적인 사실을 넘어선 우주의 본질과 생명의 역동성을 전달하고 있다. 초시공적 생명의 춤은 소설 속 등장인물인 맹인 맹씨 아저씨와 '나'를 매혹시키며 그 춤의 심령에 독자도 매혹되어버린다. 소설에서 루 아저씨는 공원 안에 있는 어느 신비스러운 회색 제단에 들어가게 되고 그 속에서 초자연적인 생명력을 경험하게 된다. 한편, 맹씨 아저씨는 기이하고도 신비로운 수수께끼 같은 여인과 함께 휠체어를 탄 채, 몇 날 며칠을 생명이 소진하도록 춤을 추게 된다. 작품의 결말에서는 열여덟 살의 주인공이 죽음과 허무로부터 벗어나 '태양이 솟아오를 때 태어난' 자아를 의식하는 장면으로 마무리되고 있다. 이러한 설정 이면에는 고통스러운 현실에서 인간과 생명의 수수께끼를 끊임없이 질문해나가며, 육체는 침묵하나 영혼은 부활하는 현실 초월적 생명의 춤을 통해 장애와 고통의 굴레를 돌파해나가는 종교적 승화를 구하고자 하는 작가의 희망의 메시지가 담겨 있다고 보인다.

"루, 왜 춤을 추지 않았니? 왜 그 안에서 햇불을 들고 춤을 추지 않았니? 그때 넌 춤을 췄어야 했어."

맹씨 아저씨는 계속 말했다.

루 아저씨는 부끄러워하며 맹씨 아저씨를 쳐다보았다.

"네가 춤을 추었다면 알 수 있었을 텐데. 온 세상이 너를 따라 춤을 추고 있다는 것을."

루 아저씨는 멍하니 자신이 춤을 추고 있는 꿈을 꾸고 있었다.

어느 날 밤, 스치 아저씨는 내게 자신이 루 아저씨를 만난 사실을 얘기해주었다. 루 아저씨는 맹씨 아저씨가 그의 모든 힘을 소진했다고 말했단다. 또한 그 여인이 '춤추는 휠체어'를 가지고 왔는데, 두 사람은 젊은 시절처럼 함께 춤을 췄다고 했다. 그 여인과 맹씨 아저씨는 해 질 녘부터 새벽까지, 새벽부터 동이 틀 무렵까지, 동이 터서 오후까지 오후부터 다시 해 질 녘까지 쉼 없이 춤을 췄다고 했다. 누구도 시간을 인식하지 못했단다. 맹씨 아저씨는 모든 기력을 소진했음에도 불구하고 그 기이한 휠체어는 여전히 맹씨 아저씨를 싣고 나풀나풀 춤을 추고 있었단다.

"더 이상 저를 '스빠'라고 부르지 마세요. 태양이 떠오르면, 이제 열아홉 살이 돼요. 저희 어머니가 저는 태양이 솟아오를 때 태어났다고 하셨어요."

―〈나의 춤〉중에서

사철생에게 있어서 생명은 아무 의미 없는 것이 아니라, 시간과 공간의 영원으로써 그의 생명의 영원함을 드러내고, 우주의 찬란함으로써 그의 생명의 찬란함을 드러내는 것이었다. 이것이야말로 작가의 현실적 고통을 뛰어넘는 정신적 초월인 것이었다. 그는 이러한 정신적 초월을 통하여 격정적인 생명의 힘으로 천지우주를 종횡무진 치닫고 있었다. 여기서 광활한 우주천지 속에 녹아 있는 사철생의 생명은 스스로의 보잘것없음에 위축되는 것이 아니라 역으로 더욱 크고 더욱 소중하게 빛나고 있었다. 90년대에 들어서면서 발표되어 주목을 받은 바 있는 소설과 산문의 경계를 넘어선 자전적 산문체 소설인 〈나와 지단공원〉에서도 알 수 있듯이, 그 어느 날 산골짜기에서 뛰어 올라오는 건강한 어린아이는 사철생이 있음으로써 존재할 수 있는 생명이다. 초시공적 생명속에서 사철생은 자신의 현실을 초월하여 정신적 자유를 얻고 있었다.

> 그러나 태양은 매 순간 모두가 지는 해이자 떠오르는 해이다. 태양이 산 아래로 지며 쓸쓸히 석양을 거두어들일 때, 바로 또 다른 쪽에선 이글거리며 산꼭대기에 올라 뜨겁고 찬란한 아침햇살을 내뿜는다. 그날 나도 지팡이를 짚고 조용히 산을 걸어 내려가고 있을 것이다. 어느 날, 또 다른 산골짜기에서 틀림없이 한 어린아이가 장난감을 품에 안고 기쁜 나머지 팔짝팔짝 뛰어 올라올 것이다.
> 물론 그것은 내가 아니다.
> 그러나 그것은 또한 내가 아닐까?   - 〈나와 지단공원〉 중에서

이 작품은 현실 초월적인 생명의식의 단초를 보여주는 작품이다. 이 작품에서 작가인 '나'는, 하반신 마비로 인해 장애인이 된 삶의 처절한 고통을 소설 창작이라는 새로운 생명의 과정 속에서 이겨내고 있다. 여기서 작가는 자연의 주재자, 혹은 신의 섭리가 '나'의 개체적 생명에 존

재의 의미와 가치를 부여하고 있었음을 받아들인다. 그리하여 생명은 개체적 형태의 한계를 벗어나 우주 생명의 본질을 이루는 무한하고 영원한 힘과 밀접한 교류를 갖게 되며, 일종의 광대하고 심오한, 천지와 하나가 되는 초시공적 존재로서의 모습을 나타나게 되는 것이다. 이러한 초시공적 존재로서의 생명 체험은 필연적으로 종교적 영역의 종교정신과 관련이 될 수 있다. 이러한 작품 성격의 연장선상에서 볼 때, 〈종소리〉도 역사적 전환기의 중국인들이 직면했던 삶의 고통과 그것의 정신적 초월을 예술적으로 승화시킨 작품으로 평가할 수 있다. 이 소설은 사회주의 중국의 성립 과정에서 생겨난 한 가족의 이산을, 한 어린아이의 마음의 상처와 그것의 극복과정을 통해 아름답게 그려낸 작품이다. 종소리의 따스하고도 슬픈 울림과 해바라기의 눈부신 황금빛 빛깔이 상징하고 있는 것은, 인간 존재의 한계를 절대적인 생명으로 승화시키는 일종의 종교성으로의 구원으로 이해할 수 있다.

> 고모부는 마치 교회당에서 포교를 하는 것 같았다. 하나님이 허락하신 저 낙원이 지금 막 실현이 되고 있는 중이라고 했다. …… 하나님은 그런 낙원을 제일 먼저 우리에게 선사하신 거란다. 하나님은 온 세계가 자나 깨나 바라던, 온 인류가 그 옛날부터 자나 깨나 바라던 저 세상의 천국을, 제일 먼저 우리나라에 주신 거란다.   - 〈종소리〉 중에서

사철생 소설을 통해 우리는 극한 상황에 처한 인간, 현실적 장애와 한계로 인해 삶의 좌절을 경험한 인간이 그 시련과 고통을 종교성으로 구원받고 승화시키고 있는 과정을 엿볼 수 있다. 사철생이 운용하고 있는

인간을 종교적으로 구원하는 주요 장치는 '불가지론'이다. '불가지론'을 통한 각성구조는 개인 하나의 힘에 의한 구원과 승화가 아니라, 다른 생명과의 교류와 감응, 그리고 깊은 참회를 통한 승화인 까닭에 더욱 의미가 깊다.

사철생의 80년대 이래의 창작을 중국 현대문학의 주류적 범주에 넣을 수는 없을 것이다. 그러나 표면적으로 볼 때, 시대와 무관한 듯 보이지만, 그는 그만의 시대의 고민과 인류의 고통을 파악하는 독특한 작가의식을 가지고 있다. 사철생은 직접적이고 명확한 주제의식을 전달하는 시대적 글쓰기와는 달리 관념적이고 추상적인 자신만의 창작 방식으로, 시대와 인간에 대해 대화와 응답을 꾀하고 있었다고 본다. 물론 사철생 작품에서 나타나는 대중성의 결여와 상업성의 한계를 인정하지 않을 수 없지만, 역자는 이 책을 통해 그 이면에서 기능할 수 있는 또 다른 의미를 찾아냄으로써, 당시의 중국 문학을 재조명해볼 수 있는 계기를 마련해보고자 하였다.

사철생 소설에 나타난 장애의식은 모든 인간이 지니고 있는 인간 자체의 결함과 인류의 고통을 함축적으로 보여주는 매개체로 볼 수 있다. 장애인의 몸으로 나약한 인간의 한계상황을 온몸으로 극복하며 빚어낸 사철생의 삶과 문학은 상업주의 속에서 지리멸렬해가는 당대 중국 문학에 끼친 영향 중 가장 의미 있는 부분이 될 것이다. 그는 현실의 장애와 고통을 통하여 생명의 의미와 가치를 깨달은 선택된 인물로서, 다른 생명과의 교류와 감응을 통한 이해를 갈망하고 있었다. 천지우주 간에 제아무리 보잘 것 없는 풀 한 포기라도 그것의 존재 이유와 가치를 발견하고 그 생명들 간의 관계를 소중히 여기는 사철생의 문학은 고립되고 파편화된 현대인들에게 과학성과 합리성을 가장한 현실의 한계를 깨닫게 해주었다.

끝으로 번역의 원서로는 中國社会科学出版社의 1995년판《史鐵生作品集》에 실린 중단편소설 중에서 선정하였음을 밝힌다. 어려운 출판 시장 상황에도 불구하고 이 책의 문학적 가치를 감안하여 출간을 허락해 주신 북코리아 출판사 이찬규 사장님께 감사드린다. 또한 이 책이 나오기까지 많은 도움을 주신 백영길 교수님, 박정원 교수님께도 감사의 마음을 전한다. 그리고 이 책의 최초의 독자가 되어준 언제나 곁에서 큰 힘이 되어 주는 내 사랑하는 가족에게도 감사한다.

2012년 3월
정동 연구실에서
이혜임

작가 연보

1951 북경 출생.

1967 북경 청화대학(淸華大學) 부속 중학교 졸업.

1969~1972 문화대혁명 상산하향운동(上山下鄕運動)의 물결 속에서 섬서성
(陜西省) 연안(延安) 지방의 척박한 산촌에서 생산대(生産隊) 생활을
하게 됨.

1972 열악한 생활환경과 가혹한 중노동으로 인해 척추의 통증과 다리의
마비 증세를 보여 북경으로 돌아오게 됨. 장기간 투병하여 치료를
받지만 결국 20세의 나이에 하반신 전체가 마비되어 휠체어 생활을
하게 됨.

1974~1981 7년간 북경의 한 가구공장에서 도안을 설계하고 그리는 일을
하며 살아감.

1979 소설 창작을 시작하면서 문단의 주목을 받기 시작함. 첫 번째 소설
〈법학교수와 그 부인(法學敎授及其夫人)〉을 발표. 문학 간행물
《오늘(今天)》에 단편소설 〈형제(兄弟)〉를 발표하여 호평을 받음.

1983~1984 〈나의 머나먼 청평만(我的遙遠的淸平灣)〉과 〈할머니의 별
(奶奶的星星)〉이 연이어 중국우수단편소설상 수상.

1986   산문수필집《혼잣말(自言自语)》과《나와 지단공원(我與地壇)》노신 (鲁迅)문학상 수상. 그 외 많은 작품들도 소설상과 산문상 수상.

1990   《나와 지단공원(我與地壇)》,〈생산대 참여기(插隊的故事)〉, 〈여름날의 장미(夏天的玫瑰)〉,〈나의 머나먼 청평만(我的遙遠的淸平灣)〉 등이 해외에서도 영어, 불어, 일어로 번역되어 출판.

1991   단편소설〈명약금현(命若琴弦)〉은 첸 카이거(陳凱歌) 감독이 만든 영화 〈현 위의 인생〉의 원작 소설로 한국에 소개됨. 이 영화는 91년 깐느 영화제에 출품되어 세계적인 찬사를 받고 첸 카이거를 거장의 반열에 올려줌.

1992   영화 시나리오〈꿈 많은 시절(多夢時節)〉,〈사람과의 합작(與人合作)〉, 〈죽음의 신과 소녀(死神與少女)〉 등을 창작.

1995   《사철생작품집(史鐵生作品集)》출간.

1996   장편소설《허무필기(務虛笔記)》출간. 단편소설〈옛집 이야기 (老屋小記)〉는 절강성(浙江省)《동해(東海)》문학 월간지에서 주관하는 삼십만동해문학상 금상 수상. 동시에〈옛집 이야기 (老屋小記)〉와 장편소설〈허무필기(務虛筆記)〉는《作家報》에서 주최한 96년 10대소설상 수상.

1997   북경작가협회 부주석 당선.

2002   화어문학미디어 대상 수상. 산문《병료쇄필(病隙碎笔)》제1회 노사 (老舍) 산문상 대상 수상.

2006   장편소설《나의 건강한 여행(我的丁一之旅)》출간.

2010   병이 악화되어 12월 31일 사망.